ONIRIA
오니리아

오니리아
ONIRIA

❶ 꿈의 왕국

베네딕트 플뢰리 파리 글 · 권지현 옮김

꿈의 중요함을 아는 이들에게.
그리고 꿈을 꾸는 방법을 잊은 이들에게.

프롤로그

7년 전,

파리의 한 아파트…….

"나도 엄마처럼 괴물한테 잡아먹히면 어떡하죠?"

아이는 겁에 질려 물었다. 잠옷을 입고 침대에 앉은 아이는 곰 인형에 매달렸다. 마치 자신의 목숨이 인형에 달려 있는 것처럼. 졸음이 쏟아졌지만 눈을 감지 않으려고 안간힘을 썼다.

"엄마는 괴물한테 잡아먹힌 게 아니란다, 엘리엇."

할머니는 손자의 머리를 쓰다듬으며 말했다.

"아무 걱정 마. 괴물은 이 방에 얼씬도 못 할 테니."

"괴물은 꿈속에 있는걸요. 나랑 같이요!"

아이가 대꾸했다.

"어젯밤에도 꿈에서 괴물을 만났어요. 아주 못된 놈이었어요. 오늘 밤에도 찾아올 것 같아요."

"할머니가 가르쳐 준 대로 맞서 싸우면 되잖아. 잊어버리지 않았지?"

"네."

"어떻게 싸울지 할머니한테 보여 줄래?"

아이는 눈을 질끈 감았다.

"좋아요. 이제 괴물이 보여요. 푸른색이에요. 털이 아주 많고 팔이 여섯 개예요. 커다란 입에 날카로운 이빨이 있고 눈이 엄청 커요."

아이는 번쩍 눈을 떴다.

"못 하겠어요, 할머니."

"아니야, 할 수 있어. 자, 다시 해 보자."

아이는 다시 눈을 감았다.

"괴물이 보이니?"

"네."

아이는 떨리는 목소리로 대답했다.

"자, 그럼 이제 괴물의 약점을 찾아보렴."

"음……."

아이는 생각에 잠겼다.

"뭐든지 만지려고 해요."

"뭐든지 만지려고 한다고?"

"네. 그래서 손이 아주 더러워요. 다친 손도 있어요. 손가락이 없는 손도 있고요. 어딘가에 끼었었나 봐요. 위험한 걸 봐도 만지지 않고는 못 참아요."

할머니는 만족하며 웃었다. 아이에게는 평범한 사람이라면 놓쳤을 사소한 것도 볼 수 있는 능력이 있었다.

"그걸 알았으니 이제는 어떻게 할 거니? 기억하렴. 모든 걸 조종하는 건 바로 네 상상력이야. 그러니 너는 원하는 물건은 뭐든지 만들어 낼 수 있어."

"괴물 앞에 위험한 물건을 가득 늘어놓겠어요. 뜨거운 화로, 뾰족한 성게, 쥐덫, 전기가 흐르는 전선, 피라냐가 든 어항……. 괴물이 다가와요. 화로를 만졌어요. 앗, 불에 데었어요. 화가 나서 저를 무서운 눈으로 노려봐요."

아이는 뒤로 물러서는 몸짓을 했다. 눈은 여전히 감은 채였다.

"뜨거운 손을 피라냐가 있는 어항에 넣었어요. 하하하, 바보! 이제는 젖은 손으로 전선을 만져요. 감전돼서 뒤로 넘어졌어요. 꼼짝도 안 해요."

아이가 눈을 떴다. 입가에는 큰 웃음이 번졌다. 할머니는 박수를 쳤다.

"장하다! 날이 갈수록 좋아지는구나. 네가 자랑스럽다. 괴물들이 더는 까불지 못하겠구나, 암!"

아이는 눈을 비비며 길게 하품을 했다.

"자, 이제 그만 자야지. 내일 학교 가야 하니까."

할머니는 아이가 누울 수 있도록 이불을 들어 주었다.

"싫어요, 할머니. 조금만 더 있다가요. 오니리아 얘기 조금만 더 해 주세요."

할머니는 웃으며 침대에 다시 앉았다.

"아이고, 알았어요. 그럼 짧게 해 주마. 너무 늦었으니까. 뭐든지 거꾸로 하는 청개구리 요정 얘기해 줬던가?"

"아니요."

"아주 오래전에 만났던 요정 얘기란다. 내가 꿈의 왕국을 거닐고 있을 때였지."

"할머니, 오니리아는 꿈과 악몽이 살고 있는 나라죠?"

"그래. 꿈의 왕국 오니리아는 왕이 다스리고 있지."

"그 왕이 모래 상인이에요?"

엘리엇이 하품을 하며 물었다.

"아니, 모래 상인은 지구에 사는 사람들이 꿈을 꿀 수 있도록 모래를 뿌린단다. 나라를 다스리지는 않지. 왕은 모래 상인이 아닌 다른 사람이야. 꿈의 왕국 주민들이 뽑은 왕이 오니리아를 다스리는데, 내가 그곳에 갔을 때에는 불꽃왕 공트랑이 왕이었단다. 불꽃왕의 가장 친한 친구인 악몽 왕자의 이름은 칼자국 샘이었어. 그러던 어느 날 두 사람은 시골을 둘러보기로 했지."

할머니는 말을 멈추었다. 아이는 이미 잠들어 있었다. 할머니는 손자의 이마에 입을 맞추고 이불을 어깨까지 덮어 준 다음 조용히 방을 나왔다.

엘리엇의 할머니 루이즈는 잠이 들 때 느끼는 공포를 알고 있다. 의사들이 수면 공포증이라고 부르는 병을 루이즈도 젊었을 때 앓았기 때문이다. 엘리엇이 처음 그 증상을 보였을 때, 루이즈는 자신의 과거가 다시 떠올랐다.

아주 오래전 일이었다. 어떻게 '그'를 만났는지, 어떻게 '그'가 치료를 해 줬는지, 언제 '그'가 모래시계를 건네주었는지, '그곳'에 처음 간 날 이후 그녀의 삶이 어떻게 바뀌었는지……. 지난 40년 동안 루이즈는 그 시절을 잊으려고 애썼다. 포기할 수밖에 없던 행복은 때론 불행보다 더 고통스럽기 때문이다.

그러나 다섯 살배기 손자가 잠이 드는 것을 힘들어하자 루이즈는 주저하지 않았다. 상상력이 가진 힘을 어떻게 사용해야 하는지 엘리엇에게 가르치기 위해 루이즈는 수십 년 동안 의도적으로 망각 속에 파묻어 놓았던 기억을 다시 불러냈다. 상상력이야말로 최고의 치료법이라는 걸 루이즈는 알고 있었다.

그게 다가 아니었다. 달갑지 않지만 언젠가 엘리엇에게 모래시계를 물려주어야 한다. 루이즈는 자신이 죽고 난 뒤 다른 사람이 유품을 정리하다가 모래시계를 발견하기를 원하지 않았다. 그녀는 이 모든 것이 의미가 있기를 바랐다. 엘리엇은 관찰력이 탁월했고, 상상력또한 풍부했다. 타고난 것이 틀림없었다. 언젠가 준비가 되었다고 생각되는 날, 루이즈는 엘리엇에게 모래시계를 줄 것이다. 루이즈는 잠에 대한 두려움도 없애고 관찰력과 상상력을 키우는 연습을 시키며 이미 손자를 훈련시키고 있었다.

아들이자 엘리엇의 아빠인 필리프와 필리프의 새 부인 크리스틴에게는 아무 말도 하지 않았다. 자신이 수면 공포증 문제에 대해 잘 알고 있으니 손자를 잘 돌보겠다고 안심시켰다. 그러는 편이 나았다. 크리스틴은 합리적인 여자라서 루이즈의 방법을 이해하지 못할 터였다. 어쨌든 크리스틴은 필리프와 결혼하느라 어쩔 수 없이 엘리엇을 기르게 되었지만 절대 자기 자식처럼 생각하지 않았다. 그런 엘리엇을 시어머니가 봐 주신다니 거절할 이유가 없었다. 그리고 필리프는…….

루이즈는 필리프가 어렸을 때 아무것도 말해 주지 않았다. 그땐 루이즈가 아직 힘이 들 때였다. 슬픔에 무너지지 않으려면 아무 일도 없었던 거라고 되뇔 수밖에 없었다. 게다가 아이를 보호해야 했다. 사실을 알게 되면 갖가지 의문이 아이를 괴롭힐 테니 그것만은 피하고 싶었다. 35년이나 지난 지금, 이제 와서 아들에게 비밀을 털어놓을 수는 없다. 사실 루이즈는 어찌할 바를 몰랐다.

게다가 첫 번째 부인이자 엘리엇의 엄마인 마리가 세상을 떠난 뒤 필리프는 다른 사람이 되었다. 여전히 매력적인 남자였고 사랑스러운 아들이자 다정한 아빠였지만 호기심 넘치고 철학적 문제에 열광

하고, 모든 종교를 이해하고 싶어 했던 예전의 필리프는 사라졌다. 내면의 불꽃이 꺼져 버렸다. 요즘은 현재와 현실적인 것에만 관심을 보였다. 마리의 죽음처럼 설명할 수 없는 것은 모두 피했다. 전 부인인 마리가 잠을 자다가 서른다섯이라는 나이에 갑자기 죽었기 때문이다. 필리프는 한동안 일과 여행에 매달렸다. 그러다가 현실적인 여자 크리스틴을 만나면서 어느 정도 안정을 되찾은 것 같았다. 크리스틴은 논리적으로 설명이 되지 않으면 모든 게 엉터리에 헛소리라고 생각하는 여자였다. 필리프와 크리스틴 모두 루이즈와 루이즈가 쓰는 방법과는 거리가 멀었다.

루이즈는 소리 없이 거실 문을 열었다. 필리프와 크리스틴은 편안한 소파에 앉아 있었다. 두 사람 다 피곤하고 창백한 얼굴이었다. 각자 분홍색 잠옷에 폭 파묻힌 사랑스러운 아기에게 젖병을 물리고 있었다. 쌍둥이 자매는 배가 부르자 잠이 들었다.

"됐어."

루이즈가 가죽 소파에 몸을 누이며 말했다.

"안심시켰어요?"

필리프가 물었다.

"그래. 오늘은 일단."

루이즈는 지친 목소리로 대답했다.

"쌍둥이 태어나고는 매일 밤 저러네요."

필리프는 한숨을 쉬었다.

“어쩌겠니. 배다른 쌍둥이 자매가 태어나면 엘리엇이 흔들릴 건 예상했잖아. 오빠가 되니까 좋아하는 것 같지만 친엄마 생각도 날 거야. 게다가 엄마가 자다가 죽었다는 걸 알고 있으니 잠들기 두려운 게지. 이해할 수 있어. 애한테 시간을 좀 줘야지.”

“어쨌든 점점 힘들어지네요. 클로에와 쥘리에트도 아직 밤에 잠을 잘 못 자는데 엘리엇의 악몽까지! 정말 피곤해요. 출근할 날이 한 달도 안 남았으니 빨리 해결해야 한다고요.”

크리스틴이 끼어들었다.

“좀 나아진 것 같아요, 어머니?”

필리프가 물었다.

“그래, 벌써 나아졌다. 진정하는 시간도 빨라졌고. 하지만 두려움이 완전히 사라지려면 아직 시간이 필요해.”

“얼마나요?”

크리스틴이 물었다.

“그야 모르지. 몇 주가 걸릴지 몇 달이 걸릴지…….”

루이즈는 며느리의 피곤한 눈에서 절망을 읽었다. 크리스틴은 필리프에게 ‘지금 말할까?’ 하는 눈빛을 보냈고 필리프는 대답 대신 고개를 끄덕였다.

“그래서 결정했어요.”

크리스틴이 입을 열었다.

"내일 소아정신과에 예약할 거예요. 최대한 빨리 문제를 해결하도록 할 수 있는 건 다 해 봐야죠. 어머님, 엘리엇을 병원에 데려다주시겠어요?"

루이즈는 회의적인 표정을 지었지만 말을 아꼈다. 소아정신과 의사의 치료로 상황이 나아지는 것도 나쁘지 않을 것 같았다. 그렇다면 크리스틴의 의견에 반대해서 이로울 게 있을까? 뭔가 결정하면 의견을 바꾸도록 설득하는 건 불가능한 여자인걸. 괜히 기운 낭비할 필요는 없었다. 그러니 엘리엇을 소아정신과에 데려가자.

훈련은 계속하면 되는 거다.

안 돼, 안 돼, 안 돼!

용은 아주 사나워 보였다.

그러니까 공주도 그만큼 예쁠 거다.

엘리엇은 용의 반복적인 움직임 하나하나를 기억하면서 활시위를 당겨 조준했다. 조준점은 아주 작았다. 화살이 심장을 향해 똑바로 날아갔다. 맞으면 치명타였다. 하지만 용이 내뿜은 긴 화염에 화살은 목표 지점에 닿기도 전에 새까맣게 타 버리고 말았다. 이제부터 맨몸으로 싸워야 했다. 엘리엇은 검과 불을 막아 주는 방패를 쥐고 용이 뿜는 불을 피해 이리저리 몸을 굴리며 용을 향해 내달렸다. 이제 몇 미터만 더 가면 용을 칠 수 있다. 엘리엇은 아주 날쌔게 움직였다. 하지만 용은 엘리엇보다 더 빨랐다. 불도 더 자주 뿜어냈다. 그러다가 불덩이 하나가 엘리엇에게 곧장 떨어졌다. 워낙 강한 불덩이여서 방패가 한순간에 힘을 잃었다. 한 번만 더 불덩이를 맞았다간 끝장이다. 그때 몇 미터 떨어진 곳에 목숨을 구해 줄 물건이 보였다. 엘리엇은 남은 힘을 모두 끌어모아 용이 움직이지 못하게 마법을 걸었다. 그러고 나서 재빠르게 움직일 수 있게 해 주는 부적을 향해 몸을 날려 부적을 목에 둘렀다.

1초라도 늦었으면 큰일 날 뻔했다. 마법이 풀린 용이 엘리엇을 향해 그 어느 때보다 강력한 불을 뿜었기 때문이다. 하지만 엘리엇은 잽싸게 몸을 날려 용에게 가까이 다가갔다. 검을 빼든 엘리엇은 용의 심장 한가운데를 찔렀다.

바로 그때, 엘리엇은 머리에 갑작스러운 충격을 느끼고 균형을 잃은 채 바닥으로 떨어졌다.

고개를 든 엘리엇은 이번에는 전혀 새로운 용을 맞닥뜨렸다. 망쟁 수학 선생님. 검은 메탈 안경테 너머로 보이는 선생님의 작고 검은 눈동자에는 잔인함이 배어 있다. 선생님은 얇디얇은 콧수염 밑으로 잡아먹을 듯한 웃음을 띤 채 수학책을 손에 쥐고 있었는데, 엘리엇의 머리를 힘껏 내리쳐서인지, 수학책에서는 연기가 모락모락 피어오르는 것 같았다.

"엘리엇, 내 수업 시간에 꿈을 꾸고 있는 건가?"

"죄…… 죄송해요, 선생님."

"통신문 공책 꺼내!"

선생님은 소리를 질렀다.

킥킥대는 웃음소리와 속닥거리는 소리가 2학년 4반 교실을 뒤덮었다. 꿈에서 갑자기 깨어나 아직도 어안이 벙벙했던 엘리엇은 가방에서 통신문 공책을 꺼내려고 몸을 숙였다.

"아니, 이게 뭐지?"

선생님의 목소리에 엘리엇은 동작을 멈췄다. 망쟁 선생님은 책상 위에 펼쳐진 엘리엇의 공책을 손가락으로 가리켰다.

"수학 공책인데요."

"누가 수학 공책인 거 몰라? 이거 말이야, 이거!"

그제야 엘리엇의 눈앞에서 안개가 걷혔다. 선생님이 가리킨 것은 기사, 공주, 성탑, 용이었다. 기하학 문제 옆에 꿈에서 본 것들을 자기도 모르게 연필로 그려 놓았던 것이다. 선생님은 공책을 들더니 학생들에게 보여 주었다.

"너희 친구가 그린 걸 봐라."

선생님은 빈정거리는 목소리로 말했다.

아이들은 너도나도 그림을 보려고 목을 길게 뺐다. 그러고는 짝꿍을 팔꿈치로 툭툭 쳤다. 작은 웅성거림은 어느새 떠들썩한 소리로 바뀌었다.

"엘리엇은 자신을 용을 물리치는 정의로운 기사라고 생각하는 모양이군."

선생님은 아이들의 반응에 신이 난 모양이었다.

"엘리엇, 동화책은 이제 그만 잊어버려. 꿈은 그만 꾸고 계산법이

나 배워."

학급 전체가 웃음을 터뜨렸다. 엘리엇은 땅 밑으로 꺼져 버리고 싶었다. 설상가상, 남은 수업 시간 동안 벌을 서고 통신문에 부모님 사인까지 받아 와야 했다.

작년에는 모든 것이 달랐다.

중학교 1학년 때만 해도 엘리엇은 활달한 아이였다. 학교에서 열리는 축구 시합이나 핸드볼 시합에 전부 참여했다. 초등학교 1학년부터 모든 걸 함께했던 가장 친한 친구 바질과 늘 붙어 다녔다. 엘리엇이 슥슥 그려 낸 선생님이나 유명인의 캐리커처는 쉬는 시간, 운동장에 나온 아이들에게 폭발적인 인기를 끌었다. 아빠가 출장을 다녀온 뒤 들려준 신기한 이야기를 아이들에게 신나게 얘기할 때도 마찬가지였다.

엘리엇의 아빠 필리프 라퐁텐은 탐사 보도 기자였다. 유명한 텔레비전 방송국에서 일하면서 뜨거운 현안들을 취재하기 위해 지구촌 곳곳을 누볐다. 엘리엇은 아빠를 무척 좋아했다. 아빠가 출장을 떠나면 아빠가 나오지 않을까 하고 매일 저녁 텔레비전 뉴스를 열심히 시청했다. 밤에는 침대에 누워서 아빠가 먼 나라에서 겪을 모험을 상상했다. 중학교에 들어가자 모르는 아이들도 다가와 엘리엇의 아빠를 텔레비전에서 봤다고 말하곤 했다. 엘리엇은 잘난 척하지 않고 씩 웃기만 했다. 하지만 마음속으로는 모험가의 아들인 게 얼마나 자랑스러웠는지 모른다.

그런데 그런 아빠가 심각한 병에 걸렸다. 친구들은 엘리엇에게 왜 아빠가 더 이상 텔레비전에 나오지 않는지 물었다. 엘리엇은 대답하지 않았다. 말하고 싶지 않았다. 물론 바질에게는 다 털어놓았다. 하지만 바질의 엄마가 전근을 가는 바람에 바질의 가족 모두가 보르도로 이사를 갈 수밖에 없었다. 엘리엇은 두 달 만에 아빠와 가장 친한 친구를 잃었다. 엘리엇은 혼란스러웠다. 그때부터 마음의 문을 닫기 시작했다.

나쁜 일은 한꺼번에 온다더니, 9월에 새 학년이 시작되자 또 다른 문제가 생겼다. 그 문제의 이름은 아르튀르. 아르튀르는 미국에서 온 전학생이었는데, 틈만 나면 미국에서 얼마나 멋진 걸 많이 보고 해봤는지 자랑했다. 학급 아이들 모두 아르튀르가 내뱉는 말 한마디 한마디에 낄낄거리고 좋아했다. 엘리엇만 빼고.

엘리엇은 생각할 거리가 많아서 '아르튀르 왕'의 신하가 되는 일 따위에 신경 쓸 겨를이 없었다. 아르튀르는 자신에게 무관심한 엘리엇의 태도가 마음에 들지 않았다. 그래서 엘리엇이 질투를 한다는 둥 하며 일부러 자극적인 말로 엘리엇을 건드리기 시작했다. 엘리엇은 그런 아르튀르에게 지기 싫어서 몇 달 만에 처음으로 아빠의 여행 얘기를 꺼냈다. 하지만 수를 잘못 썼다. 아르튀르는 엘리엇을 아직도 아빠가 필요한 아기 취급을 했다. 그러자 엘리엇은 아르튀르에게 잘난 척하는 멍청이라고 쏘아붙였다. 전쟁이 선포된 것이다.

그러나 불리한 전쟁이었다. 엘리엇은 항상 기분이 우울했고 많은 시간을 공상하는 데 보냈다. 아이들이 뭘 물어도 공격적으로만 대했다. 그러자 학급 전체가 조금씩 엘리엇에게 등을 돌렸다.

때마침 종이 울리자 엘리엇은 안도의 한숨을 내쉬고 재빨리 책가방을 챙겼다. 드디어 금요일 오후다!

엘리엇은 제일 먼저 교실을 빠져나와 계단으로 뛰어 내려갔다. 급하게 뛰느라 느릿느릿 내려가는 아이를 넘어뜨릴 뻔했다. 운동장에 나온 엘리엇은 또 다른 작은 운동장으로 이어진 어두운 길로 들어섰다. 중학교 옆에 있는 초등학교 운동장이었다. 매주 금요일에는 초등학교 2학년인 쌍둥이 여동생 클로에와 줄리에트를 데리고 집으로 가야 했다. 엘리엇은 여동생들이 늦게 나오지 않았으면 했다. 빨리 학교를 벗어나고 싶었다. 반 친구들이 곧 들이닥칠 텐데 친구들의 비웃는 눈길을 마주하고 싶지 않았다.

다행히 쌍둥이는 운동장 맞은편에서 오빠를 기다리고 있었다. 노란 장화와 비옷이 회색의 땅, 회색의 벽, 회색의 하늘과 선명한 대조를 이루었다.

11월의 파리. 부모님들과 아이들은 비에 흠뻑 젖은 운동장의 물구덩이를 요리조리 피해 다녔다. 엘리엇은 1초도 낭비할 수 없었다. 운동화가 젖는 것은 아랑곳하지 않고 운동장을 가로질렀다. 그리고 아무 말 없이 쌍둥이의 손을 꽉 잡고 교문을 향해 발걸음을 재촉했다.

학교 골목길을 빠져나와 렘브란트 거리 모퉁이에 다다랐을 때였다.

"어이, 엘리엇, 슬그머니 도망가시겠다 이거야?"

아르튀르였다. 엘리엇은 조그맣게 저주의 말을 중얼거렸다. 저 멍청이와 맞서면 좋을 게 하나도 없었다. 혼자였다면 쉽게 따돌릴 수도 있다. 이래 봬도 육상 챔피언이니까. 엘리엇은 반에서 달리기를 가장 잘했다. 하지만 쌍둥이 때문에 빨리 뛸 수가 없었다. 게다가 비겁한 놈이라는 소리는 더욱 듣기 싫었다. 결국 다른 친구들까지 몰려와 길을 막아섰다.

어떤 친구들이 왔나 둘러본 엘리엇은 화가 치밀어 크게 숨을 내뱉었다. 하지만 엘리엇의 '디테일미터'는 완벽하게 작동했다. '디테일미터'란 엘리엇이 자신의 뛰어난 관찰력에 직접 붙인 별명이다. 디테일미터 덕분에 엘리엇은 다른 사람이 보지 못하는 아주 사소한 것까지도 한눈에 알아차리고 매우 정확한 판단을 내릴 수 있다.

멍청이 아르튀르가 팔짱을 낀 채 중앙에 서 있었다. 아르튀르는 스키니 진에 반항아 스타일의 머리를 하고 입술꼬리를 한쪽으로 올려 웃고 있었고, 완벽하게 다듬은 손톱에는 투명한 매니큐어를 얇게 바른 상태였다. 학급의 우두머리라는 놈이 매니큐어를 칠하다니! 이건 완전 새로운 별명감이다. '계집애 아르튀르'가 딱 좋다. 계집애 오른쪽에는 발바리 테오필이 왼쪽 귀 뒤를 벅벅 긁으며 서 있었다. 몸집이 커다란 여드름투성이인 테오필이 아르튀르 뒤만 졸졸 쫓아다니는 걸 보자니, 발바리 이미지가 더 두드러졌다. 아르튀르의 왼쪽에는 언제나 씩씩거리는 분노의 여왕 클라라가 썩은 미소를 날리고 있었다. 아침마다 클라라는 눈에 시커멓게 멍이 들어 등교하곤 한다. 오는 길에 고등학생 두 명을 손봐 줬다나. 하지만 엘리엇의 디테일미터를 속일 수는 없었다. 오후가 되면 멍 색깔이 변하는 게 아니라 아예 사라졌다. 그려 넣은 게 분명했다.

"엘리엇, 공주라도 구하러 가느라 서두르나 보지?"

아르튀르의 말에 테오필과 클라라가 낄낄거렸다.

"헹, 그럴 필요 없어. 내 앞에 손톱을 아주 예쁘게 칠한 공주 한 명이 있거든."

엘리엇이 받아쳤다.

분노의 여왕 클라라가 바보같이 자기 손톱을 내려다보더니 무슨 소린지 모르겠다는 듯 어깨를 으쓱했다. 계집애 아르튀르는 금발 머리까지 새빨개질 듯 흥분하며 손을 외투 주머니에 집어넣었다.

"지나가게 비켜."

엘리엇이 말했다.

"안 돼. 우리가 가라고 할 때까지 꼼짝 마."

아르튀르가 윽박질렀다.

엘리엇의 동생 클로에가 엘리엇에게 바짝 다가섰다. 또 다른 동생 쥘리에트는 엘리엇의 손을 꽉 쥐었다. 엘리엇은 쥘리에트가 자신의 특기인 발차기를 아르튀르의 허벅지를 향해 날릴 준비 중이라는 걸 느꼈다.

"맞아. 꼬…… 꼼짝 마. 우리가 가…… 가라고 할 때까지……."

테오필이 아르튀르의 말을 똑같이 따라했다.

발바리 테오필은 상상력이 부족하다. 하지만 분노의 여왕은 달랐다.

"공주한테 들려줄 사랑의 노래나 불러 봐."

"옳거니, 사랑의 노래!"

나머지 두 녀석이 놀려 댔다.

"안 돼. 오늘 만돌린을 깜빡했거든. 이제 그만 보내 줘."

엘리엇이 말했다.

"오호, 용맹한 기사님이 화가 나서 얼굴이 붉으락푸르락 하시네!"

아르튀르가 말했다.

"내가 불러 볼까? 들어 봐."

클라라가 나섰다.

분노의 여왕은 분필로 칠판을 긁는 것 같은 목소리로 노래를 부르기 시작했다. 학교의 모든 여자애들이 사랑하는 아이돌 스타의 최신곡과 어렴풋이 비슷한 가락이었다.

"엘리엇은 그 무엇도 두렵지 않은 용맹한 기사라네. 그 무엇도 두렵지 않다네. 엘리엇은 그 무엇도 두렵지 않은 용맹한 기사라네. 망쟁 선생님만 빼면!"

아르튀르와 테오필은 웃음을 터뜨리며 클라라가 지어낸 노래를 합창하기 시작했다.

바보 같은 친구들 때문에 어이가 없었던 엘리엇은 한숨을 내쉬고는 뒤로 돌아 쌍둥이와 함께 반대편으로 걸어갔다. 장애물을 피하기 위해서다.

"저 겁쟁이 좀 봐! 도망가는 거야?"

아르튀르가 소리쳤다.

"자기 아빠랑 똑같아!"

테오필이 거들었다.

그 말에 엘리엇은 발걸음을 멈췄다. 그리고 몸을 돌려 발바리 테오필을 똑바로 쳐다봤다. 저 바보 같은 놈이 무슨 권리로 우리 아빠에 대해 말해? 처음으로 모든 관심을 한 몸에 받자 신이 난 테오필은 한마디 한마디에 힘을 주어 말했다.

"나는 왜 엘리엇 아빠가 더 이상 텔레비전에 안 나오는지 알지. 우리 엄마가 일하는 병원에 여섯 달 전에 입원했기 때문이야. 밤낮으로 공포에 떨며 비명을 지른다지? 진짜 겁쟁이!"

그 말은 하지 말았어야지! 엘리엇은 쌍둥이의 손을 내려놓고는 저 놈 목을 조르고 말 테다 결심하며 테오필에게 달려들었다. 발바리 테오필이 균형을 잃고 넘어지는 바람에 두 사람은 축축한 땅에 굴렀다. 싸울 기회를 놓칠 리 없는 분노의 여왕 클라라도 합세했다. 그다음에는 팔 꺾기, 머리 공격, 발차기, 니킥이 뒤죽박죽 섞였다. 엘리엇은 온 힘을 다해 두 사람을 공격했다. 하지만 두 사람도 만만치 않았다. 그때 갑자기 왼쪽 손이 너무 아파 엘리엇은 자기도 모르게 비명을 질렀다. 클라라가 피가 날 정도로 손을 문 것이다.

"조심해. 사람들 온다!"

아르튀르가 외쳤다. 아르튀르는 싸움에 뛰어들지 않고 구경만 하면서 좋아하고 있었다.

아니나 다를까, 길모퉁이에서 학교 선생님 두 명이 나타났다. 선생님들은 서로 얘기를 나누느라 싸우는 모습을 보지 못했다. 테오필은 자리에서 벌떡 일어나 클라라의 외투 소매를 잡아당겼다. 클라라는 아쉬운 듯 엘리엇의 머리채를 놓았다. 세 사람은 재빨리 자리를 떴고, 엘리엇은 여전히 젖은 땅에 널브러져 있었다. 손에는 피가 났고 점퍼는 찢어졌고 온몸이 욱신거렸다. 클로에와 줄리에트는 오빠에게 다가갔다. 하지만 엘리엇은 쌍둥이가 내민 손을 거부하고 투덜거리며 혼자 일어났다.

선생님들은 눈길 한 번 주지 않고 세 남매 앞을 지나쳤다.

리스본 가의 호화로운 아파트 3층에 있는 집으로 들어섰을 때 엘리엇은 문제가 아직 끝나지 않았다는 것을 깨달았다. 현관 앞에 놓여 있는 명품 여행 가방, 그 옆에 가지런히 정리된 구두, 옷걸이에 걸린 비옷, 공기 중에 떠다니는 값비싼 향수 냄새…….

틀림없었다. 새엄마 크리스틴이 돌아왔다.

쌍둥이는 장화와 비옷을 전속력으로 벗어 던지고 거실로 향했다. 열흘 전 출장을 떠났던 엄마가 돌아왔으니 기뻐서 어쩔 줄 몰라 했다. 엘리엇은 진흙이 잔뜩 묻은 운동화를 현관 매트에 비벼 닦았다. 꼴이 말이 아니었다. 새엄마한테 들키면 큰일이다. 엘리엇은 피가 맺힌 손을 외투 주머니에 넣고 마룻바닥에서 삐걱 소리가 나지 않도록 까치발을 하고는 살금살금 집 안으로 들어갔다. 조금만 운이 따라 준다면 새엄마랑 마주치지 않고 방까지 들어가 몰래 옷을 갈아입을 수 있을지 모른다. 하지만 오늘 행운의 여신은 엘리엇 편이 아니었다. 새엄마가 거실의 이중 유리문 너머에서 엘리엇을 보고 불러 세웠다.

"너 또 무슨 짓을 한 거야?"

크리스틴은 인사도 건네지 않고 찢어질 듯한 목소리로 소리를 질렀다.

그녀는 단단히 틀어 올려 묶은 붉은 머리에 검은 투피스를 입고 꼿꼿한 자세로 다가와 엘리엇을 머리끝부터 발끝까지 훑어보았다.

"네 꼴이 어떤지 좀 봐라. 온몸은 젖고 점퍼는 찢어지고……. 빨리 신발 벗지 못해? 온 사방에 흙 묻히지 말고!"

엘리엇은 거칠게 숨을 쉬었지만 반항하지 않고 시키는 대로 신발을 벗었다. 새엄마의 명령에 토 달기를 포기한 지 이미 오래였다. 운동화에 양말까지 벗자 새엄마는 이번에는 피가 난 손을 보고 노발대발했다.

"손도 조심해! 여기저기 피 묻히지 말고!"

정말 너무했다. 아프지 않느냐고 묻지도 않다니. 엘리엇은 몸을 일으켜 새엄마 앞에 섰다. 맨발에 운동화를 손에 쥐고는 버릇없이 씩 웃었다.

"다녀오셨어요, 새엄마? 저도 새엄마가 돌아오셔서 기뻐요."

새엄마 크리스틴은 바쁜 사람이었다. 유명한 변호사 사무실에서 아주 중요한 직책을 맡고 있었는데, 걸려 오는 전화를 놓칠까 봐 손에서 스마트폰을 놓지 않았다.

새엄마는 중요한 사람도 많이 알고 있었는데, 그 사람들을 집에 초대해서는 석유 가격, 다가올 선거, 맛있는 푸아그라와 가장 잘 어울리는 와인 등 아주 '중요한' 주제에 대해서 몇 시간 동안이나 수다를 떤다. 일요일 아침이면 뒤축이 높은 운동화를 신고 헬스클럽에 가서 '필라테스'니 '바디펌프'니 하는 희한한 운동을 한다. 날씬한 몸매를 유지하는 게 아주 중요하단다. 새엄마는 중요하지 않은 일에 시간을 낭비하는 걸 질색한다. 그래서 게임을 하거나 영화를 보거나 휴가를 떠나는 걸 싫어한다. 대신 모든 게 질서정연하고 정리가 잘되어 있는 걸 매우 중요하게 여긴다. 엘리엇은 완고한 새엄마가 그리 좋지는 않았지만 그럭저럭 적응했었다. 하지만 아빠가 병원에 입원하자 새엄마는 정말 고약해졌다.

지금도 마찬가지였다. 크리스틴은 엘리엇이 버릇없게 군 건 안중에 없었고, 언제나처럼 하고 싶은 말만 했다.

"설명해 봐."

"넘어졌어요."

엘리엇은 거짓말을 했다.

"넘어져……."

크리스틴은 믿지 않는 투였다.

“네. 길에서 발을 헛디뎠어요.”

크리스틴은 매니큐어를 칠한 긴 손톱으로 휴대 전화를 톡톡 치면서 매서운 눈으로 엘리엇을 째려보았다. 리히터 규모로 측정해도 될 만큼 크게 화를 내기 전에 꼭 하는 동작이었다.

“오빠 싸웠어.”

갑자기 클로에가 끼어들었다.

“그래?”

크리스틴은 엘리엇에게 눈을 떼지 않고 침착하게 물었다.

“어떤 언니랑. 그 언니가 오빠에 대한 노래를 불렀거든.”

클로에가 설명을 덧붙였다.

“아니야.”

이번에는 쥘리에트가 나섰다.

“오빠가 먼저 다른 오빠한테 덤볐어. 그 오빠가 우리 아빠를 겁쟁이라고 놀렸잖아. 그다음에 오빠가 그 언니를 때렸지.”

“편들어 줘서 고맙다. 꼭 기억할게.”

엘리엇은 쌍둥이를 보고 으름장을 놓았다.

“지금 그게 문제야? 도대체 노래 얘기는 뭐야? 그리고 너희 아빠랑은 무슨 상관이야?”

크리스틴이 물었다.

엘리엇은 휴 하고 한숨을 쉬었다. 어쨌든 통신문에 새엄마 사인도 받아야 하니 차라리 아예 다 털어놓자. 엘리엇은 수업 도중에 꿈을 꾼 일, 공책에 그린 그림, 자신을 혼쭐 낸 망쟁 선생님, 벌 선 시간, 부모님의 사인을 받아야 할 통신문 등에 대해 설명했다. 멀리서 쌍둥이의 노랫소리가 들렸다. 클라라가 만든 노래였다. 정말이지 쌍둥이는 가끔 혼쭐이 나야 한다.

크리스틴은 휴대 전화에 메시지를 쓰느라 엘리엇의 설명을 듣는 둥 마는 둥 했다. 엘리엇이 왜 싸웠는지 말하고 있는데 갑자기 크리스틴이 고개를 들었다.

"그만하면 됐어."

크리스틴은 무뚝뚝하게 말했다.

"됐다니요? 하나도 안 듣고 있었잖아요!"

"그만하라니까! 나한테 그런 식으로 말하지 마. 통신문 주고 빨리 네 방으로 가. 저녁은 없어."

엘리엇은 화가 치밀었다. 새엄마는 이해하려고 하지 않는다. 항상 판단하고 벌만 주려 한다. 친엄마도 아니면서 왜 날 이렇게 못살게 구는 거야? 얼굴이 시뻘겋게 변한 엘리엇은 두 주먹을 꽉 쥐고 끓어오르는 화를 삭이려 애썼다. 결국 엘리엇은 가방을 열어 통신문을 꺼내 새엄마 발밑에 던졌다.

"여기 있어요."

크리스틴의 몸이 더 꼿꼿해졌다. 얼굴에서 분노가 느껴졌다.

"내일 아침 10시 30분까지 준비하는 거 잊지 마. 병원에 네 아빠 보러 갈 거니까. 그때까진 네 얼굴 보고 싶지 않아!"

크리스틴이 날카로운 목소리로 명령했다.

"잘됐네요. 나도 새엄마 얼굴 보고 싶지 않거든요."

엘리엇은 가방과 신발을 집어 들고 쿵쾅거리며 거실을 떠났다.

쌍둥이의 노랫소리도 그쳤다.

부엌 앞을 지나는데 분홍색 앞치마를 허리에 두른 할머니가 보였다. 맛있는 쇠고기 스튜 냄새가 솔솔 풍겨 왔다. 할머니는 엘리엇의 엄마가 10년 전에 세상을 떠나자 엘리엇네 집으로 들어왔다. 처음에는 잠시만 함께 지낼 계획이었다. 그런데 얼마 뒤 엘리엇의 아빠가 크리스틴과 재혼하자 할머니는 아예 집으로 들어왔다. 아들과 새 며느리 둘 다 일하느라 바빴기 때문에 할머니가 엘리엇과 집안일을 돌보게 되었다. 할머니는 엘리엇을 학교에 데려다주고 장을 보고 요리를 했다. 쌍둥이가 태어났을 때에도 마찬가지였다. 이유식을 만들고 동화책을 읽어 주고 첫걸음을 뗄 때 손을 잡아 주었다.

엘리엇은 할머니에게 재빨리 인사를 했다.

"다녀왔습니다."

"오늘 힘들었니?"

할머니가 물었다.

"말도 마세요."

할머니는 턱짓으로 엘리엇의 손을 가리켰다.

"약 발라 줄까?"

"아니요, 괜찮아요. 제가 바를게요."

"그래. 필요하면 부르고."

엘리엇은 욕실로 갔다. 흐르는 물에 손을 씻고 소독약을 바른 다음 붕대를 감았다. 그리고 방으로 들어가 문을 닫고 문에 기대어 안도의 숨을 쉬었다.

엘리엇의 방은 집에서 새엄마가 침범할 수 없는 유일한 장소였다. 새엄마는 엘리엇에게 방 정리시키는 걸 포기했다. 엘리엇은 그것을 작은 승리로 여겼다. 바닥에는 책, 옷, 볼펜, 체스 말, 게임 카드, 그리고 엄청난 양의 그림이 널브러져 있었다.

엘리엇은 수학 시간뿐 아니라 평소에도 그림을 많이 그렸다. 좋아하는 이야기 속 주인공을 그리거나 기발한 풍경, 인물, 사물을 상상해서 그리기도 했다. 그림을 그리면 긴장이 풀리고 자기만의 세계로 빠져들 수 있었다. 새엄마, 망쟁 선생님, 아르튀르, 클라라가 없는 세계.

하지만 오늘 엘리엇은 연필을 쥐고 싶은 마음이 생기지 않았다. 젖은 운동화는 방 한구석에 던져두고 무거운 가방은 바닥에 툭 떨어뜨린 다음 그대로 침대에 쓰러졌다. 엘리엇의 눈길은 탁자 위에 놓인 은색 액자 속의 엄마 사진에서 멈췄다.

엄마.

엘리엇은 하늘나라에 간 엄마를 원망했다. 아빠가 매정한 크리스틴과 재혼한 건 다 엄마 탓이었다. 엄마가 원망스럽고, 엄마를 원망하는 자신이 미웠다.

엄마는 잠을 자다가 편안하게 세상을 떠났다고 한다. 아마 엘리엇을 안심시키려고 한 말일 것이다. 하지만 그 말을 들은 엘리엇은 몇 달 동안이나 잠드는 걸 두려워했다. 자기도 잠을 자다가 엄마처럼 죽을까 봐 무서웠던 것이다. 할머니의 요령과 인내, 그리고 소아정신과에서 받은 길고 힘든 상담이 없었다면 엘리엇은 잠을 자도 위험하지 않다는 걸 이해하지 못했을 것이다. 이제는 잠을 자면 죽지 않는다는 걸 안다. 하지만 서른다섯 살의 젊은 여자가 노인처럼 침대에서 자다가 죽었다는 사실을 받아들일 수는 없었다. 엘리엇은 엄마의 죽음에 대해 똑같은 질문을 수백 번 되풀이했다. 하지만 매번 엘리엇이 얻은 것이라고는 의사들이 말했듯 "아주 드물지만 그럴 수도 있다."라는 실망스러운 답뿐이었다.

몇 시간이 지났다. 엘리엇이 여전히 어두운 생각을 곱씹고 있을 때 문을 다섯 번 작게 두드리는 소리가 들렸다. 할머니라는 걸 금방 눈치챈 엘리엇은 자리에서 일어나 들어오시라고 말했다. 할머니는 조용히 방으로 들어와 문을 닫고는 손가락을 입에 갖다 대었다. 아무 말도 하지 말라는 신호였다. 꾀가 넘치는 표정을 한 할머니의 손에는 버드나무 가지로 만든 바구니가 들려 있었다. 침대로 다가오던 할머니는 방 한가운데에 펼쳐진 사전을 밟고 하마터면 발을 헛디딜 뻔했다.

"엘리엇, 아무리 그래도 침대까지 갈 길은 터 놔야지."

할머니는 함께 나쁜 짓이라도 꾸미는 듯 말했다.

"먹을 것 좀 챙겨 왔어. 크리스틴한테는 아무 말 하지 마. 쌍둥이한테도. 입을 다물 줄 모르거든."

"걱정 마세요."

안 그래도 엘리엇은 새엄마에게도, 쌍둥이에게도 말을 걸고 싶지 않았다.

할머니는 침대에 앉아 바구니에서 플라스틱 상자를 꺼냈다. 상자 안에는 물 한 병과 쇠고기 스튜, 빵, 치즈가 가득 들어 있었다. 엘리엇은 할머니에게 안겼다.

"할머니 최고! 배고파 죽는 줄 알았어요."

엘리엇은 맛있게 음식을 먹기 시작했다. 할머니는 그런 엘리엇을 만족한 눈으로 바라보았다.

"이것 말고 또 있어."

"뭐요?"

엘리엇은 카망베르 치즈를 한입 크게 물며 물었다.

할머니는 바구니 안을 뒤지더니 두꺼운 스케치북과 철로 만든 작은 상자를 꺼내 엘리엇에게 내밀었다. 엘리엇이 상자를 열자 그 안에는 팔레트와 연필, 지우개, 붓 몇 자루가 들어 있었다. 엘리엇은 '이게 뭐예요?' 하는 눈빛으로 할머니를 바라봤다.

"오늘 복도 끝에 있는 벽장을 정리하다가 찾았단다. 네 엄마가 쓰던 그림 도구야."

"엄마 거요?"

감동한 엘리엇이 작은 소리로 외쳤다.

"이걸 보렴."

할머니는 스케치북을 내밀었다.

엘리엇은 스케치북을 받아 펼쳤다. 첫 몇 장은 상상의 동물들을 그린 수채화였다. 어린이 책에 그림을 그렸던 엄마는 새로운 프로젝트를 구상 중이었던 모양이다. 엄마가 그림을 그린 책들은 하나도 빠짐없이 엘리엇의 책장에 나란히 꽂혀 있다. 엘리엇은 아무도 책에 손을 대지 못하게 했다. 특히 쌍둥이는.

"멋져요."

엘리엇은 용 그림을 보며 감탄했다.

"색깔, 표현, 아주 작은 부분까지…… 전부 훌륭해요. 진짜 살아 있는 것 같아요. 엄마는 정말 재능이 있었나 봐요."

"재능이 아주 많았지. 너처럼."

엘리엇은 씩 웃었다. 오늘 들어 처음 웃는 것이었다. 하지만 슬픈 미소였다. 아니, 고통의 미소였다. 엘리엇은 갑자기 물감 통과 스케치북을 잡더니 벽으로 힘껏 던져 버렸다.

"재능이 있으면 뭐해요? 엄마는 날 자랑스러워할 수도 없잖아요."

엘리엇은 눈물이 고인 눈으로 바닥에 흩어진 물감을 응시하며 몇 분 동안 그대로 있었다. 기다리던 할머니가 입을 열었다.

"오늘 학교에서 무슨 일 있었니?"

할머니는 엘리엇에게 화장지를 건네며 물었다.

"그게…… 복잡해요."

엘리엇은 크게 코를 풀며 대답했다.

"말해 보렴. 이래 봬도 내가 가진 거라고는 시간밖에 없는 사람이 잖니."

할머니가 말했다.

엘리엇은 고개를 들었다. 할머니가 인자한 눈으로 엘리엇을 보고 있었다. 엘리엇은 할머니가 예쁘다고 생각했다. 짧은 흰머리, 반짝반짝 빛나는 파란 눈, 수천 번의 미소가 만든 주름진 볼……. 할머니는 엘리엇이 아빠 다음으로 이 세상에서 가장 사랑하는 사람일 것이다.

엘리엇은 할머니에게 모든 걸 털어놓기로 했다. 할머니는 엘리엇의 말을 끊지 않고 끝까지 들어 주었다. 매몰찬 크리스틴과는 완전히 달랐다. 흥분했던 이유를 말로 풀어내면서 엘리엇은 마음이 가벼워지는 걸 느꼈다.

엘리엇은 이야기를 끝내고 입을 다물었다. 더 이상 무슨 말을 해야 할지 몰랐다. 할머니가 화만 내지 않았으면 했다. 수학 시간에 졸고 아무리 정당한 이유라도 길거리에서 싸운 일은 모범적인 손자가 보일 행동은 아니었기 때문이다.

침묵을 깬 건 할머니였다.

"엘리엇, 너 화내도 되는 거 알고 있지?"

기대하지 못했던 반응이었다.

엘리엇은 할머니의 말을 계속 들었다.

"네 엄마는 세상을 떠났고, 아빠는 벌써 여섯 달째 입원 중이야. 정말 불공평한 일이지. 내가 너라도 화가 났을 거야. 이건 누구의 잘못도 아니란다. 하지만 화가 나는 것 때문에 정상적인 생활을 하지 못하게 되면 안 되지. 네 삶은 이제 막 시작되었단다. 앞으로 좋은 일이 많이 일어날 거야. 다만 네가 정신을 차려야 해. 성적은 떨어졌고, 통신문 공책에는 선생님들이 하도 글을 많이 적어서 빈 자리가 남아나지 않을 정도야. 집에 친구들을 데려오지도 않고 길거리에서 싸우기까지! 네가 노력을 해야지. 선생님, 새엄마, 아빠, 또 나를 위해서가 아니라 바로 네 자신을 위해서."

엘리엇은 뭐라고 해야 할지 몰랐다. 물론 할머니 말이 옳았다. 정신을 차려야 한다. 하지만 그럴 용기가 있는지 확신이 서지 않았다. 모든 게 그냥 지겹기만 하다.

"할머니, 안아 주세요."

"그래, 이리 오렴."

할머니는 두 팔을 벌려 엘리엇을 따뜻하게 안아 주었다. 엘리엇은 할머니의 하늘색 양모 숄에 얼굴을 파묻었다. 숄에서 쇠고기 스튜 냄새가 났다.

"아무한테도 말하지 마요."

"뭘?"

"내가 안아 달라고 했다는 거요."

"그래, 걱정 마. 너 창피하게 안 할게."

두 사람은 함께 킥킥 웃었다.

모래시계

토요일 아침 10시 30분 정각에 엘리엇은 현관에 도착했다. 일어나 보니 집에는 아무도 보이지 않았다. 늦잠을 잔 것이다. 서둘러 샤워를 하고 손에 잡히는 대로 옷장에서 옷을 꺼내 입었다. 초콜릿 시리얼도 꿀꺽꿀꺽 삼켰다. 손에서는 이제 피가 나지 않았다. 그래서 어제 붙인 붕대를 떼어 내고 소독약을 잔뜩 바른 다음 밴드만 붙였다.

'기왕이면 왕창 발라야지. 분노의 여왕 클라라는 광견병도 옮길 애니까.'

할머니가 방에서 나와 현관에 있는 엘리엇에게 다가왔다. 검은 바지와 재킷, 빨간 가죽 장화, 방수 모자를 쓴 할머니의 모습은 마치 소방관 같았다. 엘리엇은 웃음을 참지 못했다. 가끔 보면 할머니는 참 희한한 옷을 아주 자연스럽게 걸치곤 한다.

"가자. 크리스틴과 쌍둥이가 차에서 기다리고 있어. 차에 기름을 넣으러 먼저 나갔단다."

두 사람은 아파트의 큰 계단을 걸어서 내려갔다. 커다란 정문을 지나자 낙엽이 깔린 길이 나왔다. 비가 억수처럼 내렸다. 엘리엇은 점퍼 옷깃을 올리고 머리를 어깨에 파묻었다. 눈으로는 새엄마의 검은색 대형 세단이 어디 있나 살폈다. 크리스틴은 조금 떨어진 곳에 이중 주차를 하고 있었다. 할머니와 엘리엇은 비를 피하려고 빨리 차로 달려갔다.

"의자 젖지 않게 조심하세요!"

크리스틴이 인사도 하지 않고 말했다.

"안녕, 크리스틴?"

할머니가 말했다.

엘리엇은 아무 말도 하지 않았다. 새엄마에게 말을 걸고 싶은 생각이 전혀 없었다.

"안녕, 엘리엇 오빠?"

클로에와 쥘리에트가 깔깔대며 인사를 했다.

"뭐가 그렇게 재미있냐?"

엘리엇은 짜증이 났다.

"오빠, 콧수염 났어."

쥘리에트가 말했다.

"맞아. 예쁜 콧수염. 오빠네 수학 선생님처럼."

클로에도 맞장구를 쳤다. 크리스틴은 지치지 않고 내리는 비에 투덜거리며 시동을 걸었다.

“우리 수학 선생님에게 콧수염이 있다고 누가 그래?”

엘리엇은 입술 위에 묻은 초콜릿 자국을 소매로 훔치며 말했다.

“오빠 수학 못한다고 엄마가 학교에 불려 갔을 때 봤지롱!”

쥘리에트가 약을 올렸다.

“쥘리에트, 그런 말 하는 거 아니야.”

크리스틴이 쥘리에트를 나무랐다. 하지만 목소리는 쥘리에트 말이 맞는다는 투였다.

잠시 침묵이 흘렀지만 그리 오래 가지 않았다. 엘리엇의 수학 선생님 말이 나오자 쥘리에트가 갑자기 생각난 듯 흥얼거렸기 때문이다.

“엘리엇은 그 무엇도 두렵지 않은 용맹한 기사라네. 그 무엇도 두렵지 않다네. 엘리엇은 그 무엇도 두렵지 않은 용맹한 기사라네. 망쟁 선생님만 빼면!”

엘리엇이 하지 말라고 소리를 질렀지만 오히려 상황이 악화되었다. 클로에도 노래를 부르기 시작했기 때문이다. 서로 번갈아 가며 부르는 쌍둥이 자매의 노래는 끝날 것 같지 않았다. 할머니는 크게 한숨을 쉬고 입을 다물었다. 할머니가 새 며느리 앞에서 쌍둥이를 타이르는 일은 드물었다. 크리스틴은 노래가 재미있는지 박자까지 맞춰 핸들을 툭툭 치기 시작했다. 안전벨트 때문에 좌석에 달라붙어 힘을 자유롭게 쓰지 못하는 엘리엇은 창문으로 돌아 앉아 잠든 척했다. 오빠의 신경을 돋우는 즐거움이 사라지자 쌍둥이도 지겨워졌는지 끝말잇기를 시작했다.

"리스본-본드-드래곤볼……."

크리스틴은 어린 딸들이 어쩜 이렇게 말을 잘하느냐며 연신 감탄했다. 엘리엇은 새엄마만 나타나면 여동생들이 더 제멋대로여서 화가 치밀었다.

병원에 도착할 즈음 드디어 비가 멈췄다. 크리스틴은 건물 입구 옆에 있는 장기 입원 환자 보호자용 주차장에 차를 세웠다. 들어가는 길에 안내실을 지키고 있는 릴리안에게 모두가 인사를 했다. 토요일 아침마다 병문안을 오느라 친해진 까닭이다.

가족은 비좁은 방문객 전용 엘리베이터에 탔다. 엘리베이터 문이 열리자 층 전체에 울려 퍼지는 비명 소리가 들렸다. 엘리엇은 아빠의 목소리를 알아챘다. 심장이 조여 왔다. 아빠는 조금도 나아지지 않은 모양이다. 오히려 악화된 것 같다.

여섯 달 전, 그러니까 정확히 말해서 5월 25일 필리프 라퐁텐은 잠에서 깨지 않았다. 여느 때 같으면 벌써 일어나 가족과 함께 아침을 먹었을 것이다. 크리스틴은 남편이 시차를 극복하려고 수면제를 먹은 줄 알았다. 도쿄 출장에서 돌아온 지 얼마 되지 않았기 때문이다. 크리스틴은 출근했고, 엘리엇과 쌍둥이는 학교에 갔다. 할머니는 아기를 낳은 지 얼마 안 된 조카를 보러 갔다. 오후에 학교에서 돌아온 엘리엇은 아파트 앞에 주차된 앰뷸런스를 보았다. 아빠가 아직도 잠에서 깨지 못한 것이다.

의사의 진단이 나왔다. 코마. 아빠는 쓰러진 게 아니었다. 혈액 검사에서도 독성 성분이 나오지 않았다. 질병 때문에 코마가 일어난 것이었다. 그렇다면 어떤 병에 걸린 것일까? 의사들은 아빠에게 온갖 검사를 다 했다. 매번 여러 질병들이 리스트에서 제외되었고 점점 무서운 질병들만 남게 되었다.

몇 주 뒤 아빠는 장기 입원실로 옮겨졌다. 그곳에서는 다른 의사들이 아빠를 맡았다. 그 이후로 아빠는 쭉 입원해 있고, 상태는 계속 나빠지기만 했다. 경련을 일으키고 알 수 없는 말을 중얼거리다가 소리를 지르기 시작했다. 의사들은 아빠를 진정시키려고 엄청난 양의 약을 투여했지만 아빠의 발작은 나아지지 않았다.

그날 아침 아빠는 그냥 소리를 지르는 게 아니었다. 고통의 비명을 지르고 있었다. 쌍둥이는 할머니에게 매달렸다. 크리스틴은 엘리베이터 앞에서 잠시 멈추더니 복도 끝에 있는 325호실로 뚜벅뚜벅 걷기 시작했다. 할머니와 쌍둥이는 크리스틴을 뒤쫓아 갔고 그 뒤를 엘리엇이 시무룩한 표정으로 걸었다. 그런 상태의 아빠를 보고 싶은지 확신이 서지 않았다.

가족들이 병실에 들어섰을 때 필리프는 진정된 상태였다. 하지만 몰골이 말이 아니었다. 곱슬곱슬한 갈색 머리에 흰머리가 삐죽삐죽 올라와 있었고 움푹 팬 볼과 눈 밑의 다크서클은 지친 안색을 강조했다. 낯빛이 창백한 게 지칠 대로 지쳐 보였다. 아빠의 손목과 발목이 침대에 묶여 있는 것을 보고 엘리엇은 깜짝 놀랐다. 침대에서 떨어지거나 발버둥 치다가 스스로 상처를 낼까 봐 간호사들이 묶어 놓은 모양이었다.

엘리엇은 테오필을 생각했다. 테오필의 엄마는 누구일까? 의사일까, 간호사일까? 아니면 청소부? 정기적으로 마주치는 여자 직원들 중 발바리 테오필의 엄마는 과연 누구일까? 만약 테오필의 엄마를 알아볼 수 있다면 복도에 굴러다니는 카트로 발등을 콱 찍어 주고 싶었다. 통쾌하게.

몇 분 뒤 중환자실 과장인 샤르마유 박사가 병실 문을 두드렸다. 샤르마유 박사는 럭비 선수처럼 몸집이 어마어마해서 보는 사람마다 깜짝 놀란다. 박사의 두꺼비 같은 손에는 털이 북슬북슬 나 있고 흰 가운은 몸에 꽉 끼어서 나들이옷을 차려입은 유인원 꼴이다.

"라퐁텐 부인, 안녕하십니까? 잠시 얘기를 나누실까요?"

박사가 문간에 서서 물었다. 크리스틴과 할머니가 동시에 박사를 돌아보았다. 할머니는 자신에게 말한 게 아니라는 걸 깨닫고 박사에게 인사를 한 뒤 소파에 가서 앉았다. 크리스틴은 병실 문을 닫고 밖으로 나갔다. 엘리엇은 크리스틴이 잰걸음으로 복도에서 멀어지는 소리를 들었다. 한숨이 나왔다. 거인 박사가 크리스틴에게 따로 얘기를 하자는 건 좋은 징조가 아니었다.

"무슨 일이에요? 왜 샤르마유 선생님이 새엄마를 보자고 해요?"

엘리엇이 할머니에게 물었다.

"나도 모르겠다."

그렇게 대답하는 할머니의 눈빛은 걱정하는 마음을 감추지 못했다.

"아빠가 무슨 병인지 알아낸 거 아닐까?"

쥘리에트가 말했다.

"그럴까?"

할머니는 그럴 리 없다는 투로 대답했다.

쌍둥이는 할머니 품에 안겼다. 엘리엇은 지난번 병문안 때 두고 간 시들어 버린 꽃다발을 바라보았다. 길고 불안한 시간이 조용히 흘렀다. 이윽고 복도를 걸어오는 크리스틴의 하이힐 소리가 또각또각 울려 퍼졌다. 그리고 문이 열렸다. 엘리엇은 새엄마의 표정을 보자마자 차가운 손이 심장을 쥐어짜는 듯한 느낌을 받았다. 새엄마의 눈이 발갛게 부어 있었다. 새엄마가 우는 건 아주 드문 일이었다.

샤르마유 박사가 심각한 얼굴로 침대 발치에 섰다.

"힘든 이야기를 해야 할 것 같습니다."

엘리엇은 아빠가 신음하고 있는 침대 난간을 잡았다.

"지난 여섯 달 동안 갖은 노력을 다했습니다만, 라퐁텐 씨의 병명을 알아내지 못했습니다. 검사도 다 해 보고 유명한 전문가들에게 자문도 구했습니다. 의학 논문도 샅샅이 훑어봤지만……. 아무것도 건지지 못했습니다. 이대로 계속한다는 것은 더 이상 의미가 없습니다. 그래서 병명 찾는 일을 그만두기로 했습니다."

"뭐라고요? 그만두면 안 돼요. 계속 찾아봐야지요. 분명 뭔가 빠뜨린 게 있을 거예요!"

엘리엇이 소리쳤다.

"네 마음은 이해한단다. 하지만 우리가 시도해 보지 않은 건 없어. 네 아빠에게 일어나는 일은 우리의 능력 밖이야. 아빠를 위해서 우리가 해 줄 수 있는 일은 이제 아무것도 없단다."

"살려 둘 수는 있죠? 계속 살려 두기는 할 거죠?"

할머니가 끼어들었다.

샤르마유 박사는 한숨을 쉬었다.

"생명을 유지할 수는 있습니다. 영양분을 넣어 주고 자세를 자주 바꿔 주어 한 자세로 오랫동안 누워 있어서 생기는 합병증도 예방할 수 있지요. 하지만 그건 모두 인위적인 조치일 뿐입니다. 라퐁텐 씨가 코마에서 깨어나리라는 희망은 없습니다. 그렇다고 저 상태로 무한정 지낼 수도 없어요. 건강이 조금씩 악화될 겁니다. 천천히 돌아올 수 없는 강을 건널 거예요."

"죽는다는 거네요."

엘리엇이 들릴락 말락 한 소리로 말했다.

"그렇단다. 유감이다."

샤르마유 박사가 대꾸했다.

충격의 침묵이 병실을 가득 메웠다. 엘리엇은 갑자기 숨 쉴 공기가 한 방울도 남지 않은 듯 가슴이 답답했다.

"얼마나 남았나요?"

할머니가 물었다.

"말씀드리기 어렵습니다. 길어야 몇 달이죠. 생명을 유지하는 기능들이 어떻게 변하느냐에 모든 게 달렸습니다. 호스피스 병동으로 옮기려고 합니다. 그곳에서 고통을 덜어 드리기 위해 최선을 다할 겁니다."

엘리엇은 박사에게 더 자세한 설명을 부탁하려고 했다. 그런데 그 순간 아빠가 다시 발작을 시작했다. 아빠는 비명을 지르기 시작했다. 처음에는 알 수 없는 소리의 나열이었다. 그러다가 조금씩 알아들을 수 있는 단어를 발음하더니 완벽한 문장으로 말하기 시작했다.

"안 돼! 그만, 그만! 날 내버려 둬, 제발! 부탁이야! 안 돼! 모래는 안 돼, 모래는!"

아빠는 소리를 하도 질러서 쉰 목소리로 누군가에게 빌고 있었다.

그러더니 갑자기 소리 지르는 것을 멈추고 망부석처럼 조용해졌다.

"내 생각이 맞았어."

할머니의 말에 모두들 할머니를 돌아보았다.

할머니는 잠시 생각에 잠겨 있다가 모두가 자신을 바라본다는 걸 깨달았다.

"아…… 죄송해요. 감정이 격해져서 그만……."

할머니는 말을 얼버무렸다.

잠깐 넋이 나갔던 크리스틴은 전부 짐을 챙기라고 말했다. 가족들은 샤르마유 박사에게 인사를 하고 다시 차에 올랐다.

가족들의 발걸음은 무거웠다. 돌아오는 길에 차 안에서 말을 하는 사람은 아무도 없었다. 엘리엇은 차창으로 스치는 길거리를 멍하니 바라보았다. 클로에의 손이 다가와 엘리엇의 손을 꽉 쥐었다.

가족들은 조용히 점심 식사를 했다. 오후도 차분한 분위기 속에서 흘러갔다. 쌍둥이는 방에서 놀았고, 할머니는 거실 벽난로에 불을 피우고 춤추는 불꽃을 멍하니 바라보았다. 크리스틴은 여느 때처럼 서재에 틀어박혀 나오지 않았고, 엘리엇은 아홉 번이나 읽었던 로알드 달의 《찰리와 초콜릿 공장》을 다시 꺼내 읽었다. 제일 좋아하는 책이었지만 집중할 수가 없었다.

저녁 식사 시간에도 입을 여는 사람은 없었다. 심지어 쉴 새 없이 수다를 떠는 쌍둥이마저 입을 다물었다. 엘리엇이 디저트로 먹을 과일을 내오는데 크리스틴이 갑자기 침묵을 깼다.

"곰곰이 생각해 봤는데, 이렇게 살 수는 없어."

그게 무슨 소리냐고 묻는 네 명의 눈이 크리스틴에게로 향했다.

"매주 병원에 문병 가는 건 아무 의미가 없어. 필리프는 우리가 온지도 모르고 우리도 힘들고. 이젠 끝내야 해."

"안 돼요!"

엘리엇이 소리를 질렀다.

과일을 담은 접시가 갑자기 엄청 무겁게 느껴졌다. 엘리엇은 간신히 접시를 식탁 위에 내려놓고 의자에 털썩 주저앉았다. 의사들이 포기한 아빠를 가족까지 포기할 수는 없었다. 게다가 엘리엇에게도 주말 문병이 필요했다. 여섯 달 동안 엘리엇은 물에 빠져 죽지 않으려고 튜브를 움켜잡는 것처럼 병문안에 매달렸다.

"며칠 전, 회사에서 런던 지사에 가지 않겠느냐는 제안을 받았어. 내겐 아주 좋은 기회지. 런던은 살기 좋은 도시이기도 하고. 그래서 받아들이기로 했어. 크리스마스 방학 때 이사할 거야. 알아보니까 1월에 너희 셋 모두 프랑스 학교에 들어가는 데 문제가 없더라고."

"말도 안 돼! 농담이죠? 농담이라고 말해요!"

엘리엇이 소리쳤다.

"아니, 아주 진지한 진담이야."

크리스틴이 대답했다.

"아빠를 파리에 혼자 두고 갈 수는 없어요."

"가끔 방학 때마다 보러 가면 되잖아."

"가끔이라고요? 방학 때? 아빠가 우리를 필요로 하는 건 지금이라고요! 나중에는 늦어요. 그리고 저는 런던에 가서 살고 싶은 마음이 조금도 없어요."

"엘리엇, 정신 차려!"

크리스틴의 짜증이 폭발했다.

"파리에 친구도 없으면서. 게다가 학교 성적도 엉망이잖니. 이사하면 너한테도 좋을 거야. 너를 사립 학교 기숙사로 보낼까 하는데. 햄프셔에 아주 좋은 학교가 있다는구나."

엘리엇은 입을 다물지 못했다. 사립 학교 기숙사? 이 엘리엇이? 바닥을 기는 영어 실력을 가지고? 아빠와 멀리 떨어진다고? 그래서 뭘 어떻게 하려고? 엘리엇은 어찌나 화가 났던지 대답조차 할 수 없었다. 엘리엇이 아무 말도 하지 못하자 크리스틴은 그것을 수긍의 신호로 받아들였다. 그녀는 만족스럽다는 듯 씩 웃더니 쌍둥이를 돌아보았다.

"그리고 내 딸들! 너희는 런던에 가는 게 좋지?"

"몰라요."

쥘리에트가 대답했다.

"엘리엇 오빠 말이 맞아요. 아빠를 볼 수 있을 때 보러 가야 해요."

클로에도 대답했다.

"아이고, 요것들! 런던, 영국 여왕, 빨간색 2층 버스, 교복 입은 학생, 빅벤이 보고 싶지 않아?"

쌍둥이는 잘 모르겠다는 표정을 지었다. 그러고는 어찌할 바를 모르고 크리스틴을 바라보았다.

"할머니는 우리랑 같이 가요?"

클로에가 물었다.

"글쎄, 모르겠다. 할머니한테 여쭤 보렴."

크리스틴은 할머니 쪽으로 돌아서며 물었다.

"저희랑 같이 런던에 가실래요? 파리에 계속 계신다고 해도 저는 상관없어요. 집안일이랑 애들은 보모를 구하면 되니까요. 알아서 결정하세요."

엘리엇은 기가 찬 눈빛을 할머니에게 보냈다. 할머니는 끓어오르는 화를 억지로 참는 표정이었다. 평소의 온화함과는 아주 거리가 멀었다.

"내가 살고 싶은 곳을 고르도록 허락해 주다니 이렇게 배려심이 극진할 수가, 크리스틴!"

할머니의 말투는 차가웠다.

"내가 그동안 너와 함께 살았던 건 내가 있으면 아이들에게 좋고 보모보다는 훨씬 도움이 될 것 같아서였어. 하지만 내 아들을 홀로 남겨 둘 수는 없으니 나는 파리에 남겠다."

"그러세요. 잘됐네요."

크리스틴이 대답했다.

"그럼 전 집이나 알아봐야겠……."

"내 말 아직 끝나지 않았어."

할머니가 크리스틴의 말을 가로막았다.

놀란 크리스틴은 시어머니를 뚫어져라 바라봤다. 루이즈가 크리스틴의 말을 끊는 일은 지금까지 한 번도 없었기 때문이다. 엘리엇과 쌍둥이도 할머니를 바라봤다.

"다시 생각해 보라고 말하는 것도 소용없는 일이겠지? 필리프와 결혼할 때 어떤 어려움이 닥치더라도 서로 돕겠다고 약속했던 건 기억하지도 못할 테고."

"맞아요."

뜨끔한 크리스틴이 대답했다.

"저는 의사가 아니잖아요. 파리에 있든 런던에 있든 필리프에게 도움이 되지 않아요. 이제 말씀 끝나셨죠?"

"아니. 이렇게 서둘러 떠나는 건 아이들에게 좋지 않아. 그것도 학기 중에 학교와 도시를 옮기는 건 실수야."

"결정은 어머님이 아니라 제가 해요."

"그럼 우리는요?"

그때 엘리엇이 나섰다.

"우리 의견은 안 물어봐요?"

"넌 조용히 해."

크리스틴이 명령했다.

"하지만 나도……."

"어른들 얘기니 잠자코 있어라."

할머니가 단호하게 말했다.

크리스틴과 할머니는 마주 서서 똑바로 눈을 바라봤다. 상대방을 공격하기에 앞서 서로를 살피는 암사자 두 마리를 보는 듯했다.

"애들도 병원에 가는 걸 힘들어 해요. 필리프는 소리만 지르고 애들을 알아보지도 못하잖아요."

크리스틴이 말했다.

"애 아빠가 출장에서 돌아올 것처럼 생각하고 살 수는 없어요. 미련을 버려야죠."

"필리프가 꼭 죽은 것처럼 말하는구나!"

할머니는 분노했다.

"죽은 거나 다름없죠. 샤르마유 박사님 말씀 못 들으셨어요? 할 수 있는 게 없다잖아요."

"아니야!"

할머니는 식탁을 주먹으로 쾅 하고 치며 소리를 질렀다.

"그런 말 하는 건 용납할 수 없다, 크리스틴!"

할머니는 조금 침착해진 어투로 덧붙였다.

"희망을 잃지 말아야 해. 지금까지는 필리프를 치료하는 방법이 적절하지 못했어. 치료법은 있다. 내가 알고 있어."

"파리에서 가장 뛰어난 의사들보다 어머님이 낫다는 말씀이세요?"

크리스틴은 짜증을 냈다.

"그런 말이 아니다. 다만 그런 예감이 들어."

"예감이요?"

크리스틴은 날카로운 목소리로 말했다.

"정말 왜 이러세요? 꿈을 현실로 착각하지 마세요. 아이들에게 헛된 희망만 심어 주지 마시라고요. 어머님 태도는 정말 무책임해요. 어머님이 함께 가시든 말든 우리는 런던으로 떠날 거예요. 더 이상 왈가왈부하기 싫어요."

"그러는 너는? 핑계 대고 도망가는 걸 숨기지나 마라. 런던에 좋은 자리를 제안받았다면 잘된 일이겠지. 하지만 아이들을 위해서 이사하겠다는 말은 하지 마라. 그런 생각은 아예 없었을 테니까."

"아이들의 행복이야말로 제가 가장 원하는 거예요!"

크리스틴은 소리를 질렀다.

"그럼 파리에서 학년을 마칠 수 있는 해결책을 찾아보렴. 아이들은 나랑 남고 너는 런던과 파리를 오갈 수 있잖아. 주말에 다녀가면 되고. 그러면 병문안 가는 문제도 천천히 생각해 볼 수 있을 거다. 런던으로 떠나는 건 아이들에게 벅찰 거야. 학교, 집, 친구를 떠나야 하고 무엇보다 아빠와 멀어져야 하니까."

"아이들한테는 그게 좋아요."

크리스틴의 얼굴이 붉으락푸르락했다.

"이제 그이는 아이들에게나 저에게 짐일 뿐이에요."

크리스틴의 말에 경악한 루이즈는 파랗게 질렸다. 엘리엇은 화가 나 얼굴이 벌게졌다. 소리를 지르지 않으려고 입술을 꽉 깨물었다.

"내 아들이 짐이라고?"

루이즈는 목이 메었다.

"짐이라니! 네 체면과 경력에 짐이 된다는 거니? 내 아들이 파리의 명사들이 존경하는 유명한 기자였을 때는 필요했고, 이제는 아프다고 나 몰라라 하는구나!"

"좋을 대로 생각하세요. 상관없으니까요."

크리스틴은 냉담했다.

"하지만 제 결정을 비난하지 마세요."

"비열한 독재자 같으니! 지금까지 단 한 번이라도 다른 사람의 처지를 생각해 본 적이 있니?"

"적어도 제 처지가 어떤지는 알아요. 어머님은 모르시는 것 같네요. 조심하세요. 지금까지는 어머님의 존재를 참아 왔지만 앞으로는 어떻게 변할지 모르니까요."

"이제는 협박까지 하는 거냐? 세상에! 조직폭력배가 따로 없구나."

"이제 그만하세요! 애들 앞에서 저를 욕하시는 건 참을 수 없어요!"

크리스틴은 버럭 소리를 질렀다.

"너나 내 아들과 손자 손녀를 애완견 다루듯 하지 마라."

잠시 침묵이 흐른 뒤 크리스틴이 다시 입을 열었다.

"제 집에서 나가 주세요."

크리스틴의 말투는 강철보다 딱딱했다.

루이즈는 아무 말도 하지 않았다.

"지금 당장 나가시라고요. 어머님이 하실 일은 이제 아무것도 없어요. 짐 싸서 사라지세요."

엘리엇과 클로에, 그리고 쥘리에트는 움직이지도 못했다.

겁에 질린 아이들의 눈은 크리스틴과 할머니에게 번갈아 향했다. 어쩌다 두 사람은 이 지경에 이르렀을까?

루이즈는 잠시 그 자리에 그대로 서 있었다. 그리고 말 한마디 없이 앞치마를 벗어 정성스럽게 접었다. 그런 다음에 컵에 남은 물을 다 마시고 식탁을 떠났다.

엘리엇의 눈에 눈물이 고였다.

두 시간 뒤, 분을 삭이지 못한 엘리엇은 콧수염에 군복을 입은 독재자 크리스틴의 캐리커처를 그리고 있었다. 그때 방문을 다섯 번 두드리는 소리가 들렸다. 할머니였다. 엘리엇은 서둘러 방문을 열었다. 할머니는 무거운 표정으로 가방 두 개와 큰 여행 가방 사이에 서 있었다.

"작별 인사를 하러 왔단다."

"말도 안 돼요."

엘리엇은 한 발짝 뒤로 물러서며 말했다.

"할머니, 가시면 안 돼요. 지금은 안 된다고요."

할머니는 한쪽 팔을 올려 엘리엇의 어깨를 감싼 뒤 방문을 닫고 들어왔다.

"어쩔 수 없어, 엘리엇. 지금은 떠나지만 꼭 돌아오마. 약속할게. 너와 네 동생들을 포기하지 않을 거야."

"그럼 저도 데려가요! 이 저주 받은 집에서 정신병자 같은 여자와 함께 살 수는 없어요. 차라리 창문으로 뛰어내릴 거예요."

"그런 소리 하지 마라, 엘리엇. 받아들이기 힘들겠지만 적어도 지금은 이곳에서 지내는 게 좋아. 오래 걸리지 않을 거다. 약속하마."

"언제 다시 만나요?"

"아직은 모르겠구나."

"어디로 가실 거예요?"

엘리엇은 목이 메었다.

"내 걱정은 하지 마라. 나에게 다 생각이 있으니. 대신 이것만은 말하고 가야겠구나."

할머니는 침대에 앉아 엘리엇에게도 앉으라는 시늉을 했다. 그리고 손자의 눈을 뚫어지게 바라보았다.

"엘리엇, 지금부터 하는 말은 아주 중요한 거야. 시간이 없으니까 내 말이 끝날 때까지 듣기만 해라. 알았지?"

"네, 하지만……."

"듣기만 하라니까."

엘리엇은 입을 다물었다. 할머니는 숨을 크게 들이마셨다.

"나는 네 아빠가 왜 아픈지 알고 있단다."

"뭐라고요?"

"의심이 든 지는 꽤 됐지만 아까 병원에 가서야 확신이 들었어. 네 아빠는 코마에 빠진 게 아니야, 엘리엇. 아픈 게 아니라 깨어날 수 없는 잠에 든 거야."

엘리엇은 눈살을 찌푸렸다. 할머니가 도대체 무슨 소리를 하고 있는 거지?

"엘리엇, 네가 아빠를 잠에서 깨울 수 있어."

할머니가 말했다.

"제가요?"

"그래. 네 아빠를 구할 방법이 있어. 내가 직접 처리하고 싶지만 그건 불가능해. 하지만 넌 할 수 있단다. 다만 위험을 감수해야 해. 내가 하는 말을 그대로 따르면 모든 게 잘 해결되겠지만. 어쨌든 네가 결정을 내리면 좋겠다."

"도대체 무슨 말씀을 하시는 거예요, 할머니?"

"차근차근 설명해 주마. 일단 내가 묻는 말에 답해 주렴. 아빠를 구하기 위해 위험을 무릅쓸 수 있겠니?"

"아빠를 구할 수만 있다면 뭐든지 할래요."

엘리엇이 대답했다.

"그렇다면 네게 비밀을 가르쳐 주마. 아직 아무에게도 말하지 않았던 비밀이지. 네 아빠도, 돌아가신 네 할아버지도 모르는 비밀이야."

할머니는 감정에 북받쳤다.

"어렸을 때 할머니가 해 준 이야기들 기억나니? 오니리아 얘기도?"

"물론 기억하죠. 그게 왜요?"

"오니리아는 실제로 존재한단다. 내가 들려준 모든 이야기는 지어낸 게 아니라 정말 벌어졌던 일이야. 엘리엇, 지금은 내가 미친 소리하는 것 같겠지만 날 믿어야 해."

엘리엇의 눈이 휘둥그레졌다. 엘리엇은 할머니가 정말 정신이 이상해진 게 아닐까 생각했다. 할머니는 주머니에서 뭔가 반짝이는 걸 꺼내서 엘리엇의 손에 쥐어 주었다. 엘리엇이 한 번도 보지 못했던 물건으로, 이상한 펜던트가 달린 금목걸이였다. 엘리엇은 호기심 어린 눈으로 목걸이를 관찰했다. 언제 만들어진 것인지 알 수 없는 세련된 디자인이었다. 동그란 펜던트에는 기묘한 무늬가 새겨져 있었고 두꺼운 테두리 안에는 모래시계가 있었다.

엘리엇은 모래시계를 이리저리 돌려 보았다. 흘러내리기 시작한 모래의 색은 주위의 빛을 다 빨아들일 것 같은 아주 진한 파란색이었다. 엘리엇은 목걸이가 어제 만들어졌는지 아니면 삼천 년 전에 만들어졌는지 가늠할 수 없었다. 하지만 멋진 목걸이임에는 틀림없었다. 아니, 그 이상이었다. 이상하게 목걸이에 자꾸만 끌렸다. 알 수 없는 힘에 이끌려 엘리엇은 목걸이를 목에 걸었다. 꼭 최면에 걸린 것 같았다.

"이 모래시계는 오니리아로 들어갈 수 있는 열쇠란다."

할머니가 말했다.

"오늘 밤에 목에 걸고 자렴. 그러면……."

그때 갑자기 방문이 열리고 크리스틴이 나타났다.

"작별 인사는 나눴나요?"

그녀가 물었다.

"시간이 좀 더 필요해."

할머니가 대답했다.

"일 분만 더 드리죠."

"십 분은 필요한데."

할머니가 화를 냈다.

"일 분 뒤에 집을 나가시지 않으면 가방을 창문 밖으로 던져 버릴 거예요. 여기서 기다리죠."

크리스틴은 문간에 서서 손목시계를 들여다보았다. 할머니는 당황했다. 잠시 주저하던 할머니는 엘리엇을 감싸 안고 속삭였다.

"오니리아에 가거든 모래 상인을 만나게 해 달라고 하렴. 모래 상인에게 아빠의 상태를 정확히 설명해 줘. 모래시계를 보여 주면 모래 상인이 도움을 줄 거야. 악몽들만 피하면 문제없을 거다. 악몽을 만나면 어떻게 방어해야 하는지 알고 있지? 상상력을 이용하렴."

"일 분 지났어요."

크리스틴이 윽박지르듯 말했다.

할머니는 엘리엇을 감쌌던 팔을 풀었다.

"용감해야 해, 엘리엇."

그렇게 말하면서도 할머니는 걱정하는 표정을 감추지 못했다.

"모든 게 잘될 거야. 곧 만나자, 내 손자."

"네, 할머니."

엘리엇은 떨리는 목소리로 중얼거렸다.

할머니는 자리에서 일어나 문으로 향했다. 방을 나가기 전 할머니는 뒤를 돌아 엘리엇에게 손을 흔들어 보였다. 엘리엇도 똑같이 손을 흔들고 아무 말 없이 할머니가 가방 챙기는 모습을 바라보았다. 가슴 속 깊은 곳에서는 화가 치밀어 올랐지만 이 상황을 막을 힘도 없었고 왜 이런 일이 벌어지는지 이해할 수도 없었다.

"쌍둥이한테는 인사하셨어요?"

크리스틴이 물었다.

"그래."

"그럼 더 머물 필요가 없겠군요. 잘 가세요."

"잘 있어, 크리스틴."

멀어지는 할머니의 발자국 소리와 가방의 바퀴가 삐거덕거리는 소리가 들렸다. 곧이어 현관문이 열렸다 닫혔다.

잠시 후 엘리엇은 자리에서 일어나 방문을 닫았다. 마음은 무겁게 가라앉았고 머릿속은 의문투성이였다. 가슴팍에서 차가운 펜던트가 느껴졌다.

엘리엇은 앞뒤가 맞지 않는 할머니의 이야기를 이해할 수가 없었다. 오니리아는 잠들지 못하는 어린 엘리엇을 위해 할머니가 지어낸 이야기였다.

오니리아는 인간의 꿈과 악몽이 나타나는 세계였다. 잠을 자는 인간의 상상력에서 태어난 존재와 물건, 장소가 잠을 깬 뒤에도 계속 존재하는 거대한 세계였다. 엘프, 동화 속 공주, 세상에서 가장 무서운 괴물들이 재미있게 뒤죽박죽 섞여 있는 환상의 세계, 거대한 용이 지키는 진짜 보물을 찾아 떠나거나 잉카족을 만나기 위해 시간을 거슬러 올라갈 수도 있는 세계였다. 한계가 있다면 그것은 인간의 상상력이 부족한 까닭이었다.

매일 밤 모래 상인이 꿈을 꿀 수 있도록 반짝반짝 모래 가루를 뿌려 준 덕분에 인간은 상상 속의 나라, 오니리아를 만들어 냈다. 그러니 그런 세상이 실제로 존재할 리 없었다. 그런데 할머니는 왜 오니리아가 진짜 있다고 하는 걸까? 혹시 그 말 속에 비밀 메시지라도 들어 있는 걸까? 아니면 충격이 커서 할머니가 잠깐 이상해진 걸까?

엘리엇은 그래도 그날 밤 할머니가 준 모래시계만큼은 목에 꼭 걸고 자야겠다고 생각했다. 선택의 여지가 없었다. 마치 모래시계가 그렇게 하라고 시키는 것 같은 이상한 기분이 들었다.

꿈의 흔적

쉽사리 잠들지 못한 엘리엇은 침대에 누워 할머니가 준 모래시계를 만지작거렸다. 풀 수 없는 문제를 풀 듯 머리가 지끈지끈 아파 왔지만 지난 이틀 동안 벌어진 여러 가지 일들이 계속해서 머릿속에 떠올랐다.

병원에 갔던 일, 비명을 지르던 아빠, 샤르마유 박사의 충격적인 선고가 다시 생각났다. 런던으로 이사를 가야 한다는 새엄마, 목걸이를 준 할머니, 차 안에서 끝말잇기를 하던 클로에와 쥘리에트, 크리스틴의 발밑에 던진 통신문, 수학책으로 때리던 망쟁 선생님, 〈용맹한 기사〉 노래를 부르던 아르튀르와 클라라, 노란색 우비를 입은 쌍둥이……. 샤르마유 박사는 엘리엇을 위해 더 이상 손을 쓸 수 없다며 기숙사에 보내야 한다고 말한다. 교복을 입은 쌍둥이는 영국 여왕과 차를 마신다. 할머니는 엘리엇을 반으로 잘라 가방 속에 넣어 가겠다고 한다. 새엄마는 어마어마하게 큰 시계를 들고 무서운 얼굴로 '째깍째깍 째깍째깍' 시계 소리를 흉내 낸다…….

크리스틴의 코밑에는 네모난 콧수염이 자랐다. 국방색 군복을 입고 커다란 흰 스카프를 둘렀다. 새엄마의 키는 5미터는 족히 되는 것 같았다. 카니발의 꼭두각시처럼 두 팔을 양옆으로 쫙 벌리고 비틀비틀 걸었다. 그녀는 굵직한 목소리로 소리치며 엘리엇의 뒤를 쫓았다.

"계속 말 안 들으면 수학만 가르치는 아주 엄격한 기숙 학교에 보낼 테니 두고 봐!"

크리스틴은 커다란 주머니에서 노란색 표지의 수학책 두 권을 꺼내더니 엘리엇을 향해 던졌다. 수학책은 카나리아처럼 전속력으로 엘리엇에게 날아와 주위를 빙빙 돌며 지저귀었다. "바보야, 안녕? 간장 공장 공장장이 강 공장이란 걸 알아 몰라?"라고 묻거나 "된장 공장 공장장이 공 공장장인 건?" 하고 지저귀며 책장을 펄럭이면서 엘리엇의 팔과 얼굴을 쪼아 댔다. 엘리엇은 공격을 피해 바닥에 엎드려 몸을 동그랗게 말았다.

그때 갑자기 간드러지는 음악이 귀가 따갑도록 울려 퍼졌다. 깜짝 놀란 수학책들은 공격을 멈추었다. 그 틈을 타 엘리엇은 조심스럽게 고개를 들어 주위를 살폈다. 서커스 마차 열 대가 다가오고 있었다. 엘리엇 앞에 멈춰 선 첫 번째 마차에서 서커스 단장이 내렸다. 그의 뒤를 근육이 우락부락한 곡예사 두 명과 검은 표범 한 마리 그리고 한 무리의 어릿광대가 따랐다.

곡예사들은 아무런 예고도 없이 갑자기 거인 크리스틴에게 달려들어 색색의 끈으로 그녀를 묶어 버렸다. 단단히 묶기 위해 원을 그리며 멋진 곡예를 펼쳤다. 크리스틴은 분노하며 몸부림쳤다. 도망치려 했지만 다리가 묶여 있어서 그 자리에 고꾸라지고 말았다. 서커스 단장이 하마터면 그 밑에 깔릴 뻔했다. 하지만 단장은 놀라지 않은 듯했다. 그는 주머니에서 플라스틱으로 만든 커다란 보라색 총을 꺼내서 거인 크리스틴의 목을 겨누더니, 1초도 주저하지 않고 방아쇠를 잡아당겼다. 그러자 크리스틴은 몸이 마비되어 꼼짝하지 못했고 말도 하지 못했다. 눈알만 이리저리 굴렸다.

표범은 수학책 사냥에 나섰다. 카나리아를 쫓는 고양이처럼 껑충 뛰어오르면서 앞발과 이빨로 공격했다. 도약할 때마다 수학책이 몇 장씩 찢어졌다. 수학책들은 종이를 파닥파닥 열심히 부딪혔지만 표범에게 점점 밀렸다. 결국 표범은 수학책 한 권을 앞발로 기절시켰고, 다른 한 권은 입으로 물어 잡았다. 서커스 단장이 다가와 수학책 표지에 다시 보라색 총을 쏘았다. 그러고는 수학책들도 가두라고 명령하고 남은 총알이 없다며 마차로 성큼성큼 걸어갔다. 엘리엇은 그런 단장을 쳐다보았다. 첫 번째 마차에는 보라색과 은색으로 된 큰 글자로 '정보급습치안국'이라고 적혀 있었다.

그때 갑자기 엘리엇은 목 뒤에서 헐떡거리는 동물의 뜨거운 숨을 느꼈다. 천천히 고개를 돌리자 검은 털과 두 개의 흰 눈이 바로 코앞에서 보였다. 엘리엇은 순간 무기도 없이 표범 옆에 앉아 있다는 것을 깨달았다. 겁에 질린 엘리엇은 자리에서 일어나 냅다 뛰기 시작했다. 엘리엇은 빨리 달렸다. 아주 빨리. 하지만 표범보다 빠르지는 못했다. 표범이 엘리엇을 따라잡아 달려들었고 그 바람에 엘리엇은 땅으로 쿵 하고 떨어졌다. 엘리엇은 조금만 움직여도 표범의 날카로운 발톱이 등을 갈기갈기 찢어 놓으리라는 걸 알았다. 고개만 겨우 옆으로 돌려 보니 어릿광대 열 명이 다가오고 있었다.

"도와줘요! 조련사를 불러 줘요! 사람 살려!"

"조련사?"

등 뒤에서 화난 여자 목소리가 들렸다.

"나한테는 조련사가 필요 없어. 난 혼자서도 잘한다고!"

목소리의 주인공은 표범이었다.

"표범 부인, 제발요. 절 풀어 주세요."

엘리엇은 필사적이었다.

"저는 맛이 없을 거예요. 말라깽이라서 살도 없다고요."

"잡아먹다니! 칫, 나를 뭐로 보는 거야? 난 채식하는 표범이라서 씨앗과 유기농 채소만 먹거든?"

"그럼 왜 절 공격했죠?"

여전히 땅바닥에 누워 있던 엘리엇이 물었다.

"공격하다니, 누가? 네가 도망치니까 뭔가 잘못한 게 있구나 싶었을 뿐이야. 그래서 잡은 거지. 그런데 도망친 것도 그렇지만 말하는 걸 보니 더 의심스러운걸? 서커스 단장님이 오실 때까지 얌전히 기다리고 있어."

엘리엇은 도망칠 궁리를 했지만 머리를 쓰면 쓸수록 이 모든 상황이 도대체 말이 되지 않았다. 우선, 말하는 표범이 있다는 소리는 들어 보지 못했다. 게다가 채식하는 표범이라니……. 그리고 날아다니는 책도 처음 봤다. 실제로 크리스틴은 키가 5미터나 되지 않았고 콧수염도 없었다.

그 순간 갑자기 어떤 생각이 섬광처럼 번뜩였다. 왜 좀 더 빨리 알아차리지 못했지? 지금 악몽을 꾸고 있는 거잖아! 여기서 빠져나가려면 그냥 잠에서 깨어나면 되는 것이었다.

'금방 깰 수 있을 거야.'

엘리엇은 스스로를 안심시켰다.

'원래 자다가 악몽이라는 걸 깨달으면 바로 깨잖아.'

하지만 엘리엇은 잠에서 금방 깨어나지 못했다. 조금 기다려도 마찬가지였다. 한참이 지난 뒤에도. 표범은 엘리엇을 두고 갈 마음이 전혀 없어 보였다. 엘리엇은 불안해지기 시작했다.

'말을 해야 해. 소리를 질러야 해. 그럼 깰 수 있을 거야.'

그래서 엘리엇은 소리를 지르기 시작했다.

"이건 악몽이야. 이건 악몽이야. 이건 악몽이야. 이건 아아악모오오옹이야야야야!!!!"

엘리엇은 있는 힘을 다해 소리를 질렀지만, 잠에서 깨기는커녕 멀리 서 있던 어릿광대들까지 끌어들이는 결과만 낳고 말았다. 그런데 어릿광대들의 반응이 이상했다. 꼭 좀비처럼 두 팔을 앞으로 뻗고 엘리엇에게 다가오는 게 아닌가!

"악몽! 악몽! 악몽! 악몽!"

어릿광대들은 똑같은 말을 반복했다.

엘리엇은 겁이 났다. 이제 어릿광대들이 몇 미터 앞까지 다가왔다.

"악몽! 악몽! 악몽! 악몽!"

엘리엇은 도망치려고 몸부림쳤지만 그럴수록 표범의 발톱이 등에 파고들어 고통스러웠다.

엘리엇은 소스라치며 잠에서 깼다. 온몸이 땀투성이였고 심장은 벌렁벌렁 뛰고, 몸 전체가 욱신욱신 아팠다. 엘리엇은 욕실에 들어가 얼굴에 찬물을 끼얹었다. 고개를 들어 거울을 봤을 땐 깜짝 놀라 비명이 튀어나오려는 걸 간신히 참았다. 땀 때문에 갈색 머리가 얼굴에 찰싹 달라붙었고 마른 얼굴은 평소보다 더 창백했다. 크고 까만 눈은 당장이라도 튀어나올 것만 같았다. 발작을 일으킨 미치광이 같았다. 그러나 엘리엇이 가장 놀랐던 것은 볼과 이마에 난 이상한 붉은 자국이었다. 자세히 살펴보니 작은 생채기였다. 긁히거나 꼬집힌 자국…….

거울에 비친 손을 보니 손에도 똑같은 자국이 보였다. 엘리엇은 재빨리 잠옷의 한쪽 팔소매를 걷었다. 이어서 다른 소매도 걷어 보았다. 불길한 예감에 소름이 돋았다. 하지만 워낙 말이 안 되는 이야기라서 금세 머릿속에서 지워 버렸다. 그러나 지워 버리면 바로 다시 생각났다. 엘리엇은 설마하며 잠옷 윗도리를 걷어 올리고 고개를 돌려 거울 속에 비친 등을 보았다.

아치 모양으로 난 작은 상처들에서 피가 나고 있었다. 상처의 위치는 표범의 발톱이 박혔던 곳과 정확히 일치했다…….

놀라운 비밀

엘리엇은 일요일 오전 내내 방을 서성거렸다. 간밤에 일어난 일은 그냥 말이 되지 않았다. 등에 난 상처는 정말 표범이 남긴 것일까? 날아다니는 책이 쪼아 댄 상처는? 잠이 들고 정말 꿈의 왕국 오니리아에 다녀온 것일까? 그러니까 어젯밤 할머니가 모래시계를 주면서 했던 말은 사실이었어! 하지만 이게 말이 돼? 완전히 정신 나간 소리지! 맞아, 이건 벌레한테 물린 자국이 분명해.

엘리엇은 책상 앞에 앉아 컴퓨터를 켰다. 그리고 파리 아파트에 나타나는 모든 종류의 벌레와 벌레가 남기는 상처에 대해 검색했다. 하지만 등에 난 상처와 비슷한 건 찾을 수 없었다. 짜증이 난 엘리엇은 의자를 뒤로 한껏 젖히고 앉아 멍하니 천장을 바라보았다. 몇 분 뒤, 엘리엇은 갑자기 벌떡 일어나 아침부터 수없이 열어 봤던 탁자 서랍을 다시 열어서 신기한 모래시계를 꺼냈다.

이 모래시계는 도대체 뭘까? 왜 할머니는 지금까지 모래시계에 대해 말한 적이 없을까? 할머니는 엘리엇이 글을 깨치기 시작했을 때부터 밤마다 오니리아 이야기를 들려주었다. 하지만 신기한 힘을 가진 모래시계 이야기는 한 번도 한 적이 없었다. 할머니는 항상 "내가 오니리아를 거닐던 어느 날이었지…….”라고 이야기를 시작했다.

엘리엇은 할머니만 알고 있는 비밀의 세계가 있다고 믿었다. 하지만 그땐 산타할아버지도 진짜 있는 줄 믿을 만큼 어렸었다. 엘리엇은 뭐라도 알아낼 수 있을까 싶어 모래시계를 이리저리 돌려 보았지만 소용없었다. 펜던트에 새겨진 무늬는 그냥 장식용인 듯했다. 장식용이 아니라 하더라도 무늬가 무엇을 의미하는지 알아낼 재간이 없었다. 엘리엇은 크게 한숨을 쉬고 자리에서 일어나 다시 방을 서성이기 시작했다.

사실 엘리엇에게 필요한 건 할머니를 만나는 것이었다. 어젯밤 할머니가 못다 한 이야기를 마저 들어야 했다. 물론…… 할머니가 정신이 오락가락한 게 아니라는 가정 하에서 말이다.

어느 쪽이든 엘리엇은 할머니를 만나야 했다. 하지만 그렇게 간단한 일이 아니었다. 할머니에게는 휴대 전화도 없었고 이메일도 없었다. 할머니는 뭐가 뭔지 알아들을 수 없다면서 첨단 기술을 거부했다. 할머니는 어디에 있는 것일까? 이모할머니가 있긴 하지만 파리에서 멀리 떨어진 라 로셸에 살고 있다. 설마 밤 10시에 라 로셸로 가는 열차를 탄 건 아니겠지? 그럼 친구 집으로 갔을까? 엘리엇은 할머니가 호텔에 있을지도 모른다는 생각이 들자 앞이 깜깜했다. 그 많은 파리 호텔을 일일이 전화로 확인할 수는 없지 않나.

12시 30분쯤 크리스틴의 목소리가 거실에서 들려왔다. 엘리엇과 쌍둥이에게 점심을 먹으라는 소리였다. 엘리엇은 할머니를 내쫓고 아빠를 버린 사악한 새엄마의 목소리만 들어도 치가 떨렸다. 하루 종일 그냥 방에 틀어박혀 있을까 생각했지만 속에서 배가 고프다고 난리였다. 게다가 혹시 크리스틴이 할머니 소식을 알지도 몰랐다. 결국 엘리엇은 은신처에서 나가기로 했다.

엘리엇은 먼저 문에 귀를 대고 복도에 아무도 없는지 소리를 들어보았다. 쌍둥이가 뛰면서 지나가는 소리가 났고 이내 조용해졌다. 이제 나갈 수 있다. 엘리엇은 욕실로 뛰어 들어가 문을 잠갔다. 그리고 거울 속에 비친 모습을 보고 안심했다. 붉은 반점이 보일까 말까 할 정도로 많이 옅어졌기 때문이다. 누가 물어보면 자기가 긁었다고 할 수 있을 정도였다. 등에 난 상처에서도 피가 멈췄다. 어쨌든 누가 스웨터를 걷어 볼 것도 아니니 이제 가족들을 보러 가도 괜찮았다.

식탁에는 긴장감이 감돌았다. 쌍둥이는 음식이 맛없다고 끊임없이 불평했다. 할머니가 일요일마다 해 주는 통닭이 먹고 싶다고 했다. 크리스틴은 화를 냈다. 자신이 내놓은 음식은 파리에서 제일 솜씨 좋은 식당에서 배달시킨 것이라 할머니가 한 것보다 훨씬 맛있다면서, 한 번만 더 불평하면 일주일 동안 텔레비전 보는 건 꿈도 꾸지 말라고 윽박질렀다. 그 소리에 쌍둥이는 마침내 입을 다물었다. 엘리엇은 이때다 싶었다.

"새엄마, 할머니 어디 계신지 알아요?"

클로에와 줄리에트가 접시 위로 고개를 들었다.

"너희 셋이 약속이라도 한 거야? 할머니 어디 계신지도 모르고, 알고 싶지도 않아. 알겠어?"

"그럼 이제 할머니 못 봐요?"

줄리에트가 걱정스러운 목소리로 물었다.

"나도 몰라. 이제 나한테 아무것도 묻지 마."

크리스틴이 고함을 쳤다. 크리스틴은 아무것도 모르는 게 틀림없었다.

엘리엇은 밥을 다 먹자마자 다시 방으로 들어왔다. 내일 있을 역사 시험공부를 하려 했지만 집중이 되지 않았다. 똑같은 문장을 스무 번이나 읽었지만 한마디도 외우지 못하고 15분 만에 책을 접었다. 엘리엇은 낮잠을 자려고 침대에 누웠다. 모래시계는 빼 두었다. 위험을 감수할 수는 없었다.

초인종 소리에 엘리엇은 깜짝 놀라 잠에서 깨었다. 시계를 보니 오후 4시 8분이었다. 두 시간이나 잤다. 엘리엇은 설마 할머니일 리는 없을 거라고 생각하면서도 문 쪽으로 귀를 기울였다. 역시 할머니 목소리가 아니었다. 조금 뒤 방문 두드리는 소리가 들리고 클로에가 작은 금발 머리를 들이밀었다.

"엄마가 거실로 오래."

엘리엇은 눈을 비비며 헝클어진 머리를 한 채 클로에를 따라 나섰다. 아직 잠이 덜 깬 상태로 걸어가면서 새엄마가 왜 부르는지 생각했다. 크리스틴은 엘리엇도 안면이 있는 늙은 부인과 얘기를 나누고 있었다. 5층에 사는 비노슈 부인이었다. 크리스틴은 엘리엇을 돌아보며 활짝 웃었다.

"우리 아들 엘리엇, 비노슈 부인 좀 도와드리지 않겠니? 도움이 필요하시다는구나."

크리스틴의 감미로운 목소리에 엘리엇은 토가 나올 뻔했다.

크리스틴은 비노슈 부인에게 잘 보이려고 엘리엇을 '우리 아들'이라고 불렀다. 지금까지 그렇게 부른 적이 한 번도 없었는데. 평소에는 "엘리엇!"이나 "야!" 아니면 "거기!"라고 불렀다.

"오늘 오랜만에 와플 반죽을 했단다."

비노슈 부인은 떨리는 목소리로 말했다.

"그런데 와플 굽는 틀을 찬장 맨 위에 올려놨지 뭐냐. 다리가 아파서 도저히 사다리 위로 올라갈 엄두가 나질 않아. 그때 갑자기 '참, 3층에 사내아이가 살고 있지! 와플 한두 개를 구워 주면 도와줄지도 몰라.' 하는 생각이 들더구나. 와플 좋아하지?"

"어…… 네."

엘리엇은 할 수 없이 그렇다고 대답했다. 와플이 있든 없든 비노슈 부인 집에는 가고 싶지 않았다.

"어서 가렴, 엘리엇."

크리스틴이 재촉했다.

"하지만 서둘러. 시험공부 해야 하니까."

엘리엇은 싫다고 말하고 방문을 쾅 닫고 들어가고 싶은 마음이 굴뚝같았다. 하지만 기분 전환을 할 필요도 있었다. 한번 가 보는 것도 나쁘지 않을 것 같았다. 엘리엇은 후회할 일이 없었으면 좋겠다고 바라면서 비노슈 부인을 따라갔다.

분홍색 뜨개 조끼를 입고 분홍색 실내화를 신은 비노슈 부인은 고양이 냄새가 지독하고 잡동사니가 가득한 아파트에 사는 전형적인 할머니일 것 같았다. 차를 마시러 오라고 초대해서 세상에서 제일 지루한 이야기를 주절주절 늘어놓거나 알지도 못하는 옛날 사람들의 노랗게 바랜 사진을 보여 주는 그런 할머니 말이다.

그러나 무언가 이상했다. 비노슈 부인을 잘 알지는 못했지만 엘리엇의 디테일미터는 뭔가 속임수가 있다는 걸 감지하고 있었다.

비노슈 부인의 아파트에 들어섰을 때 엘리엇은 어두운 현관이 놀랍지 않았다. 벽에는 커다란 꽃무늬 벽지가 발려 있었고 옷걸이에는 촌스러운 외투들이 걸려 있었다. 비노슈 부인은 문을 잠그면서 엘리엇에게 부엌에서 기다리라고 말했다. 비노슈 부인의 아파트 문에는 자물쇠가 세 개나 달려 있었고 그것도 모자라 걸쇠까지 있었다. 편집증 환자! 시작부터 불길했다.

엘리엇은 부엌에 들어서자마자 심장이 쿵 하고 내려앉았다. 와플 굽는 틀이 벌써 식탁 위에 놓여 있는 게 아닌가! 게다가 먹음직스러운 와플 두 개도 접시에 담겨 있었다. 그리고…… 그 뒤에는 할머니가 활짝 웃으며 서 있었다!

"잼 발라 줄까, 설탕 뿌려 줄까?"

엘리엇은 첫 번째 와플을 아주 맛있게 먹었다. 겉은 바삭하고 속은 부드러웠으며 고소한 향이 났다. 하지만 그런 맛이 난 건 무엇보다 할머니가 있었기 때문이다. 엘리엇은 와플을 먹으면서 줄곧 할머니를 곁눈질했다. 혹시 치매 증상을 확인할 수 있지 않을까 싶어서였다. 하지만 할머니는 완전히 정상처럼 보였다.

비노슈 부인은 할머니 옆에 앉아서 장난스럽게 웃고 있었다. 이 모든 게 아주 재미있는 모양이었다. 엘리엇은 웃고 싶은 마음이 없었다. 며느리에게 내쫓기고 손자를 몰래 만나려고 작전까지 세워야 하는 할머니를 생각하면……. 이런 비극적인 상황을 보고도 웃음이 나다니 비노슈 부인은 멍청한 게 아닐까?

"이제부터 여기 사시는 거예요?"

엘리엇이 물었다.

"잠깐만 여기서 지내는 거야. 어제는 호텔에서 잤단다. 하지만 조금이라도 빨리 너를 다시 만날 방법을 찾아야 했어. 어젯밤 일 때문에 걱정이 돼서 미칠 것 같지 뭐냐. 그래서 여기 내 친구 콜레트를 찾아온 거지. 고맙게도 얼마간 여기서 지내는 게 어떻겠냐고 하더구나."

"새엄마가 알게 되면 어떡해요?"

"조심해야지. 내가 여기 있다는 걸 너도 말하면 안 돼. 알았지? 크리스틴이 내 일에 간섭하게 둘 수는 없어."

엘리엇은 기다렸다는 듯이 고개를 끄덕였다. 크리스틴이 모르면 모를수록 엘리엇은 더 좋았다. 엘리엇이 오래전부터 적용했던 규칙이기도 하다.

"쌍둥이한테도!"

할머니가 덧붙였다.

"쌍둥이를 달래 주지 못해서 마음이 아프지만 아마 엄마한테 다 일러바칠 거야."

"걱정 마세요. 아무한테도 말 안 할게요."

"좋아. 콜레트도 입 다물겠다고 약속했어. 의심을 사지 않고 네게 연락할 때 콜레트가 도와줄 거야. 오늘 첫 번째 미션을 훌륭하게 해냈지. 고마워, 콜레트."

"외로운 독거노인 흉내를 내는 게 아주 재밌더군."

비노슈 부인이 자랑스럽게 말했다. 할머니도 씩 웃었다.

"콜레트, 이제 손자랑 단둘이 얘기를 나눴으면 싶은데. 잠깐 자리 좀 비켜 줄 수 있어?"

"물론이지. 그렇지 않아도 은식기를 닦고 싶어 안달 나던 참이었거든."

비노슈 부인은 엘리엇에게 찡긋 윙크를 한 뒤 문을 닫고 부엌을 나갔다. 엘리엇은 부엌문 손잡이를 계속 바라봤다. 비노슈 부인은 놀라운 할머니였다. 전혀 멍청하지 않았다. 엘리엇은 디테일미터를 손봐야겠다는 생각이 들었다.

"어제 모래시계를 걸고 잤니?"

할머니의 물음에 엘리엇은 흠칫하며 그렇다고 고개를 끄덕였다.

"아무런 문제는 없었고? 모래 상인은 만났니? 약속 잡았어?"

할머니는 모래 상인이 마치 은행 직원이나 되는 것처럼 말했다. 자기 말이 얼마나 괴상망측한지 깨닫지 못하는 것 같았다. 엘리엇은 머릿속에 질문이 하도 많아서 어디서부터 시작해야 할지 몰랐다. 그래서 결국 스웨터를 들어 올려 등을 보여 주었다.

할머니는 금세 하얗게 질렸다.

"다쳤구나! 이럴 수가! 무슨 일이 있었던 거야?"

"좋은 질문이에요. 그런데 그건 제가 할머니한테 해야 할 질문인 것 같아요."

할머니는 눈을 감고 깊은 한숨을 쉬었다.

"네 말이 맞다. 정말 미안하구나. 어젯밤에 네게 차분히 설명할 시간이 있을 줄 알았다. 첫 여행을 제대로 준비시킬 수 있을 줄 알았어. 하지만 크리스틴 때문에 내가 흥분했었지. 언제 널 다시 볼 줄 몰랐기 때문에…… 어쩔 줄 몰랐던 거야. 모래시계는 줘 버려서 되돌릴 수도 없었고. 설명도 조금밖에 못해 주고 널 떠나보냈으니, 정말 바보 같은 짓이었어. 미안하구나, 엘리엇. 정말 미안해."

엘리엇은 할머니가 그렇게 당황하는 모습을 처음 봤다. 할머니는 엘리엇에게 언제나 단단한 바위처럼 기댈 수 있는 존재였다. 할머니가 피곤하거나 아플 때에도, 아빠가 코마에 빠졌어도, 엘리엇은 할머니가 약해지는 모습은 본 적이 없었다. 그런데 오늘은 달랐다.

"이제부터 모든 걸 설명해 주마. 시간이 얼마가 걸리든."

할머니는 잠시 말을 멈추고 차를 한 잔 끓였다. 엘리엇은 조바심이 나서 어쩔 줄 몰랐다.

"내가 너보다 조금 더 나이가 있을 때였어."

할머니가 드디어 이야기를 시작했다.

"어떤 사람을 만났지. 아마스탕이라는 젊은 남자였어. 우리는 금세 친구가 됐지. 그런데 아마스탕은 우리와 달랐단다. 우리가 사는 세계만큼 오래된 또 다른 세계에서 왔거든. 그 세계와 우리 세계는 가깝게 연결되어 있어. 그 세계가 바로 네가 어렸을 때부터 들었던 꿈의 왕국 오니리아란다."

엘리엇은 꿈을 꾸고 있는 건 아닌가, 이 이야기를 하고 있는 할머니가 정말 내 할머니가 맞나 믿기지 않아 팔을 꼬집었다.

"아마스탕은 모래 상인의 제자 중 한 명이었어. 우리 세계에 모래를 뿌리러 왔다가 나를 만났던 거야. 어느 날 아마스탕은 내게 자기네 세계로 갈 수 있는 모래시계를 줬지. 나는 십 년 동안 오니리아에

가곤 했단다. 그곳에서 엄청난 모험을 겪었지."

할머니는 허공을 바라보았다. 입가에는 웃음이 번졌지만 눈에는 슬픔이 고였다.

"그게 내가 어젯밤에 줬던 모래시계란다. 그 모래시계가 너를 오니리아로 이끈 거야."

"그럼 어제 한 말이 다 사실이라는 거예요?"

엘리엇은 믿을 수 없다는 듯 물었다.

"오니리아가 진짜 존재하고 어젯밤에 실제로 제가 그곳에 간 거라고요?"

"네 몸이 실제로 간 건 아니란다. 네 정신이 이동한 거지."

"하지만…… 제 몸에 난 상처는요?"

"서두르지 마. 내가 다 설명해 줄 테니. 모래 상인과 그의 부하들이 매일 지구인들에게 뿌리는 모래는 아주 특별한 성질을 가지고 있어. 네가 어렸을 때에는 이해하기 쉽도록 그냥 잠을 자게 해 준다고만 말했었지. 그런데 사실, 모래는 우리 몸에 갇힌 상상력을 자유롭게 풀어 주는 역할을 한단다."

"이건 또 무슨 소리……."

"미친 소리 같지? 나도 알아. 하지만 끝까지 들어 보렴. 밤이 되면 우리의 몸과 영혼은 이불 속에서 편안히 쉬지만 모래가 뿌려지면 상상력만 빠져나와 오니리아로 들어가지. 일단 오니리아에 들어가면 상상력은 구체적인 형상을 띠게 돼. 주로 꿈을 꾸는 사람의 모습으로 변하지. 하지만 눈은 동자가 없고 허옇단다. 오니리아에서는 이런 존재를 '마법사'라고 불러."

"그럼, 할머니가 해 주던 이야기 속에 등장하던 마법사들이 모두……!"

"그래, 꿈을 꾸는 사람들의 상상력이란다."

엘리엇은 할머니를 뚫어지게 바라봤다. 할머니가 정신이 오락가락하는 건 분명 아니었다.

"그러니까 매일 밤 이 지구에 사는 모든 인간의 상상력이 평행 세계로 날아가서 마법사가 된다는 말이죠? 그걸 알고 있는 사람은 아무도 없고요?"

"그렇지."

"아침이 되면 상상력이 다시 돌아오고, 사람들은 멀쩡히 일어나고요?"

"그렇단다. 상상력이 몸에 다시 들어가면 기억 삭제가 시작돼. 사람들이 꿈을 아예 기억하지 못하거나 조금밖에 기억하지 못하는 것도 다 그 때문이란다."

"이런 말도 안 되는 얘기는 처음 들어 봐요."

"그렇지?"

할머니는 이해한다는 듯 웃었다.

"상상력이 되돌아오면 마법사라는 존재는 어떻게 되는 거예요?"

"마법사는 상상력이 꿈의 세계에서 형상화된 모습일 뿐이야. 그러니까 상상력이 오니리아를 벗어나면 마법사도 사라졌다가 그 다음날 밤 다시 나타난단다."

"상상력이 오니리아에 갇혀서 못 돌아올 때도 있나요?"

"그런 일은 절대 없어. 갑자기 잠에서 깨면 상상력이 제 시간에 돌아오지 못하지만 겨우 몇 초 늦을 뿐이야. 그래서 잠에서 깨고도 정신이 멍할 때가 있는 거란다."

"지난밤에 저도 그랬어요. 하지만 저는 멀쩡했는걸요. 무슨 꿈을 꾸었는지도 모두 기억하고요. 이 모래시계 때문이죠?"

"맞아. 모래시계가 모든 걸 바꿔 놓지. 모래시계는 이것 하나만 있는 게 아니란다. 여러 개가 있지. 모래시계는 모래보다 더 강력해. 상상력뿐만 아니라 정신 전체를 몸에서 떼어 낼 수 있거든. 그렇게 떨어져 나온 영혼은 오니리아로 들어간단다. 그곳에서 형상화된 정신을 '창조자'라고 부르지. 창조자는 마법사와 아주 달라. 상상력뿐만 아니라 의지, 지성, 기억 등 정신 전체로 만들어진 존재니까. 창조자는 마법사처럼 눈이 허옇지 않단다. 처음에는 꿈꾸는 인간과 똑같은 모습을 하지만 연습해서 다른 모습으로 변할 수도 있어. 꿈에서 깨어나도 오니리아에서 겪은 일을 모두 기억할 수 있지. 마법사랑 가장 다른 점은 자기가 하는 행동을 조종할 수 있다는 거야. 마법사는 아무것도 조종할 수 없거든."

"그래서 우리가 이상한 꿈을 꾸는 거군요?"

"바로 그거야. 상상력은 낮에 봤던 것을 저장해 두었다가 그걸 가지고 엉뚱한 생각을 만들어 내지. 오니리아는 바로 그런 생각들로 만들어진 왕국이야. 상상력이 만들어 낸 도시, 산, 도로, 식물, 동물, 그리고 꿈과 악몽들이 살고 있단다."

"그럼 이상한 사람들이 만든 세상 아니에요?"

"그렇게 볼 수도 있지. 하지만 배울 것이 참 많은 아름다운 왕국이기도 하단다. 마법사와 창조자의 차이점은 또 있어. 마법사는 오니리아에 있어도 아무렇지 않지만 창조자에게는 오니리아가 현실 세계와 똑같아. 그래서 너도 그렇게 상처를 입은 거란다."

"잠깐만요. 이해가 안 되는데요? 제 몸이 침대에 남아 있고 영혼만 여행을 하는 거라면 어떻게 상처를 입을 수 있죠?"

할머니는 잠시 생각에 잠겼다.

"중학교 입학할 때 생각나니? 얼마나 긴장했던지 아침 먹은 걸 다 토했잖아. 배도 많이 아프고."

"기억나요."

엘리엇은 그때 일은 이제 그만 잊고 싶었다.

"아빠는 제가 맹장염에 걸린 줄 알고 병원에 데려갔잖아요. 사실은 아무렇지도 않았는데요."

"그랬지. 몸은 아프지 않고 정신이 아팠던 것이지. 불안했으니까. 정신이 몸에게 문제가 있다고 말하니까 배가 아프기 시작했던 거지. 정신적인 고통이 몸으로 나타나는 일은 흔하단다."

"그래서 표범이 저를 할퀴었을 때 진짜 상처가 난 거예요? 제 정신이 몸에게 상처를 입었다고 말한 거라고요?"

"그래…… 그런데 표범이라니?"

"제 등을 할퀸 표범이요."

엘리엇은 손가락으로 어깨 너머를 가리키며 말했다.

"아이고, 내 새끼! 미안하다. 내 잘못이야. 오니리아는 마법사에게 안전한 곳이야. 상상력만으로는 몸에 아무런 영향도 줄 수가 없으니 말이야. 하지만 창조자는 다르단다. 정신적 고통이 몸에 나타나기 때문에 오니리아에서 겪은 모든 일이 현실 세계와 똑같은 결과를 낳지. 그게 바로 모래시계를 다른 사람이 아닌 네게 준 이유 중 하나란다. 네가 어렸을 때부터 상상력으로 악몽을 물리치는 법을 익히도록 했기 때문이지."

"이유 중 하나요? 그럼 다른 이유도 있어요?"

"이미 오래전에 널 선택했단다."

할머니는 엘리엇에게 웃으며 말했다.

"네?"

"네가 다섯 살 되던 해부터 오니리아에 대해 말해 주고 상상력으로 악몽과 싸우도록 연습시켰지 않니. 처음에는 수면 공포증만 이겨 내도록 도와줄 참이었지. 그런데 시간이 갈수록 너의 재능이 놀랍더구나. 너의 관찰력, 상상력, 표현력을 보고 훌륭한 창조자가 될 수 있을 거라 생각했어. 그래서 언젠가 네가 준비가 되면 이 모래시계를 물려주기로 한 거야."

엘리엇은 자신의 운명을 오래전부터 계획해 왔다는 할머니의 얘기를 듣고 충격을 받았다. 조종당했다는 불쾌감과 선택받았다는 자부심이 섞인 묘한 기분이었다.

"사실은 시간이 조금 더 있었다면 좋았을 거야. 적어도 네가 열다섯 살은 되었을때 알려 주고 싶었는데 말이다. 하지만 갑자기 네 아빠가 저렇게 쓰러졌으니……. 나는 처음부터 이 모든 게 오니리아와 관련이 있다고 생각했단다. 그래서 모래시계를 네게 더 빨리 물려주고 싶었다만, 큰 위험에 맞서기에 넌 아직 어려서 많이 망설였지."

"그런데 어젯밤에 갑자기 제가 준비됐다는 생각이 드셨어요?"

"아니! 어제는 모든 일이 너무 빨리 벌어졌어. 네 아빠가 발작을 일으켰을 때 분명 '모래'라고 했지. 그게 바로 내가 찾고 있던 증거였어. 게다가 너도 샤르마유 박사가 하는 말 들었잖니. 네 아빠를 구하려면 일 분도 지체할 수 없어. 몇 주 뒤면 이미 때는 늦을 거야. 더 이상 기다릴 수 없었단다. 차분한 분위기에서 모래시계를 물려주면 좋았을 텐데……. 천천히 모든 걸 설명해 주고 말이야. 오후 내내 어떻게 말을 꺼내야 할지 고민했단다. 그러다가 그만 크리스틴과 싸우는 바람에……. 널 언제 다시 볼 수 있을지 몰랐잖니. 그래서 떠나기 전에 모래시계를 준 거란다. 시간이 충분할 줄 알았는데, 크리스틴이 하도 일찍 나타나서……. 아니, 너무 늦게 나타난 건가? 모래시계를 건네주기 전에 나타났으면 더 나았을지도 모르니. 어쨌건 벌써 건네줬으니 되돌릴 수도 없었단다."

"왜요? 다시 가져갈 수 있었잖아요?"

"그럴 수도 있었지만 그러고 싶지 않았지. 모래시계는 처음 본 사람에게 아주 강하게 끌리는 특성을 지녔어. 만약 모래시계를 목에 걸고 잠들지 않았다면 넌 한숨도 못 잤을 거야. 내가 다시 가져갔다면 우리가 다시 만날 때까지 넌 뜬눈으로 밤을 지새워야 했을걸? 어쨌거나 크리스틴이 뭐라고 하든 말든 충분히 시간을 들여 모든 걸 설명했어야 했는데……. 나도 너무 놀라서. 화가 나고, 슬프고, 분하고, 걱정도 되고……. 미안하다, 우리 손자!"

"걱정 마세요, 할머니. 차라리 잘된 것 같아요."

"응? 설명이 필요 없다는 거니?"

"아니요, 그럴 리가요. 하지만 만약 할머니가 이 모든 얘기를 어젯밤에 해 주셨어도 아마 한마디도 믿지 못했을걸요. 오니리아를 다녀왔으니까, 제때 깨어나지 못할까 봐 겁이 나 봤으니까, 몸에 이상한 상처가 나 봤으니까 믿는 거죠."

할머니는 웃으며 엘리엇의 머리를 쓰다듬었다.

"할머니, 이젠 할머니 말을 믿어요. 하지만 이해가 안 가는 것도 있어요. 아빠를 구하려면 오니리아에 가야 한다는 걸 할머니는 벌써 알고 계셨잖아요. 그런데 왜 직접 오니리아에 가시지 않은 거예요?"

"그럴 수만 있다면 벌써 갔겠지. 난 오니리아에 들어갈 수 없단다."

할머니는 서글프게 대답했다.

"들어갈 수 없다니요?"

할머니는 당황한 눈치였다.

"그…… 그러니까……. 오니리아에서 있었던 마지막 사건이 끝이 좋지 않았다고나 할까? 내가 뭔가를 했는데, 그게 금지된 일이었어. 그래서 오니리아에서 쫓겨났지."

"네?"

"진짜란다."

할머니는 슬퍼 보였다.

"오니리아 정부가 나를 추방시키고 모래시계에 주문을 걸었어. 다시는 내가 모래시계를 쓸 수 없도록."

"무슨 주문이요?"

할머니는 대답을 하지 않고 뜸을 들였다.

"아주 무서운 주문이지. 만약 내가 모래시계를 사용해서 오니리아에 들어가면 난 곧바로 죽는단다."

엘리엇은 침을 꿀꺽 삼켰다. 오니리아는 진짜 무서운 곳인가 보다. 시선을 돌리는 할머니의 목소리가 잠겨 있었다. 무슨 잘못을 저질렀기에 그런 무서운 벌을 받았는지 궁금했지만 차마 할머니에게 물어볼 수 없었다.

잠시 뒤 엘리엇이 입을 열었다.

"할머니, 모래 상인이 정말 아빠를 치료할 수 있다고 믿으세요?"

"그렇고말고."

할머니는 손수건으로 눈물을 훔치며 말했다.

"어쨌든 뭐라도 할 수 있는 건 모래 상인뿐이야. 내 생각엔 누군가 나쁜 의도를 가지고 모래를 사용해서 네 아빠를 영원한 잠에 빠뜨린 것 같아."

"누가 그런 일을 해요?"

"모르겠다, 엘리엇. 내가 아는 건 그 대답이 오니리아에 있다는 거야."

"모래 상인 짓일지도 모르잖아요. 모래 상인이 모래의 주인이니까요. 그 사람에게 찾아가는 건 늑대 소굴에 제 발로 들어가는 게 아닐까요?"

"그렇지는 않을 거다. 그런 일을 저지르려면 악의를 품어야 하는데, 만약 모래 상인이 그런 일을 저질렀다면…… 그렇다면 그는 더 이상 모래 상인이 될 자격이 없지."

엘리엇은 난감해하며 할머니를 바라보았다. 할머니의 설명은 충분하지 않았다.

"모래 상인은 동화 속에 나오는 모래 상인과는 아주 다르단다."

할머니가 설명을 계속했다.

"모래 상인은 미국 대통령보다 힘이 센 존재지. 하지만 국민이 대통령을 뽑는 우리 세계와는 다르게 모래 상인은 선거로 뽑히지 않아. 선거 운동을 할 필요가 없지. 누군가의 아들이라거나 군대를 지휘하는 장군이라서 그 자리에 앉은 게 아니야. 누구 덕에 그 자리에 오른

게 아니라 신비로운 존재에 의해 지명된 거란다. 완벽하고 청렴한 그 불멸의 존재는 영혼을 읽을 수 있고 태초부터 오니리아의 조화를 유지했지. 모래 상인은 능력 때문에 선택받기도 했지만 정직함 때문에 선택받기도 했어. 단 한 번의 잘못도 용납될 수 없는 아주 힘든 자리니까."

할머니가 단호하게 말하는 걸 보니 엘리엇은 모래 상인이 범인일지도 모른다는 소리를 괜히 했나 싶었다.

"알겠어요. 그럼 모래 상인을 어떻게 찾으면 돼요?"

"아, 그건 아주 간단해. 오니리아에 처음 가 본 사람들을 맞이하는 안내소가 곳곳에 있단다. 우리 같은 창조자도 그곳에 가서 질문을 할 수 있어. 안내소에 가서 모래 상인과 만나고 싶다고 말하기만 하면 돼."

"안내소는 어떻게 찾아요? 오니리아에서 처음 만난 사람에게 물어보면 될까요?"

"그래도 되겠지. 오니리아 주민들은 아주 친절하거든. 하지만 혹시 문제가 생길지 모르니까 일단 잠이 들 때 좋은 장소를 생각하는 게 가장 좋단다."

"그래요?"

"잠들 때 생각하고 있는 이미지가 오니리아에서 갈 곳을 결정하거든. 사람이나 동물, 사물, 장소, 뭐든 된단다. 어젯밤에 너를 할퀸 표범을 생각하면서 자면 자동적으로 표범 앞에 가게 되는 거지."

표범을 떠올리자 엘리엇은 소름이 돋았다.

"옥수수밭을 생각하면서 잠들면 옥수수밭에서 깨어나는 거고. 실패는 없단다. 그러니까 네가 잠들 때 안전한 곳을 생각하면 제일 좋아. 그러면 악몽과 마주칠 위험은 없을 테니까. 하지만 사막은 안 된다. 길을 물어볼 사람이 없잖니. 운동장이나 학교를 생각해 봐. 중요한 건 그 장소가 너에게 뭔가 긍정적인 걸 불러일으켜야 해."

"혹시 악몽이랑 만나면 어떻게 하죠?"

"원래는 악몽이 널 공격할 이유는 없어. 네가 창조자라고 말하면 덤비지 않을 거야. 악몽은 마법사는 공격해도 창조자는 건드리지 않거든. 그 말은 악몽이 모르고 덤빌 수도 있다는 거다. 그리고 마법사도 조심해야 해. 어디로 튈지 모르고 해를 입힐 수 있어. 악몽이나 마법사가 공격하거든 네가 어렸을 때 괴물을 상대로 싸웠던 것처럼 싸우면 된단다."

"눈을 감고 무기나 방어할 수 있는 물건을 아무거나 상상하면 되죠? 머릿속에 그린 그림은 마법처럼 그대로 현실이 되는 거고요?"

"그렇지. 네가 원하는 건 뭐든지 만들 수 있어."

"정말요? 어젯밤 꿈에서는 제대로 한 게 아무것도 없었어요. 처음부터 끝까지 당하기만 한걸요."

"아직 네가 창조자라는 생각이 없어서 그런 거야. 네가 마법사인 줄 알고 마법사처럼 행동한 거지. 하지만 다음에는 한번 시도해 보렴. 눈을 감고 집중해서 장소나 사물을 상상하기만 하면 상상한 게 금방 나타날 거야. 아주 간단해. 예를 들어서 목이 마를 때 눈을 감고 손에 물 한 잔을 들고 있다고 상상하기만 하면 짠! 하고 물 한 잔이 나타날 거야. 헤엄을 치고 싶으면 해변을 상상해 봐. 그럼 금세 해변이 눈앞에 펼쳐질 테니."

"마법처럼요?"

엘리엇은 신이 났다.

"그래. 사실 그건 집중력과 상상력의 문제야."

"할머니는 제가 정말 그렇게 할 수 있다고 믿으세요?"

"그렇고말고. 물건을 가지고 많이 연습했잖니. 그러니 장소에 대해서도 빨리 배우게 될 거야. 그런데 생명체를 만들어 내는 일은 더 복잡하단다. 마법사는 생명체를 잘 만들어 내지. 어렵다는 것에 대한 의식이 없고 의식에 지배받지 않기 때문이야. 하지만 창조자는 다르단다. 대부분은 살아 있는 생명체를 만들어 낼 수 없지. 하지만 너에게는 화가의 재능도 있고 풍부한 상상력도 있으니 해낼 수 있을 거라고 생각해. 다만 조금 연습이 필요하단다."

"신기해요!"

엘리엇의 눈이 초롱초롱해졌다.

"그렇지? 상상으로 뭐든지 만들어 낼 수 있다는 건 짜릿한 일이야. 하지만 가장 중요한 건 장소란다. 네 목숨을 살릴 수 있으니까."

"그래요?"

"그럼. 힘든 상황에 처했거나 통제할 수 없는 사건이 벌어져서 널 방어할 수 없을 때 딱 한 가지 일만 하면 돼. 눈을 감고 한 장소를 머릿속으로 그리는 거지. 그 어떤 장소라도 금방 나타날 거야. 오니리아에 이미 존재하는 장소라면 그곳으로 이동하게 될 거고, 그게 아니라면 네가 있는 곳에 그 장소가 만들어지는 거지. 이걸 순간 이동 능력이라고 해. 시도하면 백 퍼센트 성공할 거야. 심지어 네가 한 번도 가 본 적이 없는 장소라도. 하지만 정확한 장소로 가려면 사진처럼 아주 자세하게 머릿속에 그리는 게 중요해. 나도 그렇게 해서 여러 번 어려움을 해결했단다. 나중에는 척척 이동할 수 있을 거야."

"잠깐만요. 순간 이동을 할 수 있다면 굳이 안내소에 갈 필요가 없잖아요. 모래 상인을 생각하기만 하면 바로 앞에 나타날 테니까요."

"그렇지 않단다. 순간 이동은 장소에만 쓸 수 있지 생명체나 사물에는 통하지 않아."

"하지만 표범을 생각하면서 잠들면 표범 앞에 가게 된다면서요."

"그래. 잠드는 바로 그 순간만큼은 예외야. 하지만 생명체를 만나는 건 장소나 사물보다 더 어려워. 그림이나 사진으로는 생명체를 자세하게 떠올리기 힘들지. 목소리, 몸짓 등 고유의 특성이 있기 때문이야. 다시 말하면 누군가를 만나려면 그 사람을 이미 만나 봤어야 해. 그러니까 모래 상인을 만나려면 안내소를 거칠 수밖에 없단다."

"알겠어요."

창조자의 능력이 무한하지 않다는 걸 이해한 엘리엇은 조금 실망했다.

"악몽을 피해야 하니까 편안한 장소를 생각하면서 잠을 잘게요. 먼저 가장 가까운 안내소를 물어보고, 안내소에 가서 제가 창조자라는 걸 밝히고 모래 상인을 만나고 싶다고 하면 되는 거죠?"

"그럼 네 아빠가 왜 저렇게 오랫동안 잠에서 깨어나지 못하는지 알 수 있겠지."

"문제를 해결하면 아빠도 깨어날 거예요. 그럼 아빠도, 할머니도 집으로 돌아오시니까 런던으로 이사 가지 않아도 되고요."

"너무 앞서가지 마라. 물론 모든 게 해결될 거야. 하지만 지금은 빨리 집으로 돌아가야 해. 크리스틴이 왜 여태 안 오나 할 거야. 여기로 찾으러 오면 어쩌니. 그리고 숙제도 해야 하지?"

"네, 엄청 많아요."

엘리엇이 시무룩하게 말했다.

숙제는 아예 까먹고 있었고 하기도 싫었다. 할머니가 들려준 얘기에 비하면 정말 재미없을 테니 말이다.

엘리엇은 자리에서 일어났다. 할머니는 현관까지 엘리엇을 배웅했다. 문을 열기 전에 할머니는 좌우를 살피며 혹시 비노슈 부인이 듣고 있지 않은지 확인했다.

"아무한테도 말하지 마라!"

할머니는 엘리엇에게 속삭였다.

"이 지구에서 오니리아가 있다는 걸 아는 사람은 몇 안 돼. 비밀은 지금처럼 계속 유지되어야 해. 비밀이 밝혀지면 무슨 일이 벌어질지 상상하기도 싫다. 끔찍한 세상이 될 거야."

"걱정 마세요. 사람들이 절 미친놈 취급할걸요. 그건 싫어요."

할머니는 다정한 눈으로 엘리엇을 바라보고 이마에 입을 맞췄다.

"자, 이제 그만 가렴. 클로에와 쥘리에트 잘 돌보고. 쌍둥이도 힘들 거야. 게다가 네가 아는 비밀을 쌍둥이는 모르잖니."

전설을 믿는 공주

엘리엇은 수학 문제를 대충 풀어 치우고 아주 잠깐 역사 공부에 집중했다. 그 정도가 최선이었다. 엘리엇은 할머니가 준 모래시계를 목에 걸고 침대에서 뒹굴며 잠이 오기만을 기다렸다. 손에는 식은땀이 났고 다리는 덜덜 떨렸다. 두려웠다. 엘리엇은 눈을 감고 숨을 깊게 들이쉬고 내쉬면서 마음을 진정시키려 애썼다. 머릿속으로는 한 가지 이미지만 떠올리려 노력했다. 창조자로서는 처음 하는 오니리아 여행. 그 여행을 시작할 장소를 그려 보았다.

엘리엇은 아빠가 출장에서 돌아올 때마다 그려 보았던 환상의 나라를 선택했다. 탐사 보도 기자의 세상 끝 여행에 대한 기억과 엘리엇이 만들어 낸 상상을 합쳐 놓은 곳이었다. 평소 엘리엇은 그림을 그려서 파일에 소중히 넣어 침대 밑에 보관했다.

오늘밤 엘리엇은 그 파일에서 오렌지 나무, 복숭아나무, 체리 나무, 무화과 나무 등 과일 나무가 심겨 있는 넓은 과수원 그림을 선택했다. 사계절의 과일이 동시에 열매를 맺고, 나무들은 아이들이 뛰어오를 수 있게끔 가지를 내려 준다. 바위 사이로 초콜릿 강이 흐르고 달콤한 생크림 펌프까지 있다.

엘리엇은 일곱 살 때 이 그림을 그렸다. 그때 아빠는 팔레스타인에서 돌아와 레몬 나무 숲의 아름다운 풍경과 향기로운 레몬 향에 대해서 말해 주었다. 그때는 엘리엇이 그림에 서툴러서 그림이 그다지 훌륭하지 않았지만, 워낙 좋아하는 그림이었고 자주 꿈꾸곤 했던 풍경이었다.

그림을 보던 엘리엇은 결국 잠이 들었다.

예상은 했었지만 잠시 뒤 벌어진 광경에 엘리엇은 할 말을 잃었다. 수백 그루의 과일 나무, 탐스럽게 익은 열매에서 풍기는 과일 향과 초콜릿 향, 거대한 생크림 펌프 앞으로 앞다투어 뛰어가는 아이들……. 하나도 빠짐없이 모두 다 있었다. 일곱 살 때 상상했던 과수원이 분명했다.

엘리엇은 보고도 믿지 못했다.

체리 나무에 다가가서 손을 내밀었더니 나뭇가지 하나가 내려와 엘리엇에게 올라오라는 시늉을 했다. 환상일까? 하지만 나뭇가지에 발을 디디고 올라가 보니, 나뭇가지는 외갓집 정원에서 올라갔던 커다란 밤나무 가지처럼 진짜 같고 튼튼했다. 엘리엇은 체리를 따서 맛봤다. 지구에서 먹었던 그 어떤 체리보다 빨갛고 육즙이 달았다.

엘리엇은 볼을 때려도 보고 꼬집어도 봤다. 그냥 꿈을 꾸는 게 아닌지 확인하려고 팔을 깨물기까지 했다. 하지만 나무와 과일, 나무 위로 올라가 노는 아이들의 소리는 정말 현실이었다.

이제는 더 이상 의심할 수 없었다. 할머니의 말은 사실이었다. 오니리아는 실제로 존재했다.

엘리엇은 감탄하며 한동안 나무 위에 머물렀다. 그러다가 길을 물어야겠다는 생각이 들자, 체리 나무에게 땅에 내려 달라고 부탁했다. 땅에 내려온 엘리엇은 생크림 펌프로 다가갔다. 조금 전 줄을 섰던 아이들은 대부분 가고 없었다. 책가방을 맨 초등학교 1학년쯤 되어 보이는 아이만 남아 산딸기가 가득 담긴 그릇에 생크림을 열심히 붓고 있었다. 엘리엇은 아이에게 가장 가까운 안내소가 어디인지 물었다.

"몰라."

아이는 어깨를 으쓱하며 대답했다.

"강가에 있는 아아노르에게 물어봐. 모르는 게 없으니까 형을 도와줄 수 있을 거야."

엘리엇이 강가로 내려가려 할 때 생크림 펌프에서 한 줄기 빛이 반짝였다. 다가가 보니 펌프에 포스터가 붙어 있었다. 포스터는 종이처럼 얇았지만 컴퓨터 화면처럼 빛이 나고 있었다.

포스터 맨 위에는 동그란 상징이 그려져 있고, 그 옆에는 큰 보라색과 은색 글씨로 다음과 같이 쓰여 있었다.

'정보급습치안국'

엘리엇은 얼굴을 찡그렸다.

어젯밤 서커스 마차에서도 봤던 이름이다. 엘리엇은 포스터를 읽어 내려갔다.

모든 창조자에게 알림

오니리아의 군주 디틸드 여왕 폐하의 명령에 따라

모든 창조자는 최대한 빨리 가까운 안내소나

정보급습치안국 수사대에 출두해야 한다.

오니리아 주민의 적극적인 협조 바람.

정보급습치안국 국장

그리핀 시구림

엘리엇은 포스터 내용이 마음에 들지 않았다. 오니리아의 여왕은 왜 창조자를 잡아들이려고 하는 걸까? 정보급습치안국은 뭘 하는 곳일까? '치안'과 '정보'라고 하니 경찰이나 비밀 첩보 기관이 떠올랐다. 그런데 '급습'이라니? 그게 무슨 말일까?

엘리엇은 마음에 걸리는 게 있었다. 그러고 보니 어제 서커스 단장이 보라색 총을 쏴서 거인 크리스틴을 마비시켰다. 경고도 없이 마치 스테이플러로 벽에 포스터를 찍듯이 총을 쐈다. 서커스 단장의 마음에는 조금의 동요도 없어 보였다.

엘리엇은 포스터가 탐탁지 않았다. 힌트를 얻으려고 정보급습치안국의 상징을 자세히 들여다봤다. 입을 크게 벌린 뱀의 목을 다른 동물이 날카로운 이빨로 베어 무는 그림이었다. 그 동물은 몸집이 작았고 주둥이는 뾰족했으며 눈은 쭉 찢어졌고 귀가 둥글었다. 엘리엇의 과학 선생님이 몇 주 전 수업 시간에 소개했던 동물이었다. 코브라를 죽일 수 있어서 인도인들이 숭배하는 동물, 몽구스였다.

엘리엇은 소름이 돋았다. 몽구스가 인간을 보호하는 동물이든 아니든 그림에서 뿜어져 나오는 폭력성에 엘리엇은 본능적으로 최대한 빨리 도망가야겠다는 생각이 들었다. 하지만 자존심도 있고 아빠를 구해야 하는 절박함 때문에 쉽게 포기할 수는 없었다. 그럼 어떡하지? 엘리엇은 곰곰이 생각했다. 한 가지는 확실했다. 정보급습치안국과 여왕의 의도에 대해 더 알아내기 전까지는 안내소에 절대 가면 안 된다. 그러니까 할 일은 딱 하나다. 조사를 하는 것. 아까 초등학생 아이가 '모르는 게 없는' 아아노르라는 애에 대해서 말했으니, 그 애를 찾는 것부터 하면 되겠다. 관자놀이에 보라색 총구가 겨눠지는 걸 피하려면 창조자라는 걸 들키지 않도록 조심해야 한다.

엘리엇은 단호한 발걸음으로 강가로 향했다. 하지만 강으로 다가갈

수록 엘리엇은 진한 초콜릿 향기에 취했다. 강에 도착하니 더 이상 참을 수 없었다. 엘리엇은 따뜻하고 걸쭉한 초콜릿 강물에 손가락을 담갔다가 입안에 넣었다. 초콜릿은 엘리엇이 꿈꿨던 것만큼 달콤했다. 결국 엘리엇은 땅바닥에 엎드려 초콜릿 강물을 직접 핥기 시작했다.

다시 일어났을 때는 초콜릿이 턱까지 묻어 있었다. 아이노르라는 애에게 겁을 주지 않으려면 얼굴을 씻어야 했다. 하지만 이곳에는 달콤한 초콜릿 강물뿐, 물이 없다는 건 누구보다 엘리엇이 잘 알고 있었다. 지금이야말로 창조자의 힘을 시험해 볼 때였다.

엘리엇은 좌우를 살피며 주위에 아무도 없는지 확인한 뒤 눈을 감고 집중하기 시작했다. 만들어 내고 싶은 사물을 아주 자세하게 머릿속으로 떠올렸다. 마음이 편안했고 자신이 생겼다. 어렸을 때 할머니의 조언을 들으며 수백 번이나 연습했던 동작이었다. 눈을 다시 뜨자 몇 미터 앞에 돌로 만든 작은 분수대가 있었다. 상상한 모습 그대로였다.

엘리엇은 분수대를 신기하게 바라보았다. 할머니 말이 맞았다. 상상하면 뭐든지 만들어 낼 수 있다는 건 정말 짜릿했다.

엘리엇은 분수대로 다가가 고개를 숙여 얼굴을 물속에 담그고 세차게 문질렀다.

"여기 자주 오니?"

엘리엇은 깜짝 놀라 분수대 꼭지에 머리를 박았다. 나이가 비슷해 보이는 여자애가 분수대에 앉아서 강렬한 황금색 눈동자로 엘리엇을 응시하고 있었다. 바람에 흩날리는 긴 금발 머리, 모나리자를 닮은 신비로운 미소, 새하얀 롱드레스……. 엘리엇은 천사를 보는 것 같았다. 여자애는 예뻤다. 아주 예뻤다.

너무 예쁜걸. 엘리엇의 디테일미터가 작동했다.

'이렇게 완벽한 미인은 현실에 존재하지 않아. 이 여자애는 아마 얼굴만 예쁘고 머릿속엔 똥이 들어찬 바보 같은 애일 거야.'

엘리엇은 컴퓨터로 조작한 사진이나 샴푸 광고 모델을 떠올렸다.

"여기 자주 오냐고."

여자애가 다시 물었다.

"아니, 처음이야."

"난 자주 와. 오니리아에서 내가 제일 좋아하는 곳이거든."

"나도. 나도 여기가 제일 좋아."

엘리엇은 입술을 깨물었다. 멍청하긴! 머릿속에 똥이 든 건 바로 너야, 엘리엇!

"난 꿈의 공주 아아노르야. 너는?"

"난 엘리엇이야. 아무것도 아닌 왕자."

아아노르가 웃음을 터뜨렸다.

"왕궁의 광대 같아. 광대가 입을 열면 모두가 깔깔대고 웃거든."

엘리엇은 기분이 상했다. 샴푸 모델이 자신을 광대 취급하는 게 싫었다.

"내 말은…… 거의 대부분의 사람들이 웃는다는 거지."

아아노르는 서글픈 듯 말했다.

"어마마마는 절대 웃지 않으셔. 오니리아를 다스려야 할 책임이 있는 여왕은 유머 감각은 포기해야 하나 봐."

엘리엇은 대답하려고 입을 열었지만 아무 말도 할 수 없었다. 조금 전까지 아아노르의 미모 때문에 마비되었던 뇌에 드디어 정보가 도달했기 때문이다. 아아노르는 바로 오니리아의 여왕의 딸이었다.

이 정보는 두 가지를 의미한다. 첫째, 아아노르에게는 절대 자신의 정체를 밝히면 안 된다. 둘째, 아아노르가 정보급습치안국이 무엇인지, 창조자를 왜 찾고 있는지 가르쳐 줄 것이다. 이제부터 매우 신중해야 한다. 하지만 아아노르가 선수를 쳤다.

"그런데 이상해. 몇 분 전에 이곳을 지나쳤는데 그땐 분수대가 없었거든."

엘리엇은 아아노르를 관찰했다. 혹시 엘리엇이 분수대를 만든 걸 알아차린 걸까? 알 수 없었다. 엘리엇은 자기도 놀란 척하기로 했다.

"그래? 마법사가 그랬나 봐."

"그런가?"

아아노르는 알쏭달쏭한 듯 얼굴을 찡그렸다. 그러고는 곧장 일어서더니 엘리엇에게 세상에서 가장 예쁜 미소를 지어 보였다.

"이리 와 봐. 내가 이 과수원에서 제일 좋아하는 장소를 보여 줄게. 혼자 있고 싶을 때 가는 나만의 장소야."

엘리엇은 망설이지 않고 아아노르를 따라갔다. 엘리엇은 자신이 직접 만든 상상의 세계를 손바닥 들여다보듯 알기 때문에 아이노르가 어디로 데려가려는지 짐작이 되었다. 엘리엇은 종이 한 귀퉁이에 꽃이 만발한 자두나무 숲을 그렸더랬다. 과수원에 있는 나무들 중 열매를 맺지 않는 유일한 나무였다. 그림에는 보이지 않지만 숲 안에는 얽히고설킨 가지들이 만들어 낸 작은 공간이 있어서 바깥의 소란이나 사람들의 시선을 피할 수 있었다. 이 천연 오두막은 엘리엇이 숨으려고 만들어 낸 장소였다.

아이노르는 작은 구멍을 통해서 오두막에 들어가려고 바닥에 엎드렸다. 엘리엇도 그대로 따라했다. 그런데 이게 웬일인가! 아이노르가 오두막 안을 모두 바꿔 놓았다. 두툼한 갈색 양탄자, 여기저기 놓인 황금색 쿠션, 책으로 가득 찬 작은 선반이 있었다. 엘리엇은 놀란 마음을 들키지 않으려고 애쓰면서 공주 옆에 앉았다.

"시원한 레모네이드 마시고 싶다. 만들어 줄 수 있어?"

아이노르가 물었다. 엘리엇은 주위를 돌아보았다. 오두막에는 레몬은커녕 물이나 유리잔도 찾아볼 수 없었다.

"분수대를 만들 줄 알면 레모네이드 두 잔 정도야 식은 죽 먹기지. 아무리 실력이 형편없는 창조자도 그건 할 줄 알걸?"

엘리엇은 목이 멜 정도로 깜짝 놀랐다.

"무슨 소리야?"

엘리엇은 모르는 척 물었다.

"강가에 왔을 때부터 쭉 지켜보고 있었어. 네가 분수대 만드는 걸

봤다고. 오니리아에 그런 능력을 가진 사람은 세 부류야. 마술사, 마법사, 그리고 창조자. 마법사라면 나한테 거짓말을 못해. 분수대를 자기가 만들었다고 금방 실토했을 거야. 또 마법사는 검은 눈동자가 없으니까 너는 창조자인 거지. 정체를 숨기려는 창조자. 이유가 뭘까? 궁금한데?"

공주의 추리는 반박할 수 없을 정도로 완벽했다.

"어디서 지켜봤던 거야?"

엘리엇은 체념하고 물었다.

"주위를 살펴봤지만 넌 보지 못했어."

"고개를 위로 들었어야지. 바로 네 위에 있었거든. 나무에 올라가 있었어."

엘리엇은 너무 쉽게 정체가 탄로 나자 화가 났다. 게다가 강아지처럼 초콜릿 강물을 핥는 모습을 공주에게 들켜서 창피했다. 하지만 무엇보다 공주가 정보급습치안국에 고발할까 봐 겁이 났다. 비밀을 지켜 달라고 설득해야 한다.

"내가 왜 정체를 감췄는지 알고 싶어? 생크림 펌프에 붙어 있는 안내문을 봤기 때문이야. 정보급습치안국에 출두해야 하더라고. 하지만 내겐 그럴 수 없는 이유가 있어."

"무슨 이유?"

아아노르는 취조하듯 물었다.

"어제 정보급습치안국의 수사대를 만났어. 서커스단이었지. 곡예사, 어릿광대, 서커스 단장, 그리고 표범. 표범이 날 죽일 뻔했어."
"정보급습치안국의 표범이 널 죽일 뻔했다고?"
"맞아. 때맞춰 잠이 깼으니 천만다행이었지. 그렇게 무서운 건 처음이었어."
"그랬겠구나. 그건 있을 수 없는 일이야. 이 소식을 들으면 어마마마도 아마 분노하실걸?"
"여왕 폐하가 모르셨으면 좋겠어."
엘리엇의 말에 아아노르는 뿌루퉁해졌다.
"너희 어머니 때문이 아니야. 오니리아에 온 지 얼마 되지 않아서 여왕 폐하에 대해서는 아무것도 모르는걸? 하지만 포스터를 붙여서까지 창조자를 찾는다는 게 마음에 들지 않아. 내가 위험한 범죄자가 된 기분이야."
"방법이 좀 특별하긴 했지. 하지만 어마마마께도 그럴 만한 이유가 있어."
"무슨 이유?"
"그건 나도 몰라."
"나도 마찬가지야. 알지도 못하고 무슨 의도를 가진지도 모르는 사람들에게 찾아갈 생각은 없어. 특히 나를 죽이려 했던 사람들이라면. 그러니까 제발 부탁인데, 아무에게도 말하지 말아 줘."
아아노르는 한동안 가만히 있었다. 엘리엇은 조바심이 나서 어쩔 줄 몰랐다.

"알았어."

드디어 아아노르가 입을 열었다.

"아무에게도 말하지 않을게. 어마마마에게도, 다른 그 누구에게도. 우리 둘만의 비밀로 하자."

"약속하는 거다?"

엘리엇이 물었다.

"약속해. 믿어 봐. 어쨌든 그러는 편이 좋아."

"왜?"

"어마마마가 널 잡아들이기 전에 우리가 해야 할 일이 있으니까."

아마 앉아 있지 않았다면 엘리엇은 놀라서 뒤로 넘어졌을 것이다.

"모래시계 보여 줄 수 있어?"

아아노르가 쉴 틈도 주지 않고 물었다.

엘리엇은 너무 놀라 말을 할 수가 없었다. 그저 놀란 눈으로 공주만 바라보았다.

"우리가 앞으로 할 일을 설명해 줄게. 하지만 먼저 네 모래시계를 봐야겠어. 실제로는 한 번도 본 적이 없거든."

엘리엇은 공주의 천사 같은 얼굴을 살폈다. 자신에게 뭘 기대하는 건지 모르겠지만 아아노르의 황금빛 눈동자는 호기심을 자극했다. 결국 엘리엇은 옷 속에서 모래시계를 꺼내서 보여 주기로 했다. 그 순간, 엘리엇은 자신이 여전히 잠옷 바람이라는 것을 깨달았다. 얼굴이 화끈 달아오르고 머릿속까지 빨개졌다. 아아노르는 금세 엘리엇의 기분을 알아차렸다.

"창조자는 자기가 상상한 옷을 입을 수 있지."

아아노르는 찡긋 윙크를 했다.

"원하면 옷을 갈아입을 수 있다고."

엘리엇은 눈을 감고 잠옷보다는 그럴싸한 옷을 입은 자신의 모습을 상상했다. 잠시 뒤 눈을 떴을 때, 성공했다는 걸 알게 되자 안심이 되었다. 실수로 공주 앞에서 팬티와 양말만 신고 있지 않아서 다행이었다.

"이제 모래시계 보여 줄래?"

아아노르가 물었다.

"여기 있어."

엘리엇은 목에 걸린 줄을 잡아당겨 모래시계를 보여 주었다. 그리고 자기가 착각하는 게 아닌지 확인하려고 몇 번이나 눈을 깜빡거렸다. 엘리엇은 모래시계를 흔들어도 보고 뒤집어도 보았다. 아니었다. 엘리엇이 본 건 진짜였다.

"봤어? 모래가……."

엘리엇이 물었다.

"뭐?"

"모래가 거꾸로 흘러! 아래에서 위로 흐른다고!"

엘리엇이 소리쳤다.

"그래서?"

아아노르가 되물었다.

"그래서라니? 그건 불가능하잖아."

"오니리아에서 불가능이란 없어."

아아노르는 어깨를 으쓱하며 대답했다.

참, 그렇지! 꿈의 왕국에서는 모든 것이 가능하지. 엘리엇도 알고 있었다. 하지만 물리학의 법칙까지 바뀔 수 있다는 건 상상도 하지 못했다. 아아노르는 허리를 숙여 모래시계를 관찰했다. 엘리엇의 몸에 거의 닿을 정도였다. 아아노르가 가까이 다가오니 엘리엇은 어쩔 줄 몰랐다. 침착해지려고 일부러 아아노르가 부탁한 레모네이드 두 잔을 만들어 냈다. 아아노르가 다시 몸을 일으킨 뒤에야 엘리엇은 숨을 쉴 수 있었다.

"보내진 자와 선택받은 자의 전설을 알고 있니?"

아아노르가 물었다.

"아니. 그게 뭐야?"

"전설에 따르면 오니리아가 위험에 처할 때마다 네가 가진 것 같은 모래시계를 가진 창조자가 지구에서 온대. 그 창조자를 '보내진 자'라고 불러. 보내진 자는 능력과 용기가 많은 오니리아 주민과 짝을 이루는데, 그 오니리아 주민을 '선택받은 자'라고 하지. 두 사람은 함께 위험에 맞서 싸워서 오니리아를 구하는 거야. 오니리아의 역사에는 지금까지 수백 명의 보내진 자와 선택받은 자가 있었어."

엘리엇은 무엇에 홀린 듯 공주의 말에 빠져들었다.

"오니리아는 지금 위험에 처해 있어. 그 위험이 뭔지는 정확히 모르지만 어마마마가 얼마 전부터 몹시 긴장하고 계셔. 최악의 상황이 될지도 모른다고 몇 번이나 말씀하셨지. 우리에게 새로운 보내진 자가 필요한 것 같아."

공주는 손가락으로 엘리엇을 가리켰다.

"난 그게 너라고 확신해."

"뭐? 잠깐만. 그건 전설일 뿐이라고 네 입으로 말했잖아."

"난 그 전설이 진짜라고 굳게 믿어."

"좋아. 그 전설이 사실이라고 쳐. 오니리아가 위험에 빠졌고 새로운 보내진 자가 필요한 것도 맞는다고 쳐. 하지만 왜 나야? 다른 창조자도 많잖아?"

"지금은 그렇지 않아. 모래시계는 다섯 개밖에 없어. 오니리아에서 창조자를 못 본 지 벌써 몇 년이나 되었어."

"이건 우연일 거야."

"그럴 수도. 하지만 난 그렇게 생각하지 않아. 알 수 있는 방법이 있어. 나무 요정을 찾아가서 물어보면 돼. 문제는 나무 요정이 어디에 사는지, 어떻게 생겼는지 아무도 모른다는 거지만. 하지만 꼭 찾아 낼 거야. 난 언제나 문제를 해결하니까."

아아노르의 시선이 양탄자가 접혀 있는 부분에 가서 머물렀다. 엘리엇은 자신을 꿈의 왕국의 구원자로 만들려는 아아노르의 결심이 불편했다. 아아노르가 잘못 생각하고 있는 게 틀림없기 때문이다. 엘리엇은 아아노르가 생각하는 보내진 자가 아니었다. 엘리엇이 구하러 온 사람은 아빠뿐이었으니까.

"아아노르, 착각하지 않았으면 좋겠어. 내가 오니리아에 온 이유는……."

"쉿!"

아아노르가 갑자기 말을 끊었다.

"네가 여기에 온 이유는 하나도 중요하지 않아. 나무 요정을 만나기 전에 자신이 해야 할 일이 무엇인지 알고 있던 보내진 자는 한 명도 없었어. 어떻게 하면 나무 요정을 찾을지 돕기나 해."

엘리엇은 뭐라고 답해야 할지 몰랐다.

"전설에 따르면 말이야, 나무 요정은 태곳적부터 있었던 신비로운 존재야. 보내진 자와 선택받은 자를 고르는 게 바로 나무 요정이지. 나무 요정은 오니리아의 조화와 안정을 지켜 줘. 죽지도 않고 무너뜨릴 수도 없고 부패하지도 않는 존재야."

"영혼을 읽을 수도 있지."

엘리엇이 거들었다.

아아노르는 놀라서 고개를 들었다.

"맞아. 어떻게 알았지?"

"모래 상인을 임명하는 존재에 대한 설명과 정확히 일치하니까."

"그래? 정말 잘됐다."

아아노르는 신이 났다.

"듣던 중 반가운 소리인데."

"엉? 그럼 모래 상인이 어떻게 임명되는지 몰랐단 말이야?"

엘리엇은 깜짝 놀랐다.

"몰랐어. 나무 요정이 동료들에게 선출되었다는 것 정도만 알았어. 난 왕궁에 갇혀 사는 데다가 필요한 지식은 아무것도 가르쳐 주지 않는 투덜이 가정 교사랑 살거든. 게다가 외출은 하루에 한 시간밖에 못해."

"그렇구나. 몰랐어. 여왕의 딸이라고 해서 오니리아의 관습을 꿰고 있을 거라 생각했거든."

"아니야, 오니리아의 관습은 잘 알지. 하지만 오니리아의 모든 주민들처럼 나도 '오자고라'에 대해서는 아무것도 몰라."

"오자고라? 그게 뭐야? 나라 이름이야?"

"지역이라고 해야 하나? 오니리아 땅에 있지만 독립적인 곳이야. 모래 상인과 그의 백성이 사는 지역이지. 그곳 주민들은 오니리아 주민들과 아주 달라. 마법사가 만들지 않았거든. 오니리아 군주의 통치를 받지 않는 유일한 주민들이야. 그들에 대해서 아는 거라곤 이게 전부야. 오자고라 주민들과는 왕래가 아주 드물거든."

아아노르는 잠시 쉬면서 레모네이드 한 모금을 마셨다.

"어쨌든 네 말이 사실이라면 모래 상인은 나무 요정이 어디 있는지 안다는 말이네. 모래 상인에게 가서 물어보자."

엘리엇은 자신의 행운이 믿기지 않았다. 엘리엇에게 필요한 걸 아아노르가 하자고 하니 말이다.

"당장 출발하자."

엘리엇은 자리에서 벌떡 일어났다.

"잠깐! 그게 그렇게 간단한 일이 아니야."

"모래 상인과 약속만 잡으면 되는 것 아니야?"

"그러려면 어마마마의 승인을 얻어야 해. 여왕만이 오자고라 주민들과 쉽게 접촉할 수 있거든. 하지만 어마마마께 너에 대해서 말할 수 없잖아. 너를 어떻게 하시려는 것인지는 모르겠지만 한 가지는 확실해. 어마마마가 널 손에 넣으면 나무 요정을 만나는 건 꿈도 꿀 수 없어."

"나에 대해 꼭 말할 필요는 없잖아. 다른 핑계를 대고 모래 상인을 만나야 한다고 해."

"거짓말을 할 순 없어. 어마마마를 거치지 않는 걸로 하자. 모래 상인을 만나든, 나무 요정을 만나든."

아아노르의 말을 듣자 엘리엇의 머릿속에서 한 가지 아이디어가 반짝했다.

"기다려! 우리가 괜히 문제를 복잡하게 생각한 걸지도 몰라. 여왕님은 새로운 보내진 자를 찾으려고 창조자를 쫓고 있는 걸 거야."

"그건 불가능해. 어마마마는 전설을 믿지 않으셔. 사람들을 수동적이고 바보로 만든다고. 전설을 믿는 사람은 기적이 일어나기만을 바라면서 아무것도 하지 않고 세월만 보낸다고 하시지. 내가 그 전설을 안다는 걸 알게 되면 아마 내게 그 이야기를 해 준 사람을 찾아다가 무거운 벌을 주실걸? 그 사람을 꼭 찾아내실 거야. 내 말 믿어."

"그렇게 무서우셔?"

"엄격하고 단호하시지. 하지만 난 어마마마를 사랑해. 다 백성이 잘되라고 그러시는 거야."

"우리 새엄마도 엄하고 단호한데. 난 새엄마가 미워."

아아노르는 엘리엇을 측은하게 바라보았다.

"모래 상인을 만나려면 오자고라에 가야 해. 하지만 미리 말해 두는데 그 방법이 복잡해. 아주 많이."

"순간 이동으로는 갈 수 없을까?"

엘리엇은 질문을 하자마자 아차 싶었다. 아아노르는 오자고라에 대해서 아무것도 몰랐고, 엘리엇도 마찬가지였다. 오자고라의 모습을 정확히 그릴 수 없으면 그곳에 갈 수 없다.

"오자고라가 어떻게 생겼는지 모르지?"

"응."

아아노르가 대답했다.

"하지만 걱정 마. 그곳에 갈 수 있는 방법이 있으니까. 좀 위험하지만 성공할 수 있을 거야."

엘리엇은 또 다시 공주의 결심이 단호하다는 걸 느꼈다. 서로 다른 이유였지만 아아노르에게도 엘리엇만큼 모래 상인을 찾을 중요한 이유가 있어 보였다.

"네 계획은 뭔데?"

엘리엇이 물었다.

순간 공주의 얼굴이 긴장돼 보였다. 아아노르는 머리가 후끈거리는 듯 관자놀이를 손으로 눌렀다.

"미안. 이제 가 봐야 해."

아아노르는 갑자기 서둘렀다.

"내일 같은 시간에 여기서 다시 만나자. 알았지? 내 계획을 말해 줄게."

"나는……. 그래, 알았어."

공주의 태도가 갑자기 변하자 엘리엇은 당황해서 말을 얼버무렸다.

"보내진 자 엘리엇, 안녕!"

아아노르는 출구로 사뿐사뿐 걸어가며 인사를 했다.

출구를 빠져나간 아아노르는 다시 고개를 내밀고 말했다.

"내일 같은 시간에 꼭 보는 거다?"

"알았어."

엘리엇이 약속했다.

아아노르는 빙그레 웃더니 가 버렸다.

시범

엘리엇의 머릿속은 뒤죽박죽이었다. 오니리아가 실제로 존재하다니 기가 막혔다. 상상으로 만들어 낸 과수원의 기억이 워낙 생생해서, 책과 더러운 양말에 둘러싸여 있는 지금이 훨씬 더 비현실적으로 느껴질 정도였다. 상상만으로 사물을 만들어 낼 수 있다는 것도 믿어지지 않았다. 그렇게 10분 동안 엘리엇은 졸린 눈으로 꿈쩍 않고 알람 시계를 바라보고 있었다.

하지만 걱정도 되었다. 어제 할머니와 헤어질 때 엘리엇은 흥분이 되었고 자신감도 넘쳤다. 모래 상인을 만나면 모래 상인이 아빠를 구해 줄 것이기 때문이다. 간단하고, 명쾌하고, 신속했다. 그런데 오니리아에 다녀오자 엘리엇의 굳건했던 확신은 흔들리기 시작했다. 모든 것이 알쏭달쏭했다. 창조자를 찾고 있는 여왕, 정체를 알 수 없는 정보급습치안국, 그리고 오니리아를 위험에서 구해 줄 슈퍼 영웅이 엘리엇이라고 믿고 싶어 하는 아이노르…….

엘리엇은 혼란스러웠다. 확실한 건 모래 상인을 만나는 일이 생각보다 훨씬 복잡하다는 것뿐이었다. 아빠를 구할 수 있도록 제시간에 만날 수나 있을지 모르겠다.

엘리엇은 한숨을 쉬었다. 그런데 멍하니 바라보고 있던 알람 시계의 붉은 숫자들이 갑자기 눈에 들어왔다. 7시 34분. 오늘도 지각이다.

프랑스 어 시간이었다. 프레베르 선생님이 등을 돌리기만 하면 아르튀르, 테오필, 클라라가 구겨진 종잇조각을 쉴 새 없이 엘리엇에게 날려 댔다. 덕분에 엘리엇은 완전히 현실 세계로 돌아왔다.

칠판에 나가서 문제를 풀어 보라고 한 망쟁 선생님도 한몫했다. 그럼 그렇지! 어제 수학 공부에 투자한 시간이 얼마 되지 않았으니 문제를 잘 풀 리 없었다.

"엘리엇, 풀다가 막혔니?"

엘리엇이 칠판 뒤쪽에 답이라도 숨어 있는 듯 칠판만 뚫어져라 보고 있자 망쟁 선생님이 물었다.

"도형은 어려운 문제가 아닐 텐데, 위대한 화가님. 레오나르도 다 빈치도 기하학의 기본은 알고 있었지."

선생님의 말에 반 전체가 킥킥거리기 시작했다.

"조용!"

망쟁 선생님이 말하자 아이들은 즉시 입을 다물었다.

"엘리엇, 정삼각형의 각은 무슨 특징이 있지?"

"값이 모두 같아요."

"좋아. 그럼 이 문제를 풀 수 있겠지?"

선생님이 언성을 높였다.

엘리엇의 손이 벌벌 떨리기 시작했다. 등 뒤에서 선생님의 따가운 시선이 느껴졌다. 문제가 어렵지 않다는 건 알았지만 신경이 딴 데가 있었다. 엘리엇은 집중하려고 눈을 감았다. 하지만 삼각형은 온데간데없고 망쟁 선생님의 무서운 얼굴만 자꾸 떠올랐다.

"자리에 들어가서 앉아, 엘리엇."

기다리다 지친 선생님이 명령했다.

"얼마나 공부를 안 하는지 충분히 봤다. 더 이상 시간 낭비할 수 없으니, 아르튀르, 칠판 앞으로!"

아르튀르는 당당하게 웃으며 일어섰다. 엘리엇은 아르튀르가 문제를 뚝딱 푸는 모습을 지켜볼 수밖에 없었다. 화가 치밀었다.

수업이 끝나자마자 엘리엇은 학교 식당에서 빛의 속도로 점심을 해치우고 독서실로 달려가 역사 공부를 시작했다. 벼락치기 공부 덕분에 오후에 치른 역사 시험은 잘 볼 수 있었다. 엘리엇은 온화한 무이유피에 선생님에게 안심하고 답안지를 제출했다.

이중생활을 잘 해내려면 앞으로는 좀 더 부지런히 살아야겠다. 낮에는 학교, 밤에는 오니리아……. 바쁘다, 바빠!

마침내 수업이 끝났다. 엘리엇은 쌍둥이를 데리러 가야 했다. 월요일에는 원래 할머니가 동생들을 데리러 갔지만 이제 할머니가 같이 살지 않으니, 클로에와 줄리에트는 엘리엇이 수업이 끝날 때까지 1시간이나 기다려야 했다.

집에 도착한 엘리엇과 쌍둥이는 부엌에서 간식을 먹었다. 엘리엇은 아아노르와 한 약속을 생각하고 있었는데, 그때 갑자기 이상한 소리가 들렸다.

찰캉.

다 구워진 식빵이 토스터에서 튀어 오르는 소리였다. 엘리엇은 이 소리를 한 번도 들어본 적이 없었다. 부엌은 항상 쌍둥이의 지칠 줄 모르는 수다로 가득했기 때문이었다. 그런데 오늘따라 쌍둥이가 조용했다. 이상한데?

엘리엇은 동생들을 걱정스럽게 바라보았다. 아이들의 표정이 좋지 않았다.

"학교에서 재미있었어?"

엘리엇이 물었다.

"응."

쌍둥이는 토스트에서 눈을 떼지 않고 대답했다.

"오늘은 웬일로 조용하네. 무슨 일 있어?"

"할머니가 보고 싶어."

줄리에트가 말했다.

"아빠도."

클로에도 거들었다.

"이제 아빠 죽는 거야?"

엘리엇은 왜 할머니가 쌍둥이를 잘 보살피라고 했는지 깨달았다. 처음에는 잘 몰랐지만 지금은 확실히 알겠다. 엘리엇은 할머니를 다시 만났고 아빠를 구할 수 있다는 희망도 있었다. 하지만 클로에와 쥘리에트는 아무것도 모르고 이 상황을 견디고 있었다. 동생들에게는 아빠, 할머니, 학교, 집, 그리고 파리가 곧 추억이 되는 것이다.

엘리엇은 동생들을 진심으로 안심시키고 싶었다. 하지만 오니리아에 대해서 말할 수도 없었고, 할머니가 두 층 위에 살고 있다는 사실도 알릴 수 없었다. 만약 비밀을 누설하면 새엄마가 모든 걸 끝장낼지도 몰랐다. 쌍둥이는 비밀을 지킬 줄 모른다. 둘 중 꼭 한 명은 비밀을 털어놓는다. 새엄마의 으름장에 무너지거나(클로에의 특기) 실수로 자기도 모르게 말해 버린다(쥘리에트의 특기).

"지난번에 할머니가 말씀하신 것 기억나?"

엘리엇이 쌍둥이에게 물었다.

"아빠가 다 나을 수 있는 희망이 있다고 하셨잖아."

"오빠는 할머니 말을 믿어? 엄마는……."

쥘리에트는 믿지 못하겠다는 듯 되물었다.

"당연히 믿지!"

엘리엇이 쥘리에트의 말을 막았다.

"할머니가 거짓말하는 거 봤어?"

"아니."

클로에가 인정했다.

"그러니까 너희도 믿어야 해. 아빠는 나을 거야. 할머니도 곧 집으로 돌아오실 거고. 힘든 시간은 곧 지나갈 거야. 그리고 우리 셋이 함께 있잖아. 그렇지?"

"맞아. 지금은 그렇지."

쥘리에트가 퉁명스럽게 말했다.

"지금은 그렇다니?"

"오빠가 기숙사에 들어가면 엄마랑 우리뿐이잖아."

클로에가 말했다.

"엄마는 일만 하니까 우리 둘뿐이지."

쥘리에트가 거들었다.

"그런 일은 절대 없을 거야. 내가 약속해. 새엄마가 기숙사에 가라고 하면 빗자루로 머리를 쳐서 런던타워에 가둬 버릴 거야."

아이들은 일제히 웃음을 터뜨렸다.

엘리엇은 서랍에서 목걸이를 꺼내 목에 걸고 침대에 누웠다. 첫날 저녁에 엘리엇에게 목걸이를 하게 만들었던 강한 최면의 힘은 이미 사라졌다. 엘리엇은 그 힘이 사라진 게 싫지 않았다. 자신의 의지보다 강한 힘에게 조종당하는 느낌이 좋지 않았기 때문이다.

이제 엘리엇은 완전히 자유롭게 아아노르와의 약속 장소에 갈 것이다. 오니리아에 사는 사람을 생각하면서 잠이 들면 그 사람 앞에 나타날 수 있다던 할머니 말이 사실인지 시험해 볼 기회였다.

엘리엇은 눈을 감고 공주의 완벽한 얼굴을 떠올렸다.

눈부신 빛에 엘리엇은 몇 번이나 눈을 깜빡였다. 그러고 나서야 아아노르의 얼굴이 눈앞에 보였다. 오늘 아아노르의 머리는 검정색이었다. 권위 있는 왕좌에 앉아 있는 공주는 어제보다 나이가 더 들어 보였다. 다이아몬드가 박힌 은관을 쓴 아아노르는 유명한 디자이너가 만들었을 법한 화려한 보라색 드레스를 입고 있었다. 보라색이 아아노르의 상아처럼 흰 얼굴을 돋보이게 만들었다. 공주의 아름다움 때문에 그야말로 온몸이 얼어붙을 정도였다.

얼어붙는다고? 아아노르는 차가운 것과는 거리가 멀어. 엘리엇은 자신과 마주한 아아노르의 눈을 주의 깊게 바라보았다. 눈동자는 황금색이 아니라 회색이었다. 엘리엇은 소스라치게 놀랐다. 엘리엇 앞에 있는 사람은 아아노르가 아니었다. 여왕이었다. 엄마와 딸의 얼굴이 똑같았다. 엘리엇은 잠들 때 분명 아아노르의 얼굴을 떠올렸는데, 엄마와 너무 닮아서 조종이 잘못된 것일까?

누군가가 뚫어지게 자신을 쳐다보고 있다는 느낌이 들자 엘리엇은 주위를 살폈다. 여왕의 왼쪽을 보니 보라색 벨벳을 입힌 의자에 아아노르가 꼿꼿이 앉아서 엘리엇에게 간절한 눈빛을 보내고 있었다.

제대로 아아노르를 찾아온 것이었다. 엘리엇은 예정된 시간에 아아노르를 정확히 찾아갔다. 그런데 아아노르가 왜 혼자가 아닌지는 알 수 없었다. 가능성은 두 가지였다. 아아노르가 비밀 장소로 제때 빠져나오지 못했거나 약속을 지키지 않은 것이다.

"안녕, 창조자 엘리엇."

여왕은 활짝 웃으며 인사를 건넸다.

"너를 기다리고 있었단다."

엘리엇은 온몸이 쭈뼛했다. 의심의 여지가 없었다. 아아노르가 배신한 것이다. 엘리엇은 아아노르를 째려보았다. 공주는 움직이지 않았다. 변명을 하려 입을 열지도 않았다. 미안함이 뚝뚝 떨어지는 눈빛으로 엘리엇을 쳐다보기만 했다. 멍청이! 왜 아아노르를 믿었을까? 이제는 확실해졌다. 아아노르는 처음부터 엘리엇을 여왕과 정보급습치안국에 넘길 작정이었다. 착한 딸, 착한 시민……. 엘리엇의 의심을 잠재우고, 터무니없는 전설을 만들어 내고, 왕궁에 갇혀 사는 공주 행세를 해서 엘리엇을 이곳으로 유인한 것이다. 사악한 마녀 같으니라고!

그때 길고 하얀 털을 가진 위풍당당한 고양이 한 마리가 엘리엇에게 다가왔다.

"오니리아의 군주 디틸드 여왕과 아아노르 공주, 그리고 대평의회 의원들에게 경의를 표해라!"

고양이의 말투는 권위적이었다.

엘리엇은 머리를 조아렸다. 고개를 들면서 대평의회 의원들을 자세히 살펴볼 수 있었다. 여왕 오른쪽에는 사자의 몸통에 독수리의 머리를 가진 그리핀이 왕좌의 그림자에 반쯤 가려진 채 서 있었다. 하지만 그리핀의 눈은 모든 것을 볼 수 있었고 강한 발톱은 왕좌의 팔걸이를 단단히 잡고 있었다. 가슴에는 휘장이 있었는데, 엘리엇은 단번에 알아보았다. 그것은 코브라의 목을 조르고 있는 몽구스. 정보급습치안국의 상징이었다.

나머지 사람들은 스무 명 정도로 그럭저럭 친절해 보였고, 엘리엇을 신기한 동물처럼 관찰했다. 접견실은 커다란 방으로 천장이 둥글고 전체가 흰 대리석으로 장식되어 있었다. 문이 아주 많았는데 각 문 앞에는 보라색 제복을 입은 근위병 두 명이 부동자세로 서 있었다.

아아노르는 엘리엇을 엄청난 함정에 빠뜨린 것이다. 하지만 엘리엇은 겁나지 않았다. 눈 한 번만 깜빡하면 순간 이동으로 도망칠 수 있기 때문이다. 대신 엘리엇은 화가 났다.

"널 만나게 돼서 기쁘구나, 엘리엇."

여왕이 말했다.

"오니리아에 창조자가 오지 않은 지 벌써 몇 년이나 되었단다. 우리가 간절히 기다리고 있었다는 걸 알고 있니?"

"네, 알아요."

엘리엇은 아아노르를 노려보면서 툭 내뱉었다.

"알고 있습니다, 여왕 폐하."

고양이가 나무라는 투로 엘리엇에게 말투를 가르쳤다.

"라자르, 엘리엇에게 심하게 하지 마라. 오니리아의 예법을 아직 모를 테니."

고양이는 몇 걸음 물러났다.

"우리는 창조자를 아주 좋아한단다."

여왕은 '좋아한다'는 말을 강조했다.

"너는 평범한 창조자가 아니라고 하던데. 너에게 아주 특별한 재능이 있다고 아아노르 공주가 우리에게 귀띔해 줬단다."

"아, 그래요?"

엘리엇은 빈정거렸다.

"모든 창조자가 한 번 만에 분수대를 나타나게 하는 건 아니란다."

여왕은 설명했다.

"특히 오니리아에 방금 도착한 창조자라면 말이지."

엘리엇은 짐짓 상냥하게 말하는 여왕이 거슬렸다. 여왕은 도대체 무슨 말을 하고 싶은 거지? 원하는 걸 말하기는 할 건가? 기왕 여왕을 만난 김에 알아내야겠다는 생각이 들었다.

"절 찾으셨다고요. 찾으셨네요."

엘리엇은 왕궁의 예절 따위는 무시하고 말했다.

"자, 이제 원하는 걸 말해 보세요."

고양이는 불쾌한 감정을 참고 있었다.

"여왕 폐하."

엘리엇이 덧붙였다.

여왕은 순간 당황한 듯하더니 금세 온화한 표정을 되찾았다.

"알고 싶은 게 많구나. 당연하지. 이해한단다. 하지만 안심하렴. 널 헤치려는 게 아니니까. 오히려 그 반대야. 우리는 네 능력을 보고 싶을 뿐이란다. 그 이상도 그 이하도 아니야. 네가 뭘 할 수 있는지 여기서 조금만 보여 주면 고맙겠구나."

당황한 엘리엇은 여왕에게서 눈을 떼지 못했다. 엘리엇의 감정은 실망에 가까웠다. 창조자를 마치 범죄자처럼 뒤쫓더니 겨우 왕궁 사람들 앞에서 오락거리로 만들려고 하다니! 시시한 여왕 같으니라고. 오니리아는 이상한 사람들이 만든 나라일 뿐 아니라 이상한 사람들이 지배하는 나라로군. 저렇게 경솔한 여왕과 정보급습치안국을 지금까지 왜 무서워한 거지?

"죄송합니다, 여왕 폐하."

엘리엇은 단호하게 말했다.

"하지만 겨우 광대 짓이나 하려고 오니리아에 온 건 아니에요. 제겐 더 중요한 일이 있습니다."

엘리엇은 여왕에게 고개를 살짝 끄덕여 인사를 한 다음 뒤로 돌아서 거대한 접견실의 수많은 문 중 하나를 향해 저벅저벅 걸어갔다.

"어린 창조자가 오니리아에서 뭐 그렇게 중요한 일이 있다는 거지?"

낭랑하게 울리는 여왕의 목소리는 더 이상 부드럽지 않았다. 엘리엇은 그 자리에 멈춰 섰다. 그리고 돌아서서 여왕과 마주 보았다. 그리핀이 움직이려 했으나 여왕이 손짓으로 말렸다. 여왕은 엘리엇을 뚫어져라 쳐다보았다. 불쾌한 눈길이었다.

여왕의 친절했던 태도는 순식간에 사라졌다. 엘리엇은 괜히 건방지게 굴었나 하고 후회했다. 여왕이 묻는 말에 대답해야 할까? 사실을 다 털어놓아야 하나? 모래 상인을 만나게 해 달라고 부탁해 볼까? 오자고라 주민들과 접촉할 수 있는 사람이 여왕뿐이라면 더 협조적으로 행동하는 것도 나쁘지 않을 것 같다.

"엘리엇, 만약 내가 하라는 대로 하면 너는 왕궁의 손님이 될 거야."

여왕은 유혹하듯 말했다.

"그리고 나는 손님이 부탁하는 건 거절하는 법이 없지. 필요한 게 있다면 내가 기꺼이 도와줄 수 있어."

엘리엇은 순간 여왕이 자기 맘을 읽었다고 생각했다. 하지만 곧바로 생각을 바꿨다. 만약 여왕이 마음을 읽을 줄 안다면 엘리엇이 여왕의 의심스러운 친절을 달가워하지 않는다는 걸 벌써 눈치챘을 것이기 때문이다.

엘리엇은 깊게 숨을 들이마신 뒤 여왕 앞으로 걸어가 다시 인사를 했다. 이번에는 여왕의 마음을 구워삶기로 작정했다.

"제가 뭘 하면 되겠습니까, 여왕 폐하?"

엘리엇은 가짜 미소를 지어 보이며 물었다.

여왕은 만족한 듯 씩 웃었다. 주위에서 기쁨의 웅성거림이 들려왔다.

"대평의회 의원들에게 선물을 해 주면 어떨까 해."

여왕이 제안했다.

"좋습니다. 특별히 원하는 게 있나요?"

"흠…… 검과 방패를 잃어버린 젊은 기사에게 새 것을 만들어 주면 어떨까?"

여왕은 중세 기사처럼 차려입은 턱이 각진 젊은이를 가리키며 말했다.

"알겠습니다, 여왕 폐하."

어렵지 않은 부탁이었다. 엘리엇은 기사를 유심히 관찰한 다음 눈을 감고 정신을 집중했다. 그리고 양날을 가진 멋진 검과 기사가 입은 망토에 수놓인 것과 똑같은 문장이 새겨진 긴 방패를 상상했다. 눈을 다시 뜨자 금발의 기사가 기쁨의 탄성을 터뜨리며 검을 휘두르고 있었다. 여왕의 입가에 웃음이 번졌고 관중 전체가 흥분했다.

"훌륭해!"

여왕이 감탄했다.

"고맙다, 엘리엇."

"별말씀을요, 여왕 폐하."

엘리엇은 매우 상냥하게 대답했다.

"그럼 조금 더 복잡한 걸 만들어 볼 수 있겠니? 신기한 물건은 어떨까? 요정 바디안을 소개하마. 대평의회의 총무이자 대변인이지.

바디안에게 아이디어가 있을 거야."

긴 드레스에 어울리는 연한 초록색 고깔모자를 쓴 통통한 여인이 크리스마스를 맞이한 아이 같은 미소를 띠고 앞으로 걸어 나왔다.

"저절로 묶이고 풀리는 끈을 갖고 싶습니다."

바디안의 눈빛이 반짝거렸다.

"해 볼게요."

엘리엇이 대답했다.

이번엔 더 복잡했다. 정지 상태의 사물을 상상하는 것만으로는 모자랐다. 사물에 마술의 힘을 불어넣어 줘야 하기 때문이다. 하지만 엘리엇은 당황하지 않았다. 눈을 감자 접견실이 순식간에 조용해졌다. 엘리엇은 집중했다. 시간은 오래 걸리지 않았다. 머릿속에 떠올린 것이 현실에 나타났다는 것을 금세 느낄 수 있었다.

엘리엇이 다시 눈을 뜨자 가늘고 흰 끈이 바디안의 발에 감겨 있었다. 바디안이 끈에게 바른매듭을 만들라고 명령하자 끈은 공중으로 떠오르더니 스스로 매듭을 지어 완벽하게 바른매듭을 완성했다. 관중 속에서 감탄하는 소리가 흘러나왔다. 요정이 다시 신발 끈 매듭을 만들라고 명령하자 이번에도 성공했다. 그 다음에 접친 올무매듭, 감은매듭, 8자매듭, 고리매듭, 장구매듭, 던지기매듭을 계속 주문했다. 끈은 요정이 요구하는 모든 것을 정확히 수행했다. 바디안은 흥분해서 벌게진 얼굴로 엘리엇을 쳐다보았다.

"고마워요. 놀라운 끈이로군요."

바디안이 말했다.

디틸드 여왕이 먼저 박수를 치기 시작하자 접견실 여기저기에서 우렁찬 박수가 터져 나왔다. 여왕은 흡족한 게 틀림없었다. 아이노르조차도 놀란 것 같았다. 하지만 엘리엇은 뭐가 그리 대단하다고 이러는 걸까 궁금했다. 쉽고 자연스러운 일이어서 박수를 받을 정도는 아니라고 생각했다.

"브라보! 타고났구나. 정말 타고났어."

접견실이 다시 조용해지자 여왕이 말했다.

"감사합니다, 여왕 폐하."

엘리엇은 고개를 숙여 인사했다.

"살아 있는 생명체도 만들 수 있는지 궁금한데."

여기저기서 웅성거리기 시작했다. 엘리엇은 미간을 찌푸렸다.

"죄송합니다, 여왕 폐하. 제가 아직 경험이 부족해서 할 수 있을지……."

"실패해도 널 나무랄 사람은 없어. 일단 시도라도 해 봤으면 좋겠구나. 물론 지적인 능력이 있는 생명체를 만들어 내라는 건 아니다. 단순한 동물을 만들어도 벌써 대단한 일이거든. 달팽이가 어떨까?"

달팽이? 못 할 것도 없다. 달팽이는 별로 어렵지 않으니까. 길고 미끈거리는 몸통, 달팽이집, 안테나처럼 생긴 두 개의 눈, 길게 늘어진 점액 자국…….

엘리엇은 눈을 감았다. 그리고 한참 동안 정신을 집중했다. 실패할

가능성이 아주 높다는 걸 알고 있었지만 그래도 시도해 보고 싶었다. 이번에 성공한다면 여왕의 칭찬을 받을 만하다. 그리고 여왕은 엘리엇의 부탁을 거절하지 못 할 것이다.

엘리엇은 탐스러운 달팽이 한 마리를 떠올렸다. 회색 몸통과 갈색 집, 더듬이 위에 붙은 두 개의 눈. 달팽이는 상추 잎 위를 기어가고 있었다. 엘리엇은 완벽한 달팽이를 만들어 내기 위해 모두 부분을 자세히 생각했다.

잠시 후, 눈을 다시 뜨면서 엘리엇은 실패했다는 것을 직감했다. 여왕은 여전히 웃고 있었지만 실망한 표정이 역력했다. 그러면서도 엘리엇과 왕좌 사이에 널브러진 상추 잎에서 눈을 떼지 않았다. 엘리엇이 만들어 낸 건 고작 상추 잎 몇 장뿐이었다.

"죄송합니다."

엘리엇이 사과했다.

"하지만 최선을 다했어요."

그러자 여왕은 손을 들어 엘리엇의 말을 막았다. 여왕의 눈은 여전히 상추 잎을 살피고 있었다. 엘리엇은 여왕의 눈길을 따라갔다. 그때 상추 잎 하나가 갑자기 들썩였다. 부드러운 회색 물체가 조금씩 모습을 드러내더니 아름다운 갈색 달팽이 집이 보였다. 달팽이가 있었던 것이다. 게다가 살아 움직이기까지 했다. 엘리엇은 생명체를 만드는 데 성공했다. 접견실에 박수 소리가 울려 퍼졌다. 처음에는 믿지 못하겠다는 듯 작았던 박수 소리가 점점 더 커지더니 기쁨의 환호

성까지 터져 나왔다.

엘리엇은 고개를 들었다. 이번에는 스스로가 대견스러웠다. 아아노르도 손이 부서져라 박수를 치며 엘리엇을 존경하듯 바라보았다. 하지만 엘리엇은 못 본 척했다. 배신자에게는 무관심이 그 대가이다. 여왕도 자리에서 일어났는데, 보라색이었던 여왕의 드레스가 분홍색으로 바뀌고 있었다. 여왕은 마치 소녀처럼 웃었다.

성공에 으쓱해진 엘리엇은 더 복잡한 생물체를 만들어 보기로 했다. 그 무엇도, 그 누구도 자기를 말릴 수 없을 것만 같았다. 엘리엇은 눈을 감고 아름다운 공작새를 상상했다. 푸른빛이 도는 몸, 작은 머리, 뾰족한 부리, 얇은 볏, 긴 다리, 그리고 활짝 펼친 공작새의 꼬리도 잊지 않았다.

그러나 엘리엇이 눈을 다시 떴을 때 엘리엇 앞에 놓인 생물체는 아름다움과 거리가 멀었다. 물론 살아 있었지만 목숨이 겨우 붙어 있는 정도였다. 닭과 비둘기를 합쳐 놓은 듯한 새는 접견실의 새하얀 대리석 바닥을 새똥으로 더럽히고 빙글빙글 원을 그리며 돌기만 했다. 관중의 웅성거림은 이내 멈췄고, 여왕은 새를 치우라고 명령했다. 여왕의 드레스 색깔은 순식간에 보라색으로 돌아왔다.

"고맙다, 엘리엇. 고마워. 네 덕분에 우리 모두 아주 즐거운 시간을 보냈구나. 이제는 좀 쉬어야 할 거다. 창조할 때는 힘이 많이 들거든. 특히 처음 시작할 때에는."

엘리엇은 실망감에 얼굴을 찡그렸다.

"라자르, 우리 손님을 편안하게 모시게."

고양이는 잠시 사라졌다가 보라색 정장을 입은 하인 네 명과 다시 나타났다. 하인들은 엘리엇 옆에 푹신푹신한 소파와 시원한 음료, 알록달록한 마카롱을 탑처럼 쌓아 놓은 작은 테이블을 놓았다. 엘리엇은 소파에 털썩 주저앉았다. 갑자기 피로가 몰려왔다. 당분간 아무것도 만들어 낼 수 없을 것 같았다. 레모네이드 한 잔도.

엘리엇은 기운을 차리려고 테이블 위에 놓인 음료수를 마셨다. 그리고 맛있게 생긴 마카롱에 손을 뻗었다. 그런데 그때 누군가 엘리엇의 장딴지를 쳤다. 엘리엇이 내려다보니 못마땅한 표정의 고양이 라자르가 털이 북슬북슬한 턱으로 여왕을 가리켰다. 메시지는 분명했다. 엘리엇은 마지못해 마카롱을 포기하고 여왕을 바라봤다.

"엘리엇, 한 가지 부탁할 게 있어."

여왕은 부드러운 목소리로 말했다.

"말씀해 보세요."

엘리엇은 입맛 당기는 마카롱을 계속 곁눈질하며 대답했다.

"너를 이곳에 데려온 건 네 재능이 보고 싶어서만은 아니야. 네 도움이 필요해."

마카롱 먹긴 영 글렀군! 엘리엇은 귀를 쫑긋 세웠다.

"오니리아 주민들이 모두 마법사에 의해 만들어졌다는 건 알고 있겠지?"

"네."

"우리에게는 여러 가지 특징과 능력이 모두 다르게 주어졌어. 육체적, 정신적, 사회적 특징과 능력뿐 아니라 행동도 각자 다 달라. 도덕심도 마찬가지고. 나와 내 딸은 여왕과 공주로 창조되었어. 인간의 형상을 하고 지적 능력을 갖추었지. 닮은 점도 있고 다른 점도 있는 엄마와 딸이야. 바디안 요정은 돌을 황금으로 만들거나 요술 지팡이로 형형색색의 새를 만들어 낼 수 있단다. 근위병 중에는 누구라도 들으면 잠들어 버리는 노래를 하는 사람도 있지. 마법사들이 우리를 그렇게 창조한 거야."

"인간도 태어날 때부터 특징이 있어요. 키, 눈 색깔, 머리 색깔, 피부 색깔이 다 다르고 음악에 재능이 있기도 하고 수학에 재능이 있기도 하지요."

엘리엇이 말했다.

"맞아. 하지만 인간과는 다르게 우리 오니리아 주민들은 발전이 없단다. 새로운 능력을 얻을 수 없지. 난 수영을 못하는데 아무리 열심히 수영을 배워도 수영을 할 수 없어. 영영. 바디안 요정도 새 대신 토끼를 만들고 싶어도 그럴 수 없단다. 우리는 마법사가 상상한 대로만 존재해. 영원히."

"아무것도 배울 수 없다는 거예요?"

엘리엇은 깜짝 놀라 물었다.

"마법사가 정해 주지 않으면 안 된단다. 아아노르를 만들어 낸 마법사는 아아노르에게 문학에 대한 재능을 심어 주었지. 그래서 마음만 먹으면 소설을 통째로 외울 수도 있고 문학에 관한 박사 논문을 쓸 수도 있어. 하지만 나눗셈은 절대 할 수 없단다."

엘리엇은 입을 다물지 못했다. 배우고 싶은 것을 배울 수 없다니 얼마나 속상할까!

"보통 때라면 그런 게 우리한테는 아무런 문제가 되지 않아."

여왕이 말했다.

"우리는 우리의 운명에 만족하고 부족함을 느끼지 않는단다. 하지만 요즘은 상황이 나빠져서 우리를 지킬 수 있는 능력을 얻어야만 해."

"상황이 왜 나빠져요?"

엘리엇이 물었다.

"너도 알다시피 인간은 좋은 꿈도 꾸지만 나쁜 꿈도 꾸지 않니."

"그렇죠."

"악몽은 내 왕국의 백성을 괴롭히는 못된 괴물이란다."

여왕의 목소리가 굳어졌다. 드레스도 순식간에 주황색으로 변했다가 다시 보라색으로 돌아왔다.

"그런데 여왕 폐하, 저는 악몽도 왕국의 백성인 줄 알았는데요."

"상황이 변했어!"

여왕이 목소리가 올라갔다. 드레스도 새빨갛게 변했다.

"이전의 왕들은 나약해서 악몽들이 수많은 문제를 일으켜도 그들을 백성으로 받아 주었지. 하지만 나는 그런 무질서에 마침표를 찍었단다."

여왕의 날카로운 목소리는 조금 전 부드러웠던 목소리와 대조를 이루어서 훨씬 더 무섭게 들렸다. 엘리엇은 새엄마 크리스틴의 히스테리에 이력이 나 있었지만 그래도 새엄마의 반응은 예상 가능했다. 반면 롤러코스터처럼 수시로 변하는 디틸드 여왕의 기분에는 어쩔 줄 몰랐다.

이번에도 여왕은 눈 깜짝할 사이에 다시 차분해졌다. 드레스도 아무 일 없었다는 듯이 다시 보라색으로 변했다.

"여왕의 자리에 오른 뒤부터 나는 오니리아를 안전하고 살기 좋은 곳으로 만들기 위해 노력했다. 그러기 위해서 정보급습치안국이라는 특별 부대까지 만들었단다. 많은 인원이 악몽을 잡는 수사대에 배치되었지. 대원들의 역할은 악몽이 만들어지자마자 위치를 파악한 다음 무력화시키는 것이지. 무력화된 악몽은 에피알티스로 보내진단다. 경비가 아주 삼엄해서 허락 없이는 아무도 밖으로 나가지 못하는 곳이지."

'급습'이라는 게 바로 그런 뜻이었구나. 악몽을 급습해서 무력화시키는 것!

"그럼 에피알티스는 감옥인가요?"

엘리엇이 물었다.

"경비 구역이지. 수도도 있고 위성 도시도 있는 악몽들의 생활 터전이야. 그곳에 사는 악몽들은 오니리아의 꿈들을 괴롭힐 수 없지."

엘리엇은 생각에 잠겼다. 규모만 다를 뿐 '경비 구역'과 '감옥'의 차이를 느낄 수 없었다.

"너도 수사대를 만난 적이 있더구나? 표범이 피해를 주지 않았길 바란다. 표범을 용서해 주렴. 네가 악몽인 줄 알았더구나. 유감이다."

엘리엇은 여왕이 너무 많은 것을 알고 있는 게 불쾌했다.

"괜찮습니다."

엘리엇은 불편한 감정을 숨기고 대답했다.

"상처가 조금 났을 뿐이에요."

"시구림, 대원들의 행동에 책임을 지세요."

여왕은 정보급습치안국의 국장인 그리핀 시구림을 향해 말했다.

"표범이 엘리엇에게 사과하도록 하세요. 꼭이요."

시구림은 허리를 숙였다. 엘리엇은 사과를 받고 싶은 생각이 없었다. 채식주의자 표범을 다시 만나고 싶은 마음이 눈곱만큼도 없었기 때문이다. 게다가 그리핀 시구림을 보면 등에 식은땀이 흘렀다.

"너에게 솔직히 말하마. 우리에게 한 가지 문제가 생겼는데, 우리끼리는 해결할 수가 없단다. 얼마 전부터 악몽들이 전에 없이 반항하기 시작했어. 공포 분위기가 만들어질까 봐 아직 백성들에게 알리지 않았지만 우리가 진압할 수 없는 큰 폭동이 일어날까 봐 걱정이다."

아아노르의 말이 전부 거짓말은 아니었던 셈이다. 오니리아는 정말 위험에 빠져 있었다.

"엘리엇, 아주 평범한 꿈을 꿀 때 마법사나 창조자가 예전에 만들었던 악몽을 생각하면 무슨 일이 일어나는지 아니?"

"아니요, 여왕 폐하."

"네가 마지막으로 꾼 악몽은 뭐지?"

"표범을 만났던 꿈이었죠. 날아다니는 책들에게 공격도 당했던……."

"잘됐다. 그럼 이제 눈을 감고 날아다니는 책이 이곳에 있다고 상상해 보렴. 수사대는 준비하도록!"

보라색 제복을 입은 근위병 여섯 명이 엘리엇에게 다가왔다. 언제라도 개입할 자세였다. 대평의회 의원들은 뒤로 조금씩 물러났지만 엘리엇에게서 눈길을 거두지 않았다.

엘리엇은 눈을 감고 날아다니는 책 두 권을 상상했다. 곧바로 책장을 파닥거리는 소리와 겁에 질린 관중의 웅성거림이 들렸다. 눈을 떠 보니 책들이 전속력으로 엘리엇에게 덤벼들고 있었다. 엘리엇은 가까스로 팔을 들어 얼굴로 날아오는 책들의 공격을 막았다. 지난번보다 힘이 더 세진 것 같았다. 다행히 근위병들이 단 몇 초 만에 극성맞게 날아다니는 책들을 잡아 튼튼한 새장에 가두었다. 새장은 접견실 한가운데에 두어 모두가 볼 수 있었다. 날아다니는 책들은 미친 듯이 책장을 파닥거리며 도망가려고 새장에 몸을 부딪쳤다. 엘리엇은 그 광경에서 눈을 떼지 못했다.

"조금 전만 해도 이 망할 책들은 에피알티스에 갇혀 있었다. 그곳에서는 아무에게도 피해를 입힐 수 없었지. 하지만 네가 책을 생각하기만 해도 에피알티스를 빠져나와 너를 공격할 수 있단다. 바로 이 접견실에서. 네가 책들을 풀어 준 거야."

엘리엇은 침을 꿀꺽 삼켰다. 책들 대신 가끔 꿈에 나타나던 무시무시한 괴물을 생각했다면 어땠을지 상상하기도 싫었다.

"이처럼 매일 밤 수천 마리의 해로운 악몽이 마법사들에 의해 풀려난단다. 정말 큰일이지. 다행히 수사대가 빠르게 움직여서 대부분의 악몽은 재빨리 경비 구역으로 되돌려 보내진단다. 하지만 가끔 악몽들을 놓치기도 하지. 그렇게 자유로워진 악몽들은 끔찍한 짓을 저지르곤 해."

여왕은 잠시 말을 끊고 엘리엇에게 자신의 말을 천천히 곱씹도록 시간을 주었다.

"문제는 몇 달 전부터 악몽들이 이런 약점을 이용해서 끔찍한 범죄를 저지르는 일이 많아졌다는 거야."

여왕이 다시 말을 이었다.

"범죄 장소에 자축 메시지를 담은 양피지를 남겨서 자신들이 범죄를 저질렀다고 알리고 있지."

여왕의 얼굴이 굳어졌다. 보라색 드레스는 색이 더 짙어져서 거의 검은색에 가까웠다. 여왕의 눈길은 엘리엇을 보지 않는 듯 멍해졌다. 그러더니 여왕의 목소리는 간절해졌고 드레스는 어두운 회색으로 변했다.

"수많은 꿈들이 이미 고통을 겪었어. 고문, 저주, 실종된 아이들,

약탈당한 마을……. 이제는 더 이상 용납할 수 없다."

여왕의 드레스는 다시 새빨갛게 변했다. 소파에 푹 파묻혀 있던 엘리엇은 꼼짝도 하지 못했다.

"엘리엇, 우리가 모두 꿈으로 만들어진 걸 이해해야 해."

여왕은 다시 부드러워진 목소리로 말했다.

"우리들 대부분은 남을 공격할 줄 몰라. 그래서 정보급습치안국의 수사대만으로는 문제를 뿌리 뽑을 수 없단다. 우리가 아무것도 하지 않으면 최악의 사태가 벌어질 거야. 악몽들이 오니리아를 지배할 수도 있어."

접견실이 다시 웅성거리기 시작했다.

여왕은 조용해지길 기다렸다. 드레스는 다시 보라색으로 돌아왔다. 여왕은 자리에서 일어나 엘리엇 앞에 무릎을 꿇었다. 엘리엇은 깜짝 놀랐다.

여왕은 엘리엇의 손을 잡고 눈을 지그시 들여다보았다.

"엘리엇, 오니리아는 위험에 빠져 있어."

여왕은 모두가 들을 수 있을 만큼 크게 말했다.

"우리는 악몽에 맞서 싸울 준비를 해야 해."

여왕은 잠시 말을 멈췄다.

"우리를 위해서 군대를 만들어 주겠니?"

여왕의 목소리는 엄숙했다.

대평의회 의원들이 들썩이기 시작했다. 언성이 높아졌고 고양이

라자르는 한참 걸려서 겨우 의원들을 진정시켰다. 당황한 엘리엇은 자기도 모르게 아아노르를 바라봤다. 의기소침해진 공주는 의자에 가만히 앉아 있었다. 눈에는 눈물이 고여 있었다.

엘리엇은 무슨 말을 해야 할지, 무얼 해야 할지 몰랐다. 군대를 만들라고? 그것은 아주 심각한 주문이었다. 혼자 묶였다 풀렸다 하는 끈이나 달팽이와는 차원이 달랐다. 게다가 실수로 파괴적인 괴물을 만들어 내면 악몽보다 더 위험한 존재가 될지도 몰랐다. 엘리엇은 도움을 청하며 자기 앞에 무릎 꿇은 여왕의 눈을 바라보았다. 여왕의 절망은 진짜 같았다.

엘리엇은 어쩔 줄 몰랐다. 순간 이동으로 도망갈까 하는 생각이 뇌리를 스쳤지만 비겁한 행동을 할 수는 없었다.

"뭐라고 해야 할지 모르겠어요, 여왕 폐하."

엘리엇이 마침내 입을 열었다.

"말씀하신 주문은 너무 어려워요. 조금 더 생각해 보고 말씀드려도 될까요?"

디틸드 여왕은 엘리엇을 응시했다. 알 수 없는 표정이었다. 보라색 드레스에는 붉은 점들이 나타났다가 사라졌다. 그러나 여왕이 자리에서 일어났을 때에는 드레스가 완벽한 보라색으로 되돌아왔고 여왕은 세상에서 가장 친절한 미소를 띠었다.

"물론이지, 엘리엇."

여왕이 속삭였다.

"가볍게 결정을 내리고 싶지 않은 마음 이해한단다. 아주 당연한 거야. 너는 정말 지혜로운 아이구나."

"감사합니다, 여왕 폐하."

"하지만 우리에겐 시간이 얼마 없단다. 일 분만 지체해도 악몽이 우세해질 수 있어. 그러니 내일 이곳에서 기다리마. 네가 긍정적인 답변을 가져오길 바란단다. 오니리아 전체가 네게 기대고 있어."

여왕은 잠시 멈추더니 엘리엇에게서 눈을 떼지 않고 다시 말했다.

"시구림, 우리의 소중한 친구 엘리엇이 접견실로 다시 돌아올 수 있도록 신경 써 주세요. 저는 이 혼란한 때에 엘리엇이 길을 잃어서 나쁜 존재들을 만나기를 바라지 않아요."

시구림은 허리를 숙였다.

엘리엇은 여왕이 무슨 말을 하려는지 이해했다. 꿈의 왕국에 발을 다시 들여놓는 순간, 여왕이 기다리는 답변을 내놓도록 강요하기 위해서 정보급습치안국의 모든 수사대가 엘리엇을 뒤쫓을 것이다.

술래잡기

엘리엇이 오늘처럼 수업 시간에 집중하지 못했던 적은 없었다. 교향악단의 구성에 관한 바송 선생님의 설명도, 전기 회로에 관한 발드랑 선생님의 설명도, 성질을 나타내는 형용사에 관한 프레베르 선생님의 설명도 귀에 들어오지 않았다. 어젯밤 벌어진 사건을 머릿속에서 곰곰이 생각해 보느라 바빴기 때문이다. 엘리엇은 자신에게 주어진 힘든 선택을 어떻게 하면 피해 갈 수 있을까도 생각했다. 방법은 여러 가지였다.

우선, 디틸드 여왕이 부탁한 군대를 만들어 주는 방법이 있다. 도덕적인 문제는 둘째 치고 군대를 만들려면 며칠이나 걸릴 것이다. 대신 여왕이 보답으로 모래 상인을 만나게 해 주면 좋겠다. 하지만 조울증 환자처럼 기분이 오락가락하는 여왕을 믿을 수 있을까? 아니면 아무에게도 물어보지 않고 직접 방법을 찾아서 오자고라로 들어가는 수도 있다. 대신 정보급습치안국이 뒤를 쫓을 것이다. 또 다른 방법은……. 궁리해 봤지만 헛수고였다. 세 번째 방법은 도저히 떠오르지 않았다. 할머니라면 좋은 아이디어가 있을지도 모른다.

이번에야말로 행운의 여신이 엘리엇 편인 것 같았다. 새엄마가 오늘 하루 집을 비웠기 때문이다. 브뤼셀에 출장을 가야 해서 밤늦게나 집에 돌아온다고 했다. 핑계를 댈 필요도 없이 할머니를 만나러 갈 수 있는 절호의 기회였다. 대신 쌍둥이가 고자질을 못 하도록 확실히 해 두어야 한다.

클로에와 쥘리에트는 저녁을 먹으려고 식탁에 앉아 있었다. 엘리엇은 테이블에 주먹을 올려놓고 서서 말했다.

"얘들아, 오늘 내가 너희에게 아주 특별한 선물을 준비했어. 오늘 밤에 내 게임기로 둘이서 놀게 해 줄게."

엘리엇은 엄숙한 선서를 하듯이 말했다.

"와, 신난다!"

클로에와 쥘리에트는 합창하듯 소리쳤다.

쌍둥이는 제일 좋아하는 게임의 캐릭터를 누가 먼저 고를지 정하느라 자기들끼리 열띤 토론을 벌이기 시작했다.

그런데 쥘리에트가 갑자기 엘리엇을 의심스러운 눈초리로 쳐다봤다.

"그 대신 뭘 원해?"

"왜 대신 원하는 게 있다고 생각해?"

동생이 아주 쉽게 의도를 파악하자 엘리엇은 내심 발끈했다.

"원래 절대 게임기 안 빌려주잖아. 그러니까 우리한테 부탁할 게 있다는 소리지."

"뭐, 정 그렇다면. 비밀 하나 지켜 줘."

"무슨 비밀?"

쌍둥이는 호기심이 가득한 목소리로 물었다.

"이따가 잠깐 나갔다 와야 해. 새엄마가 알면 절대 안 되거든."

"여자 친구 만나러 가?"

클로에가 다 안다는 듯 웃으며 물었다.

"뭔 소리야? 상상은 집어치우시지. 그냥 나갔다 올 거야. 더 이상 묻지 마."

"와, 애인 만나러 간대."

쥘리에트가 소리쳤다.

"그래, 애인 만나러 간다. 이제 됐냐?"

엘리엇은 그냥 얼버무리는 것도 괜찮은 방법이라고 생각했다. 오히려 이렇게 좋은 아이디어를 먼저 생각해 내지 못한 자신이 원망스러울 정도였다.

쌍둥이는 눈빛으로 서로 의견을 나누었다.

"좋아, 아무 말도 안 할게."

결국 클로에가 말했다.

"대신 일주일 치 용돈 내 놔."

쥘리에트가 새로운 조건을 추가했다.

엘리엇은 기가 막힌다는 듯 줄리에트를 바라보았다.

"안 돼. 날 뭐로 보는 거야? 이건 협박이야."

"싫으면 관두든가."

쌍둥이가 동시에 외쳤다.

"휴…… 내가 졌다. 안 나갈래. 내 게임기로 오락할 생각 마. 오늘 밤은 물론이고 앞으로도 영원히."

엘리엇의 판단이 옳았다. 쌍둥이는 난처해했다.

"알았어."

줄리에트가 할 수 없다는 듯 말했다.

"게임기만 빌려 줘. 그럼 엄마한테는 아무 말 안 할게."

"처음부터 그렇게 나왔어야지. 금방 돌아올 거야. 혹시 모르니까 비상용 휴대 전화 가져갈게. 전화번호는 현관 테이블 위에 적혀 있어. 문제가 생기면 바로 전화해. 알았지?"

"응."

쌍둥이가 동시에 합창했다.

엘리엇은 잠시 배다른 여동생들을 살펴보았다. 말도 잘 듣지만 고약한 말썽도 피우는 쌍둥이! 동생들을 정말 믿어도 되는 건지 엘리엇은 확신이 서지 않았다. 하지만 선택의 여지가 없었다. 할머니를 꼭 만나야 했으니까.

엘리엇은 커다란 피자 한 조각을 입에 쑤셔 넣은 채 새엄마가 현관에 비상용으로 둔 휴대 전화를 집어 들었다. 열쇠 꾸러미가 주머니에 잘 있는지 확인한 뒤 집을 뛰쳐나갔다.

엘리엇은 계단을 빠르게 오르느라 가쁜 숨을 몰아쉬며 비노슈 부인의 집 문을 두드렸다.

"엘리엇, 어서 오렴."

비노슈 부인은 엘리엇을 보자마자 말했다.

"엘리엇, 할머니가 네 소식을 얼마나 궁금해하는지 몰라. 거실에 계시니까 가 봐."

하지만 엘리엇이 거실로 가기도 전에 할머니가 현관으로 달려 나왔다.

"엘리엇! 얼마나 걱정했는지 모른다. 아무 문제없었지?"

"전 괜찮아요, 할머니. 할머니께 할 얘기가 많아요."

"그럼 빨리 거실로 가자. 하나도 빠짐없이 다 말해다오."

수많은 사진 액자들, 테이블 위에 놓인 작은 깔개, 플라스틱으로 만든 꽃다발 등 거실은 엘리엇이 생각한 전형적인 할머니 스타일이었다. 엘리엇은 그중에서 가장 편안한 장소를 금방 골라냈다. 가지각색 실로 뜬 두꺼운 담요가 놓여 있는 널찍한 벨벳 소파였다. 하지만 엘리엇은 감히 소파에 앉지 못했다. 집주인인 비노슈 부인만 앉는 소파가 틀림없었다. 그래서 할머니처럼 긴 가죽 소파에 앉았다.

"어땠어?"

할머니가 물었다.

"할머니 말씀대로 간단하지 않았어요."

"그래? 아니, 왜?"

할머니가 놀라며 물었다.

"안내소를 못 찾은 거야?"

"그게 더 복잡해졌어요. 오자고라 주민들과 접촉해서 모래 상인을 만나게 해 줄 수 있는 사람은 오니리아 여왕뿐이라고 하더라고요."

"그래, 사실이야. 안내소가 여왕에게 요청을 해야 하지."

"그런데 제가 직접 여왕을 만나게 됐어요."

할머니는 무슨 소리냐는 듯 눈썹을 추켜올렸다.

"디틸드 여왕이 대평의회가 보는 앞에서 저를 맞이했어요. 이것저것 만들어 보라고 하더군요. 사물과 생명체를요. 그래서 달팽이를 만드는 데 성공했어요."

"오, 엘리엇!"

할머니는 감격했다.

"네가 재능이 있다는 건 알았지만 그건 정말 놀라운 일이로구나."

"고마워요, 할머니."

엘리엇은 자랑스럽게 말했다.

"그래서 잘 된 거니? 여왕이 모래 상인에게 연락을 취한 거야?"

"아니요. 저를 도와주겠다고 약속했지만 여왕이 먼저 부탁한 일을 제가 들어주어야 한대요."

"음……."

할머니는 코끝을 찡그리며 말했다.

"그건 별로 마음에 들지 않는데. 여왕이 뭘 원하든?"

"악몽을 물리칠 군대를 만들어 달라고 했어요. 악몽을 더 이상 관리할 수 없나 봐요. 폭동이 일어날까 봐 걱정이래요."

"군대? 악몽을 물리치려고? 이해가 안 가는구나. 경찰이 없니?"

"있어요. 정보급습치안국이라고요. 첫날 제게 상처를 입힌 표범도 거기 소속이에요. 악몽이 만들어지자마자 체포해서 에피알티스라고 부르는 경비 구역에 가둬 놓는 일을 해요."

"뭐라고?"

할머니는 깜짝 놀랐다.

"악몽들이 왜 폭동을 일으키려 하는지 알겠다. 여왕이 제정신이 아니구나. 왜 그런 일을 저질렀지?"

"악몽은 나쁜 창조물이라고 했어요. 이전 왕들이 나약해서 악몽을 자유롭게 둔 거라고요."

"그건 또 무슨 헛소리냐?"

할머니는 흥분했다.

"예로부터 꿈과 악몽은 오니리아에서 함께 자유롭고 평화롭게 지냈어. 말썽이 난 적은 한 번도 없었다. 악몽을 죄다 가둔다고? 이런 끔찍한 소리가 어디 있냐. 도대체 무슨 일이 있었기에 여왕이 그런 짓을……."

"저도 몰라요. 여왕이 지금은 상황이 많이 달라졌대요."

할머니는 크게 숨을 내쉰 뒤 손자의 놀란 눈을 굳은 표정으로 바라보았다.

"어쨌든 네가 군대를 만드는 건 안 될 말이다. 알겠니?"

"네."

엘리엇은 기어들어 가는 소리로 대답했다.

할 수만 있다면 비노슈 부인의 가죽 소파에 완전히 파묻히고 싶은 기분이 들었다.

"직접 방법을 알아내서 오자고라에 가는 수밖에요. 정보급습치안국을 뒤에 달고요."

"정보급습치안국이 왜 네 뒤를 쫓아?"

"제가 '왕궁으로 가는 길을 다시 찾을 수 있도록' 특별히 신경을 쓰라고 여왕이 정보급습치안국 국장에게 명령했거든요. 여왕은 원하는 걸 손에 넣기 전에는 절대 저를 가만두지 않을 거예요."

할머니는 절망의 한숨을 쉬었다.

"아…… 오니리아가 도대체 어떻게 돌아가고 있는 거니……."

할머니는 고개를 가로저으며 탄식했다. 그러나 할머니가 고개를 다시 들었을 때 엘리엇은 할머니의 눈에서 단호한 결심을 읽을 수 있었다.

"엘리엇, 여기서 멈추고 싶니? 상황을 들어 보니 넌 그만두고 싶은 마음이 있는 것 같은데."

"제가 포기하면 아빠는 어떡하고요."

그것은 답이 없는, 하나 마나 한 질문이었다. 할머니도 입술만 깨물었다.

"어떤 위험이 기다리든 아빠를 구할 수 있는 희망만 있다면 절대 포기하지 않을 거예요."

엘리엇은 스스로 놀랄 정도로 자신 있는 목소리로 말했다.

"계속할 거예요!"

할머니는 한없이 다정하게 손자를 바라보았다.

"네가 자랑스럽구나, 엘리엇."

이 말에 엘리엇에게 남아 있던 망설임은 모두 사라졌다.

"오니리아에서 네가 진짜로 위험에 처해 있다고 생각하지는 않아. 악몽을 체포해서 가둔다고 하니 악몽에 대해서는 걱정하지 않아도 되겠지. 여왕은 널 필요로 하니 해치지 않을 거다. 정보급습치안국이 널 잡아들인다고 해도 순간 이동으로 언제든지 도망갈 수 있을 거야. 그러고 보니 연습을 더 하는 게 좋겠구나. 오늘 밤 오니리아에 가거든 서로 다른 장소 두세 곳으로 이동하는 연습을 해 보거라."

"순간 이동으로 오자고라에 갈 수 있다면 정말 좋을 것 같아요. 할머니는 가 보셨어요?"

"가 본 적이 있지."

"그러면 할머니가 자세하게 설명해 주시면 되잖아요."

"오자고라의 모든 것이 내 기억 속에 새겨져 있지. 하지만 내가 아무리 완벽한 그림을 그려 줘도 너에게는 소용이 없을 거야."

"왜요?"

"왜냐하면 오자고라는 강력한 마법의 보호를 받고 있으니까. 창조자는 오자고라의 주민에게 초대를 받지 못하면 순간 이동으로 그곳에 들어갈 수 없단다."

"초대를 받지 못한 사람은 그럼 어떻게 해요?"

엘리엇이 투덜거렸다.

"걸어서 가는 거지. 하지만 혼자서는 가지 못할 거야. 도움을 받아야 한단다. 여왕이 너를 대하는 태도가 의심스러우니 다른 누군가의 도움을 받아야 할 거다."

"누구요?"

할머니의 시선이 엘리엇의 어깨와 희미한 우윳빛 전등불 사이에 머물렀다.

"조브. 오니리아에서 가장 친했던 친구 중 한 명이었지."

할머니의 시선이 다시 엘리엇에게 돌아왔다.

"무조건 믿을 수 있는 친구야. 조브를 찾아 가렴. 그가 오자고라로 갈 수 있게 널 도와줄 거야. 어렵지 않게 찾을 수 있어야 할 텐데. 그 친구를 본 지가 정말 오래 되었어."

엘리엇은 얼굴을 찌푸렸다. 처음의 흥분이 가라앉기 시작했다. 모래 상인을 찾기 위해 조브를 찾아야 하다니. 게다가 정보급습치안국의 손아귀에 들어가지 않도록 조심도 해야 하고…….

아빠를 구하겠다는 영웅의 임무가 끝없는 술래잡기로 변하고 있었다. 엘리엇이 술래가 아닌 건 분명했다.

"조브는 어디 가서 찾아요?"

심통 난 엘리엇이 물었다.

"옛날에는 에도니스에 살았는데. 오니리아의 수도 말이다. 집이 루브르 박물관 근처에 있었지. 박물관에서 시작하면 되겠다."

"오니리아에 루브르 박물관이 있어요?"

엘리엇이 놀라며 물었다.

"물론이지. 루브르 박물관 꿈을 꾸는 사람들이 있으니까. 에펠 탑, 타지마할, 빅벤, 백악관도 있단다. 물론 실제와 똑같지는 않아. 꿈꾸는 사람들이 저마다 조금씩 만들어 내고 그 다음 꿈꾼 사람에 의해 바뀌기도 하니까. 항상 모습이 변하지만 그래도 전체적으로는 진짜와 꽤 흡사하단다."

할머니는 조브의 집에 대해 아주 자세하게 설명해 주고 집을 찾아낼 방법에 대해 조금 더 설명해 주었다. 또 엘리엇도 다 알고 있는 주의사항을 잔소리처럼 늘어놓았다. 예를 들면 왕궁에 가까이 가지 말라거나 눈에 띄지 않으려면 뭘 만들어 내는 능력을 쓰지 말라는 것이었다.

"마지막으로 모래시계에 대해 할 말이 있다."

할머니가 말했다.

"모래시계를 네 목숨처럼 지켜야 해. 오니리아에서 그걸 잃어버리기라도 하면 네 정신은 그곳에 갇혀서 이 세상에 있는 네 몸을 다시 찾아올 수 없어. 그러니까 어떤 상황에서든 절대 목걸이를 벗으면 안 된다. 알았지?"

엘리엇은 정신과 몸이 영원히 분리될 수 있다는 생각에 소름이 끼쳤다. 하지만 속마음을 할머니에게 들키고 싶지 않았다.

"걱정하지 마세요. 잃어버리지 않을게요."

엘리엇은 억지로 자신 있는 척했다.

할머니는 손자를 한참 바라보더니 품에 안았다.

"조심해라, 엘리엇. 내일 와서 무슨 일이 있었는지 꼭 말해 줘야 한다."

"조심하겠다고 약속할게요, 할머니."

엘리엇은 할머니를 안심시켰다.

"하지만 내일 여기 올 수 있을지 모르겠어요. 그건 새엄마한테 달렸어요."

엘리엇이 집에 돌아왔을 때 클로에와 쥘리에트는 무척 흥분한 상태였다. 좋아하는 게임 기록을 격파하고는 "세계 채애앰~피~어~언!"이라고 외치며 거실을 뛰어다니고 있었다. 싫지만 어쩔 수 없었다. 벌써 밤 10시였다. 곧 새엄마가 들이닥칠 테니 세 사람 모두 자고 있는 게 좋았다. 동생들을 재우는 일은 쉽지 않았다.

엘리엇이 겨우 쌍둥이를 재우고 방으로 돌아와 침대 머리맡에 있는 불을 막 끄려고 하는 찰나, 현관문에서 열쇠 돌아가는 소리가 들렸다. 크리스틴이 엘리엇의 방에 들어왔을 때 엘리엇은 잠든 척했다. 다행히 크리스틴은 전등이 따뜻한지 만져 보지 않고 그저 어지러운 방에 대해 욕을 하면서 나갔다.

위험은 사라졌다. 지금은.

위험한 거대 도시

엘리엇은 콘크리트 건물들이 흉물스럽게 들어선 곳에 서 있었다. 버려진 공장. 그보다 더 씁쓸한 광경은 없다. 하지만 엘리엇은 감탄을 금치 못했다. 첫 순간 이동을 막 성공시켰기 때문이다.

몸에는 아무 이상이 없었다. 현기증도 없었고 이상한 느낌도 들지 않았다. 사물을 창조하는 것보다 약간 더 어려울 뿐이었다. 집중을 더 오래 해야 했고, 가고 싶은 장소의 풍경을 아주 자세하게 떠올릴 시간이 더 길게 필요했다. 간단한 마법 같아서 엘리엇은 성공할 수 있는지 한 번 더 확인하고 싶었다.

엘리엇은 눈을 감았다. 그리고 눈을 채 뜨기도 전에 성공했다는 감이 왔다. 유황과 금속 냄새는 사라지고 그보다 훨씬 좋은 냄새가 났다. 바다 냄새였다. 엘리엇은 눈을 떴다. 눈앞에는 검은 모래사장이 길게 펼쳐졌다. 파도가 몰려왔다. 뒤에는 빽빽한 밀림이 버티고 있었다. 생명체의 흔적은 찾아볼 수 없었다. 엘리엇은 아마도 이 땅을 밟는 최초의 인간일 것이다.

엘리엇은 이후에도 순간 이동 연습을 여러 차례 반복했다. 아, 얼마나 자유로운 느낌인지! 엘리엇은 텅 빈 공중전화 부스, 한밤중의 빌딩 사무실, 한적한 시골길, 그리고 사막까지 매번 사람들 눈에 띄지 않는 장소를 선택했다.

뜨거운 태양 때문일까, 아니면 계속된 순간 이동 때문일까? 엘리엇은 피로를 느끼기 시작했다. 이제 문명 세계로 다시 돌아가 조브를 찾아야 할 시간이다. 오니리아의 수도 에도니스로 가자! 엘리엇은 루브르 박물관에 대해 떠올리기 시작했다. 박물관 광장, 오래된 궁전 건물, 입구로 사용되는 유명한 피라미드 등…….

몇 초 뒤, 엘리엇은 유리와 금속으로 만든 거대한 구조물 앞에서 눈을 떴다. 그런데 구조물의 모양이 피라미드가 아니라 초승달 모양의 크루아상이었다. 처음에는 장소가 틀린 줄 알았다. 엘리엇이 다시 눈을 감고 이동을 하려는 찰나에 뒤에서 익숙한 목소리가 들렸다.

"크루아상이라니 참 희한한걸. 피라미드였을 때가 더 좋았는데. 루브르 박물관 한가운데에 있는 크루아상이라……. 어울리지 않아."

엘리엇은 깜짝 놀라 뒤를 돌아보았다. 역사를 가르치는 무이유피에 선생님이 틀림없었다. 선생님은 건축물 감상에 흠뻑 빠져 있었다. 사실 선생님이 아니라 마법사였다. 무이유피에 마법사는 현실 세계에 사는 무이유피에 선생님과 똑같이 생겼다. 눈에는 눈동자가 없었지만 보는 데에는 아무런 문제가 없었다. 마법사의 눈이 허옇다는 것은 들어 알고 있었지만 실제로는 처음 본지라 엘리엇은 흠칫하며 뒤로 물러섰다.

"엘리엇, 너도 나만큼 건축에 관심이 있다니 정말 기쁘구나."

엘리엇을 본 무이유피에 마법사가 말을 건넸다.

"안녕하세요, 선생님."

엘리엇은 자연스럽게 굴려고 애썼다.

"너도 피라미드가 더 낫니?"

"어…… 네, 그런 것 같아요."

"정답! 100점 만점에 95점 줄게."

"고맙습니다, 선생님."

엘리엇은 상황을 즐기기 시작했다.

"망쟁 선생님도 선생님 같으면 얼마나 좋을까요."

"망고?"

무이유피에 선생님은 잘못 알아듣고는 엉뚱한 소리를 했다.

"좋은 생각이야. 지금 배고파 죽겠거든. 엄청 큰 것도 삼킬 수 있을 것 같아. 오, 이 크루아상 어때? 크루아상 먹을래."

엘리엇은 선생님이 두 팔을 뻗고 유리로 만든 크루아상으로 걸어가는 모습을 보고 킥킥 웃었다.

"맛있어 보여. 냠냠!"

엘리엇은 선생님이 소리치는 게 재미있었다.

그때 갑자기 프로펠러 돌아가는 소리가 바로 위에서 들리자 정신이 번쩍했다. 고개를 들어 보니 보라색 헬리콥터 세 대가 하늘을 가르고 있었다. 헬리콥터 옆면에 흰 글씨로 정보급습치안국의 이름이 커다랗게 쓰여 있었다. 엘리엇은 등에 식은땀이 났다. 벌써 들킨 건가? 하지만 헬리콥터는 루브르 광장 위를 쏜살같이 지나쳤다. 엘리엇은 멀어져 가는 헬리콥터를 보고 안도의 한숨을 쉬었다.

고개를 다시 숙이자 크루아상이 다시 피라미드로 바뀌었고 무이유피에 마법사는 사라지고 없었다. 이제는 정말 조브를 찾으러 가야 했다. 그런데 엘리엇은 한 발 내딛자마자 그대로 뒤로 넘어졌다. 정신없이 주위를 훑어보고는 자기가 거대한 스케이트장 한가운데에 서 있었던 것을 깨달았다. 무슨 조화인지 스케이트장이 루브르 광장으로 보였던 것이다. 반짝반짝 빛나는 유니폼을 입은 스케이트 선수 한 쌍이 엘리엇을 스쳐갔다. 여자는 마법사인지 눈이 희었다. 그 여자가 광장을 스케이트장으로 바꿔놓은 게 틀림없었다. 엘리엇은 자리에서 일어나 팔에 묻은 얼음을 털었다.

에도니스에 이렇게 마법사가 많다면 조브의 집을 찾는 일은 쉽지 않을 것이다. 엘리엇이 스케이트를 만들어 내는 건 식은 죽 먹기였지만 눈에 띄는 행동은 자제해야 했다. 결국 또 다른 마법사가 스케이트장을 없앨 때까지 참고 기다렸다가 조심해서 출구로 향했다.

할머니는 조브가 루브르로 연결된 거리 중 하나에 살았다고 했다.

그래서 엘리엇은 박물관을 빙 돌아보기로 했다. 루브르 광장과 길거리의 경계가 되는 아케이드에 다다랐을 때 엘리엇은 깜짝 놀라 그 자리에 멈춰 섰다. 거리에 있는 모든 것이 놀라웠다. 집들부터 희한했다. 피아노 모양의 집이 있는가 하면 인형의 집처럼 벽이 세 면만 있고 층계는 없는 집도 있었다. 공중에 둥둥 떠다니는 집은 연줄로 인도에 연결되어 있었다. 거리에는 아무렇지도 않은 듯 다니는 마법사들이 득실댔다. 도로에든 공중에든 다니는 것들이 많았다. 사륜마차, 스포츠카, 비행기, 열기구, 기차, 플라스틱 트럭, 저절로 걸어 다니는 거대한 양말……. 깡충깡충 뛰어다니는 정어리 통조림은 여기저기 부딪혀서 통조림에 타고 있던 많은 승객들이 들썩거렸다.

몇 분 동안 가만히 서 있던 엘리엇은 계속 걸어가기로 했다. 엘리엇은 조브의 집을 찾으면서도 홀린 듯 주변을 구경하지 않을 수 없었다. 가로등 옆에는 한 마법사가 지상에서 3미터 높이에 둥둥 떠 있는 소파에 앉아서 지나가던 엘리엇에게 바닥에 떨어진 신문을 주워 달라고 부탁했다. 아이스크림 장수는 커다란 로봇에게 '녹슨 못' 맛이 나는 셔벗을 팔았다. 하지만 엘리엇에게 가장 큰 인상을 준 것은 양복점이었다. 상점 안에는 한 남자가 양복을 맞추고 있었다. 재단사는 그 남자에게 양 여러 마리를 보여 주었다. 남자는 털을 만져 보고 한 마리를 골랐다. 그러자 재단사가 선택된 양의 다리를 잡더니 커다란 기계 속에 넣고 버튼 여러 개를 눌렀다. 몇 분이 지나자 멋진 양복이 기계에서 나왔다.

엘리엇은 박물관과 거기에 딸린 정원을 한 바퀴 다 돌았지만 조브의 집은 찾을 수가 없었다. 할머니가 걱정한 대로 에도니스의 지형이 마법사들 때문에 변했고 조브의 집도 위치가 바뀐 게 분명했다. 엘리엇은 더 멀리 가 보기로 했다. 다리가 아파 왔다.

'이제 그만 지나가는 사람에게 물어볼까?'

엘리엇이 이렇게 생각하던 찰나, 골목길 모퉁이에서 할머니가 말했던 것과 똑같은 집이 보였다. 빨강, 노랑, 연두 등 요란하게 색을 칠한 괴상한 집이 꽃이 만발한 거대한 사과나무의 낮은 가지 위에 둥지를 틀고 있었다. 틀림없었다. 조브의 집이 분명했다.

엘리엇은 골목길로 들어섰다. 조바심도 났지만 할머니가 오랫동안 보지 못한 친구를 곧 만날 수 있다는 생각에 약간 떨리기도 했다. 할머니 생각처럼 조브는 엘리엇을 반갑게 맞아 줄까?

나무 사다리를 올라가니 거리를 내려다볼 수 있는 작은 테라스와 문이 있었다. 엘리엇은 문을 세 번 두드렸다. 아무런 대답이 없었다. 문을 더 세게 두드려 봤지만 결과는 마찬가지였다. 엘리엇은 문손잡이를 돌렸다. 문이 열렸다. 하지만 엘리엇은 들어갈 엄두를 내지 못하고, 집 안을 들여다보기 위해 창문 쪽으로 걸어갔다. 창문에 얼굴을 대고 안을 살폈다. 심장이 벌렁벌렁했다. 집은 오래전부터 비어 있었던 것 같다. 바닥과 가구에 먼지가 두껍게 쌓여 있었고 야생 동물들이 부엌을 집으로 삼은 것 같았다. 부엌은 엉망진창이었다. 그릇은 깨지고 바닥에는 쓰레기가 쌓여 있었다. 엘리엇은 속상해하며 사다리를 내려왔다. 조브가 이사를 했다면 찾아내기 어려울 것이다. 이런 속도라면 모래 상인을 절대 만날 수 없을 것 같다. 그럼 아빠도 구할 수 없다는 건데…….

엘리엇이 사다리를 내려오자마자 누군가가 엘리엇의 어깨를 만졌다. 뒤를 휙 돌아보자 징그럽게 생긴 여자가 서 있었다. 여자의 얼굴에는 코도 없고 눈도 없었다. 아가미처럼 생긴 구멍이 볼 뒤쪽에 있었는데, 회색빛 피부가 햇빛에 번들거렸고, 일그러진 입에서는 작고 날카로운 이빨이 드러났다. 의심의 여지가 없었다. 물고기여자였다.

"누굴 찾아왔니?"

물고기여자가 물었다.

"아니요. 그냥 구경하는 거예요."

엘리엇은 조심했다.

물고기여자는 엘리엇을 위아래로 훑어보았다.

"조브를 찾는 거라면, 더 이상 여기 살지 않아."

엘리엇은 한숨을 내쉬었다. 집이 오래전부터 비어 있었을 거라는 생각이 맞았다. 그 생각을 누군가 실제로 말해 주니, 한 가닥 있던 희망마저 사라졌다.

"조브가 어디 사는지 난 알고 있어."

그때 갑자기 물고기여자가 말했다.

엘리엇은 고개를 들었다. 제대로 들은 게 맞나?

"여기서 멀지 않아. 조금만 기다려 봐. 내가 가서 데려올게."

"네."

엘리엇은 다시 희망이 생겼다.

"고맙습니다."

"내 이름은 넵탄이야."

물고기여자가 일그러진 입술로 웃자 엘리엇은 소름이 돋았다.

"네 이름은 뭐니?"

"토마요."

엘리엇은 신분을 들키지 않으려고 거짓말을 했다.

"만나서 반갑다, 토마. 내 집에서 기다려도 돼. 거기가 더 나을 거야. 바로 앞집이거든."

넵탄은 맞은편에 있는 파란 집을 가리켰다. 엘리엇은 넵탄의 손을 보고 깜짝 놀랐다. 손에 오리발처럼 물갈퀴가 있었다.

"괜찮아요. 여기서 기다릴게요."

"그래도 내 집에 가 있는 게 좋을걸. 요즘 이 거리가 좀 위험해. 어제만 해도 악몽들이 거리를 배회하는 모습이 눈에 띄었거든. 악몽이라니. 에도니스 한복판에서 말이야. 네가 안전한 곳에 있어야 마음이 놓일 것 같아."

넵탄의 친절함이 의심스러웠지만 악몽이 근처에 있다는 건 정보급습치안국의 수사대가 있을 가능성도 높다는 뜻이었다. 수사대에게 잡히고 싶지 않았던 엘리엇은 결국 넵탄의 초대를 받아들였다. 하지만 경계심을 늦추지 않았다.

“알겠어요. 집에서 기다릴게요. 정말 고맙습니다.”

“고맙긴. 자, 따라 와.”

엘리엇은 넵탄을 따라 파란 집으로 들어갔다. 겉모습은 해안가에 있는 전형적인 별장처럼 생겼지만 집 안은 뜻밖이었다. 외벽, 내벽, 천장까지 모두 투명한 물로 되어 있었고, 그 안에서 갖가지 모양의 물고기 수백 마리가 헤엄치고 있었다. 색깔도 크기도 제각각이었다. 엘리엇은 입을 다물지 못했다.

“편하게 앉아.”

넵탄은 조개 모양의 의자를 가리키며 말했다.

“오래 걸리지 않을 거야.”

넵탄이 나가고 엘리엇은 이상한 거실에 홀로 남았다. 엘리엇은 물로 된 벽으로 다가갔다. 그것은 거대한 수족관이었다. 물고기들이 모래, 자갈, 물풀, 산호초 사이를 왔다 갔다 했다. 해마, 문어, 가오리, 불가사리, 거북도 있었지만 처음 보는 신기한 동물들도 있었다. 예를 들면 플라스틱 물고기가 물방울을 만들며 헤엄치고 있었다. 살아 있는 벽은 신기했지만 엘리엇은 왠지 마음이 불편했다. 누군가에게 감시당하는 느낌이 들어서 자꾸 뒤를 돌아보았다.

그때 갑자기 불빛이 줄어들더니 불길한 그림자가 엘리엇을 감쌌다. 엘리엇은 천천히 고개를 들었다. 천장에 거대한 상어가 나타났다. 등골이 오싹해진 엘리엇은 수족관의 천장이 튼튼하기만을 바랐다. 그리고 마음을 안심시키려고 벽을 손가락으로 눌러 보았다. 그랬더니 손가락이 물속으로 쑤욱 들어갔다. 수족관에 벽이 없는데도 물이 흘러내리지 않았던 것이다.

"안녕?"

엘리엇은 깜짝 놀랐다. 거실을 둘러봤지만 아무도 없었다.

"나 여기 있어."

다시 목소리가 들렸다.

"벽에. 바로 네 코앞에."

엘리엇은 앞에 있는 벽을 살폈다. 눈앞에 흰색과 주황색 줄무늬가 있는 흰동가리가 있었다. 왼쪽 눈 주위에는 주황색 반점이 있었다. 흰동가리는 지느러미를 빠르게 움직이며 엘리엇을 똑바로 응시하고 있었다.

"날 좀 도와주지 않을래?"

흰동가리가 물었다.

"무슨 도움?"

엘리엇은 물고기와 대화를 나눈다는 게 믿어지지 않았다.

"여기서 나갈 수 있게 도와줘."

"여긴 넵탄의 집이잖아. 내 집도 아닌데 그럴 수는 없어."

"그 여자가 나를 자기 수집품에 추가하면서 내 뜻을 물어봤을 것 같아? 여기 갇힌 지 벌써 사흘째야. 벽이란 벽은 다 살펴봤는데 모조리 비슷해. 넵탄이 원할 때면 언제든지 벽에 손을 집어넣을 수 있지만 여기 갇힌 우리는 절대 밖으로 나갈 수 없어. 그 미친 여자가 집에 누굴 초대하는 법이 없거든. 네가 유일한 희망이야. 그러니 제발 부탁이야. 이 망할 놈의 벽에 얼른 손을 집어넣고 날 여기서 꺼내 달라고!"

엘리엇은 주위를 살폈다. 물고기만 빼면 엘리엇은 여전히 혼자였다. 엘리엇은 소매를 걷어 올린 다음 두 손을 물 벽에 집어넣고 흰동가리가 미끄러지지 않게 꽉 잡았다. 그런 다음 흰동가리를 꺼내서 바닥에 내려놓았다. 하지만 방금 한 일을 후회했다. 흰동가리가 경련을 일으켰기 때문이다. 아참, 그렇지! 물 밖으로 나오면 숨을 쉬지 못하잖아! 하지만 엘리엇이 물고기를 다시 벽 속으로 집어넣으려는 순간, 몸을 떨던 물고기가 갑자기 작은 원숭이로 둔갑했다. 몸에는 짧은 갈색 털이 나 있었고 머리와 배의 털 색깔은 조금 더 밝았다. 왼쪽 눈의 주황색 반점은 여전히 똑같았다. 꿈의 왕국에서 불가능이란 없다는 걸 잘 알고 있었지만 엘리엇은 숨이 멎을 것만 같았다.

"헤헤헤, 경련 때문에 속았지?"

원숭이가 낄낄대며 말했다.

"네 표정이 아주 가관이었어. 뭐, 어쨌든 고마워, 친구야. 너한테 큰 신세를 졌어."

"뭘……."

엘리엇이 얼버무렸다.

"내 이름은 파르조야."

원숭이가 손을 내밀며 말했다.

"난 엘리엇…… 아니, 토마야."

"만나서 반갑다, 엘리엇아니토마."

원숭이는 해맑았다.

그때 갑자기 발걸음 소리가 들렸다. 엘리엇이 뒤돌아보니 넵탄이 커다란 보라색 총을 든 로봇 여섯과 함께 거실로 들어오는 모습이 보였다. 정보급습치안국의 수사대였다.

"수사대!"

파르조와 엘리엇이 동시에 소리쳤다.

둘은 본능적으로 식탁 뒤로 숨었다.

"소년을 잡아!"

넵탄이 외쳤다.

"저 녀석이 조브를 찾고 있었어! 그리고 원숭이 너, 너는 거기 꼼짝마."

로봇들은 엘리엇에게 달려들었다. 엘리엇은 시간을 벌기 위해 닥치는 대로 의자 몇 개를 넘어뜨렸다. 로봇들은 부자연스러운 움직임 때문에 길을 막고 있는 의자들을 피해서 건너오는 데 애를 먹었다. 엘리엇은 눈을 감고 아무 곳이나 떠올려 보려 했다. 하지만 주위의 소란 때문에 집중할 수가 없었다. 눈을 다시 떴을 때 아직도 넵탄의 집이었다. 파르조는 식기장에서 손에 집히는 대로 접시, 유리잔, 포크, 칼을 마구 던져서 로봇들이 다가오지 못하게 막고 있었다. 엘리엇은 안전한 장소를 떠올리려고 몇 번이나 애를 썼지만 생각하려고 한 이미지는 금세 로봇과 물고기여자가 나오는 무서운 이미지로 바뀌었다. 왜 꼭 필요한 순간에 순간 이동이 안 되는 걸까?

식기가 떨어지자 파르조는 날카로운 비명을 지르기 시작했다. 로봇들은 손으로 귀를 막고 제자리에서 빙글빙글 돌기 시작했다. 파르조의 방법이 먹혀들었다. 하지만 엘리엇도 그 소리 때문에 집중할 수가 없었다. 결국 원숭이의 어깨를 쳐서 입을 다물게 했다. 그러자 로봇들이 다시 공격에 나섰다. 로봇들이 다가왔다. 피할 곳이 없었다. 엘리엇과 파르조는 뒷걸음질 치기 시작했다. 곧이어 엘리엇은 등이 축축해지는 것을 느꼈다. 물 벽에 등이 닿았던 것이다. 도망칠 방법은 없고, 이제 로봇들은 몇 미터 앞까지 다가왔다. 이것은 실제 상황이었다. 벗어날 방법이 없었다.

결국 엘리엇은 승부를 걸어 보기로 했다. 아무 생각도 하지 않고 파르조의 목을 잡은 뒤 크게 숨을 들이쉰 다음 물 벽 속으로 뛰어들었다. 벽을 통과할 만큼 잘 뛰었기를 바라면서. 하지만 엘리엇이 놓친 게 하나 있었다. 벽속으로 쉽게 들어갈 수는 있어도 바깥에서 누군가 잡아 주지 않으면 절대 나올 수 없다는 것. 엘리엇은 덫에 걸린 것이다. 이제는 선택의 여지가 없었다. 반드시 순간 이동에 성공해야 한다. 엘리엇은 머릿속을 비우려고 발밑에서 기어 다니는 불가사리에 집중했다. 눈을 감고 숨을 참은 채 다른 어딘가를 계속 생각했다.

엘리엇은 다리에 이상한 느낌이 들어서 눈을 다시 뜰 수밖에 없었다. 왼쪽 눈에 주황색 반점이 있는 문어 한 마리가 엘리엇을 잡으려는 로봇들의 집게손을 피하려고 애쓰면서 엘리엇의 다리에 감겨 있었다. 엘리엇은 당황하기 시작했다. 성공하지 못할 거야. 이런 상황에서는.

로봇의 집게손에 잡히느니 물에 빠져 죽는 것이 나았다. 집게손이 엘리엇의 옷소매를 붙잡고 잡아당겼다. 하지만 로봇이 수족관에서 꺼낸 것은 찢어진 옷 조각뿐이었다. 엘리엇은 눈으로 넵탄을 찾았지만 넵탄은 보이지 않았다. 시야가 흐려졌다. 현기증이 났다. 몇 초만 지나면 횡경막 때문에 반사적으로 숨을 들이쉬게 되고 폐에 물이 찰 것이다.

꿈에서 깨자. 깨어나야 했다. 정신이 오니리아를 떠나서 지구에 있는 몸을 찾아 제자리로 돌아가도록 해야 했다. 그게 가능하기는 할까? 어쨌든 엘리엇에게는 다른 방법이 없었다. 엘리엇은 눈을 감고 자신의 방을 떠올렸다. 이불의 따뜻한 온기, 희미한 파란 불빛이 새어 나오던 컴퓨터 화면, 이따금 그르렁거리는 보일러, 은색 액자 속 사진에서 잠든 엘리엇을 바라보는 엄마…….

더 이상 못 참겠다. 엘리엇은 숨을 크게 들이쉬었다.

속임수

공기!

엘리엇이 들이마신 건 분명 공기였다! 눈을 떠 보니 엘리엇은 리스본 가에 있는 자기 방 침대에 앉아 있었다.

'휴, 살았다!'

엘리엇은 베개 밑에 늘 숨겨 두는 손전등을 열심히 찾았다. 차가운 물 때문에 얼얼해진 손가락에 차갑고 딱딱한 물체가 만져졌다. 엘리엇은 손전등을 켜고 방의 벽을 비춰 보았다. 모든 게 있었다. 열린 벽장에는 옷과 잡동사니가 넘쳐 났고, 책상 위의 컴퓨터, 바닥에 널브러진 운동 가방, 여기저기 흩어져 있는 수많은 그림들도 그대로였다. 엘리엇은 귀를 쫑긋 세웠다. 옆방에서 친근하고도 마음을 안심시켜 주는 소리가 규칙적으로 들려왔다. 새엄마의 코 고는 소리가 이렇게 반가운 건 처음이었다.

엘리엇은 숨을 크게 내쉬고 손전등을 끈 다음 베개 위로 쓰러졌다. 눈을 감고 한참 동안 움직이지 않았다. 아까처럼 죽음을 가까이 느껴 본 적은 없었다.

어쩌다가 물 벽으로 뛰어들 생각을 했을까? 정보급습치안국의 수사대를 피한답시고 죽을 게 뻔한 물속으로 뛰어들다니, 정말 미친 짓이었다. 생존 본능이 자살 본능으로 바뀐 건가……. 게다가 순간 이동은 왜 안 된 거지? 아, 수사대만 뒤쫓아 오지 않았으면 무인도로 도망가는 건 일도 아닌데! 위험이 닥치면 완전 다르구나. 엘리엇은 자신의 힘을 과대평가했다. 할머니도 마찬가지였다. 달팽이를 만들어 내는 건 재미있지만 그게 목숨을 구해 주진 않는다. 어쩌면 엘리엇은 할머니가 맡긴 임무를 해 낼 능력이 없는 것인지도 몰랐다. 게다가 진전도 없었다. 오히려 후퇴했다. 조브의 집을 찾았지만 오래전에 버려진 집이었다. 또 넵탄과 있었던 일을 생각하면 이웃에게 물어보러 그곳에 다시 돌아가는 건 위험했다.

물고기여자가 정보급습치안국의 수사대에게 "저 녀석이 조브를 찾고 있었어!"라고 말한 것이 자꾸만 머릿속에서 맴돌았다. 조브를 찾는 게 오니리아에서는 범죄인가? 오니리아는 할머니가 말하던 환상의 나라와는 거리가 멀었다.

엘리엇의 이가 덜덜덜 부딪히기 시작했다. 엘리엇은 머리부터 발끝까지 흠뻑 젖어 있었다. 옷이 피부에 찰싹 달라붙었다. 그제야 엘리엇은 물에 빠졌었다는 것이 생각났다.

'얼른 옷부터 갈아입어야겠어. 이러다 얼어 죽겠다.'

엘리엇은 젖은 옷을 벗기 위해 일어나려고 이불을 걷어찼다가 비명을 지를 뻔했다. 작은 생쥐 한 마리가 이불 속에서 도망친 것이다. 생쥐는 찍찍거리며 난방기 쪽으로 달려갔다. 엘리엇은 끄응 신음을 했다. 진짜 오늘 날 잡았구나! 엘리엇은 젖은 옷을 벗고 바닥에 있던 청바지와 티셔츠로 갈아입었다. 마른 옷의 느낌이 좋았다.

"아, 이 난방기 정말 좋아!"

어디선가 목소리가 들려왔다.

"젖은 이불 밑에서 얼어 죽는 줄 알았네."

엘리엇은 깜짝 놀랐다. 벌벌 떨리는 손으로 스위치를 찾아서 불을 켰다. 난방기 옆에서 작은 흰 생쥐가 발을 열심히 비비고 있었다. 왼쪽 눈을 보니 주황색 반점이 있었다. 물 벽 속의 흰동가리처럼, 넵탄의 거실에서 만난 원숭이처럼…….

파르조였다. 파르조를 현실 세계로 함께 데려온 것이다! 파르조는 생쥐 특유의 고갯짓으로 주위를 살폈다.

"우와!"

파르조의 작은 몸짓에서 놀라울 정도로 큰 목소리가 나왔다.

"여기 사는 사람 엄청 부자인가 봐!"

"조용히 해! 새엄마 깨우……."

"이 그림들 봤어?"

파르조는 아랑곳하지 않고 물었다.

순식간에 다시 원숭이로 변한 파르조는 난방기 옆 바닥에 흩어진 그림 몇 개를 주워 들었다.

"이렇게 많으니 다른 사람한테 빌려줘도 되겠다. 여긴 정말 돈 될 게 많은걸. 카치아가 보면 좋아하겠다. 더 이상 내가 문제만 일으킨다고는 말 못 하겠지."

엘리엇은 파르조가 도대체 무슨 말을 하는 건지 하나도 이해할 수 없었다. 만약 파르조가 엘리엇의 그림을 피카소가 그렸다고 착각한 것이라면 틀림없이 실망할 것이다. 흰담비의 주둥이와 돼지 꼬리를 붙인 망쟁 선생님의 초상화는 그림 시장에서 값이 그리 나가지 않을 테니……. 하지만 그게 중요한 건 아니었다. 파르조가 가족들을 깨우기 전에 오니리아로 되돌려 보낼 방법을 어서 찾아야 한다.

파르조는 그림을 잔뜩 주워 들고는 어찌할 바를 몰랐다. 발과 턱 사이에 그림들을 괴어서 움직이지도 못했다. 그러더니 갑자기 그림을 전부 바닥에 내려놓고 캥거루로 변신했다. 배에 있는 주머니에 그림을 쑤셔 넣기 위해서였다.

"너는 필요 없어?"

파르조가 물었다.

"뭐가?"

"그림 말이야, 바보야."

"어, 난 괜찮아. 야, 내 말 좀 들어 봐."

"아! 알겠어."

파르조는 날카로운 목소리로 엘리엇의 말을 가로막았다.

"원칙이 있다 이거지? 도둑질을 하는 건 나빠요. 맞지? 하지만 여긴 우리 말고 아무도 없잖아. 기회를 놓칠 순 없지!"

"하고 싶은 대로 해."

엘리엇은 걱정스럽게 방문을 쳐다보며 말했다.

"그런데 제발 목소리 좀 낮춰."

"왜?"

파르조가 몸을 일으키며 물었다.

"귀 따가워?"

"그게 아니라……."

"넵탄의 수족관에 빠져서 그래. 수족관 물이 좋지 않거든. 좀 익숙해져야 하는데 말이야. 내가 아무 동물로나 변신할 수 있으니 천만다행이지. 완전 편리하거든. 너는 변신 못 하더라. 그리고 왜 그 더러운 물 감옥에 뛰어들 생각을 했지? 인간은 물속에서 살 수 없는데. 그런데 너는……."

파르조는 '지칠 줄 모르는 수다쟁이' 순위에서 쌍둥이에게 절대 밀리지 않았다. 엘리엇은 파르조의 수다를 듣는 둥 마는 둥 하면서 어떻게 파르조를 현실 세계로 데려오게 된 걸까 생각했다. 가장 먼저 든 생각은 파르조가 엘리엇과 몸이 닿아 있었다는 것이다. 수족관에서 문어로 변한 파르조가 엘리엇의 다리에 감겨 있을 때 엘리엇이 잠에서 깨어났기 때문이다. 하지만 첫날 만났던 표범은 현실 세계로 넘어오지 않았다는 것이 기억났다. 표범도 엘리엇이 깨어났던 순간 엘리엇의 몸과 닿아 있었다. 몸에 난 할퀸 상처가 그것을 말해 주고 있었다. 육체적인 접촉이 아니라면 도대체 무엇이지? 파르조는 어떻게 엘리엇의 방에 올 수 있었을까? 어쨌든 쌍둥이나 새엄마가 알아채기 전에 어떻게 하면 파르조를 오니리아로 되돌려 보낼 수 있을까?

"아무튼 네 덕분에 도망칠 수 있었어. 그게 제일 중요하지."

파르조는 계속 떠들어 댔다.

"어떻게 한 건지 궁금한걸. 무슨 문을 통과한 것도 아닌데 갑자기 이곳으로 옮겨지다니. 마술 같아. 이런 경험은 처음이거든. 그럼 너는 마술사? 어디든지 갈 수 있는 거야? 이런 걸 할 수 있는 마술사를 알고 있긴 하지만 나를 함께 데리고 간 적은 한 번도 없거든. 그 마술사는 요술 지팡이를 쓰던데. 네 비법은 뭐야? 손가락 튕기기? 코 찡그리기? 마법의 주문?"

그리고 침묵이 흘렀다. 불편한 침묵이었다. 파르조는 캥거루의 작고 검은 눈으로 엘리엇을 응시했다. 답을 기다리는 것이었다. 진실의 시간이 왔다. 엘리엇은 자신 때문에 파르조가 오니리아를 나오게 되었다고 털어놓아야 했다. 또 파르조를 오니리아에 다시 데려다줄 수 있을지 없을지 모르겠다고도 말해야 했다.

엘리엇은 숨을 크게 들이쉬었다.

"너한테 말할 게 있어."

마음이 불편한 엘리엇이 입을 열었다.

"워워워……."

파르조는 하품을 하며 말했다.

"대단한 설명을 해 달라는 게 아냐. 말하고 싶지 않으면 하지 마. 나는 그 망할 넵탄과는 다르다고. 그래, 네가 왜 조브를 찾는지 이유도 묻지 않을게. 그럼 믿겠지? 알고 싶어 죽겠지만 참는다."

"너 조브를 알아? 어디 사는지도?"

"당연하지."

파르조는 어깨를 으쓱하며 대답했다.

"조브를 모르는 사람도 있나? 하지만 어디 사는지는 몰라. 그런데 도대체 왜 조브를 찾는 거야?"

파르조는 입술을 깨물었다.

"아차! 너한테 질문 안 한다고 했었지. 질문 안 할게. 파르조가 약속해. 중요한 건 네가 날 구해 줬다는 거니까. 파르조를 배은망덕하다고 오해하면 안 되니까. 내가 도와줄 수 있는 일이 있으면 말해. 기꺼이 도와줄게."

끄응……. 파르조와 제대로 된 대화를 나누기는 글렀다.

"파르조, 내 말 좀 들어 봐. 내가 설명을……."

"어허! 필요 없다니까. 알고는 싶지만 묻고 싶지 않아. 차이를 알겠어? 자, 내가 도울 수 있는 일이나 말해 봐. 이래 봬도 내가 빚지고는 못 살거든. 원하는 게 있을 거 아냐. 하고 싶은 거나 가고 싶은 곳. 그게 내 전문이거든. 난 어디든 갈 수 있어. 자유자재로 변신하거든. 기어오르고 날고 통과하고 투명해질 수도 있지. 진짜야. 얼마나 좋다고."

엘리엇은 한숨을 쉬었다. 파르조는 수다스러울 뿐 아니라 고집도 셌다.

"오자고라에 가고 싶어. 하지만……."

엘리엇이 작은 소리로 말했다.

"오자고라?"

파르조는 입을 다물지 못했다. 몇 초 동안 파르조의 입에서는 한마디도 새어 나오지 않았다.

"거길 가려고 하다니……. 미쳤구나?"

파르조는 어두운 목소리로 말했다.

"아니면 정말 간절하든가."

엘리엇은 서글프게 고개를 끄덕였다. 미쳤거나 간절하거나. 엘리엇은 자신이 미치기도 하고 간절하기도 하다는 생각이 들었다.

"좋아. 그래도 변하는 건 없어. 도와준다고 약속했잖아. 파르조가 헛된 약속을 했다는 소리는 나오지 않게 해야지. 지금 당장은 내가 널 위해서 뭘 해 줄 수 있을지 모르겠지만 우선 카치아를 만나 보는 게 어때? 카치아는 오지를 탐험하는 데 뛰어나거든."

"카치아가 누구야?"

"내 친구 모험 소녀야. 내 룸메이트인데 여행도 자주 같이 해. 여행을 얼마나 좋아하는지. 특히 위험할 때는 더 신이 나지. 하지만 좀 특이한 애라는 건 알아 둬. 나는 눈에 띄지 않고 다니는 게 좋은데 카치아한테 그건 불가능해."

"카치아가 오자고라에 가는 방법을 알까?"

"글쎄. 하지만 물어볼 수는 있지. 누군가 그 방법을 안다면 그건 카치아일 거야. 자, 날 따라와."

파르조는 엘리엇이 대답할 시간도 주지 않고 방문까지 깡충깡충 뛰어가서 손잡이를 돌렸다.

"기다려!"

엘리엇은 파르조에게 뛰어들며 소리쳤다. 하지만 문은 이미 열리고 말았다.

엘리엇은 깜짝 놀라 그 자리에 얼어붙었다. 열린 문 너머로 밤이면 복도를 물들이곤 했던 도시의 네온 불빛이 한 줄기도 보이지 않았기 때문이다. 엘리엇의 방에 켜 놓은 전등불조차도 복도 맞은편에 놓인 낡은 테이블을 비추지 못했다. 텅 빈 공간은 밤처럼 컴컴하기만 했다. 짙은 어둠이 모든 빛을 흡수한 것처럼 보였다.

파르조는 냉큼 뛰어나가 사라져 버렸다. 엘리엇은 주저하며 손을 뻗었다. 이상한 예감이 들기 시작했다. 손가락 끝에 수상한 검은 베일이 닿자 캥거루의 머리가 엘리엇의 머리 위에서 둥둥 떠다녔다. 엘리엇은 흠칫 뒤로 물러섰다.

"야, 올 거야 말 거야? 여기서 시간을 지체할 순 없어."

파르조가 불평했다.

"오니리아의 문 밖으로 나가 본 적이 없는 거야?"

오니리아!

엘리엇과 파르조는 여전히 오니리아에 있었다! 엘리엇은 잠에서 깬 것이 아니었다. 순간 이동을 한 것이었다. 현실 세계의 방과 똑같이 생긴, 오니리아에 있는 방으로 파르조를 데려온 것이었다. 방이 어찌나 똑같았는지 방에서 들리는 소리마저도 현실 세계와 똑같이 들린 것이었다. 엘리엇은 너무 놀라서 꼼짝할 수가 없었다.

"어서 서둘러."

파르조가 재촉했다.

"나 얼어 죽을 것 같아. 지금은 북극곰으로 변신할 수 없어. 그림을 가져가야 하니까."

캥거루의 머리가 사라졌다. 엘리엇은 숨을 들이마시고 눈을 감았다. 그리고 최악의 상황을 예상하며 앞으로 한 걸음 내딛었다. 하지만 저항도 없었고 이상한 느낌도 없었다. 오니리아의 문은 그냥 평범한 문이었다. 다만 문턱을 넘어가기 전까지는 반대편에 무엇이 있는지 보이지도, 들리지도, 느껴지지도 않았다.

오니리아의 문을 나서자 엘리엇은 얼어붙을 것 같은 추위를 느꼈다. 눈을 뜨자 검은 바위 수백 개가 있는 눈 쌓인 벌판 한가운데였다. 함박눈이 펑펑 내리고 있었다. 눈은 엘리엇의 발목까지 쌓여 있었다. 옆을 보니 파르조가 있었다. 둘 다 추워서 벌벌 떨었다.

엘리엇은 주저하지 않았다. 입고 있던 운동복으로는 이 추위에 단 5분도 견디지 못할 것이다. 엘리엇이 창조자라는 걸 파르조가 알게 되겠지만 어쩔 수 없었다. 엘리엇은 눈을 감고 집중해서 커다란 털 장화와 두꺼운 털 망토 두 벌을 만들었다. 장화를 신고 망토를 걸친 다음 파르조에게 나머지 망토를 건네주었다. 파르조도 재빨리 망토로 몸을 감쌌다.

"와, 네 마술 최곤데!"

파르조가 외쳤다.

"이제부터는 너랑만 다녀야겠다. 카치아는 이렇게 멋진 망토를 절대 줄 수 없을 거야."

파르조는 엘리엇의 재능을 수상하게 여기지 않았다. 따뜻한 망토와 파르조의 태도 덕분에 엘리엇도 긴장이 풀렸다. 결국 모든 일이 그럭저럭 잘 풀리고 있었다. 물론 아직 조브를 찾지 못했고 정보급습 치안국 수사대에게 잡힐 뻔도 하고 물에 빠져 죽을 뻔한 것도 사실이다. 하지만 순간 이동에 성공했고 새 친구 파르조가 모험가 친구를 소개해 준다고 했다. 예상했던 일은 아니지만 어차피 결과는 똑같았다. 조브 대신 카치아라……. 그러면 어떤가. 누가 되었든 모래 상인에게 데려다주기만 하면 된다.

"이제 뭘 하면 돼?"

엘리엇이 물었다.

"뭘 하긴. 오니리아의 문을 찾아야지."

파르조가 대답했다.

엘리엇은 이 산골짜기에서 문 하나를 찾느니 차라리 넵탄과 친구가 되는 게 낫겠다고 대답하려다 참았다. 뒤를 돌아보니 문은 벌써 사라지고 없었다. 그 자리에는 커다란 바위가 있었다. 파르조는 방금 내린 눈에 허벅지가 파묻혀서 빠져나오기 위해 깡충깡충 뛰기 시작했다. 엘리엇이 몇 번이나 꼼짝달싹 못 하는 파르조를 꺼내 줘야 했다.

잠시 후, 파르조는 보석이 박힌 듯 빛나는 바위 앞에서 멈춰 섰다.

"여기, 문이 있는 게 틀림없어."

파르조는 바위에 다가가 팔을 올려놓았다. 그랬더니 반짝이는 회색 바위 한가운데에 밤처럼 까만 타원형 입구가 나타났다. 엘리엇은 깜짝 놀랐다.

"빙고!"

파르조는 신이 났다.

"드디어 몸 좀 녹일 수 있겠군."

그것은 오니리아의 문이었다. 엘리엇의 방에서 나올 때 통과했던 검은 베일을 파르조는 오니리아의 문이라고 불렀다. 꿈의 왕국에서는 이동할 때 이 문을 통과하는 것이었다. 오니리아는 알알이 박힌 포도송이처럼 생긴 게 틀림없었다. 각 포도알에는 하나의 장소가 들어 있고 문은 그 장소들을 서로 연결해 주는 역할을 한다. 또 포도알은 마법사와 창조자의 활동 때문에 항상 변화한다. 진짜 신기했다.

엘리엇은 지평선을 훑어봤다. 눈앞에 있는 수많은 바위 중 10분의

1에만 문이 숨겨져 있어도 수천 개는 족히 될 듯했다.

파르조가 먼저 문으로 들어섰다. 그런데 조금 뒤 다시 나오더니 비명을 지르며 눈밭에 몸을 던졌다.

"무슨 일이야?"

엘리엇이 파르조에게 몸을 날리며 물었다.

"화산이 폭발해."

파르조가 눈밭을 구르며 외쳤다.

"5도 화상을 입은 것 같아. 아파. 무서워. 내가 못살아 정말. 파르조 살려!"

"잠깐, 내가 볼게."

엘리엇은 중환자처럼 끙끙거리는 파르조의 몸을 살펴보았다. 망토가 조금 탔고 캥거루 털이 여기저기 그을렸지만 심각해 보이지 않았다. 어쨌든 그렇게 난리를 피울 정도는 아니었다.

"목숨은 부지하겠는데."

엘리엇이 빈정거렸다.

"숨이 막혀! 숨을 못 쉬겠어! 뜨거워 죽겠어!"

파르조는 꾀병을 부리며 끙끙댔다.

"아픈 데 없는 거 같은데."

파르조의 꾀병에 엘리엇은 슬슬 신경이 거슬리기 시작했다.

"몸을 녹이고 싶다며. 잘 녹였네."

파르조는 화가 난 표정으로 엘리엇을 쳐다보더니 갑자기 껄껄 웃기 시작했다.

"야, 너 진짜 재미있는 친구로구나. 맘에 들어."

파르조는 엘리엇의 어깨를 툭 치며 말했다.

파르조의 웃음에 전염성이 있는지 엘리엇도 웃기 시작했다. 파르조는 정말 놀라웠다.

"여기서 빨리 떠나야 할 것 같아. 몇 분만 더 있으면 얼음으로 변할 것 같아."

망토를 걸쳤지만 여전히 추워서 이를 딱딱 부딪히던 엘리엇이 말했다.

"네 말이 맞아, 친구. 빨리 문을 찾아보자."

파르조는 벌떡 일어나서 다른 바위들을 찾아보겠다고 말했다. 하지만 엘리엇이 파르조를 막았다.

"나한테 더 좋은 방법이 있어."

"아참, 그렇지! 오니리아 최고의 마술사와 함께 다닌다는 걸 까먹고 있었네. 친구, 너 정말 맘에 들어."

엘리엇은 자기도 모르게 입가에 웃음이 번졌다. 이번에도 틀리지 않고 순간 이동을 하면서 파르조를 함께 데려갈 수 있기를 바랐다.

"네 친구 카치아를 어디 가면 만날 수 있을까?"

"어제 톰스톤에서 만나기로 약속했어. 아마 아직도 거기 있을걸? 엄청 화가 났겠지만."

"톰스톤이 뭐야?"

"한 번도 안 가 봤어?"

파르조는 깜짝 놀라며 물었다.

"유명한 오케이 목장의 결투가 벌어진 대서부의 마을이잖아. 카우보이 흉내를 내는 마법사들이 얼마나 많다고. 다들 자기가 할리우드 스타인 줄 착각들 한다니까. 아니, 했었지. 왜냐하면 몇 년 전부터 대서부 인기가 사그라졌거든. 요즘 그곳에 있는 마법사들은 다 기력이 빠져 가지고……."

"쉽지 않겠는걸. 오니리아에 서부 마을이 수십 개는 될 텐데. 좀 더 자세히 알아야 해. 다른 마을과 구분할 수 있는 특징이 있어?"

"글쎄…… 지붕이 꽤 낮은 건물이 있어. 나무로 만든 문에 '오케이 목장'이라고 쓴 간판이 걸려 있지. 서부 마을의 전형적인 거리 끝에 있는데. 그거면 될까?"

"모르겠어. 한번 해 보지 뭐. 다른 곳으로 이동하게 되면 다시 하면 돼."

"여기만 벗어날 수 있다면 난 좋아. 여긴 너무 춥다고. 게다가 눈 때문에 내 아름다운 그림들이 젖어서 찢어질지도 몰라. 불안해! 캥거루 모습도 지겨워지기 시작했고. 이동할 때도 꼭 깡충 뛰어야 해서 짜증나."

엘리엇은 파르조의 수다가 끝날 때까지 기다려 주지 않았다. 파르조의 다리를 붙잡고 눈을 감은 다음 영화에서 봤던 서부의 한 거리를 상상했다. 흩날리는 먼지, 나무로 만든 집, 카우보이, 보안관, 큰 통에 든 물을 마시는 말들, '오케이 목장' 간판이 걸린 나무 문…….

몇 초 뒤에 엘리엇과 파르조는 실제보다 더 그럴듯한 장소에 도착했다. 바로 앞에는 큰 글씨로 '오케이 목장 & 말 대여점'라고 쓰인 영어 간판이 보였다. 영어 실력은 그리 좋지 않았지만 간판을 보고 엘리엇은 원하던 곳에 도착했다는 걸 깨달았다. 수사대가 쫓아오지 않으니 순간 이동이 훨씬 쉬웠다.

파르조는 사방으로 펄쩍펄쩍 뛰기 시작했다.

"왔다, 왔어! 너 정말 대단하다, 친구야!"

엘리엇은 서둘러 추위 때문에 입었던 우스꽝스러운 복장을 카우보이모자와 장화로 바꿨다. 파르조는 아무것도 물어보지 않고 엘리엇이 있든지 없든지 기뻐서 뛰어다니기만 했다. 하지만 파르조의 춤은 금방 끝나고 말았다. 총알이 날아오기 시작했기 때문이다. 피융…… 피융……. 바로 뒤에서 총격전이 벌어지는 중이었다. 엘리엇이 몸을 돌려 보니 카우보이 여러 명이 정식 교전을 벌이고 있었다. 그중 몇몇은 눈동자가 흰색이었다. 마법사들이었다. 파르조의 말이 맞았다. 그들 모두 어느 정도 나이가 들어 보였다.

"악! 안전한 곳으로 피하자. 이러다가 벌집 되겠어!"

파르조가 소리쳤다.

엘리엇은 몸을 피할 만한 장소를 살핀 뒤 나무로 만들어 놓은 산책로 밑으로 피했다. 파르조도 따라왔다. 카우보이들은 닥치는 대로 총을 쏘아 댔다. 그중 한 명은 장화를 신고 모자를 쓴 고양이의 다리 사이로 총을 쏘아 고양이가 팔딱팔딱 춤을 추게 하며 사악하게 웃고 있었다.

"약속 장소가 정확히 어디라고?"

빨리 이곳을 벗어나고 싶은 엘리엇이 속삭였다.

"저기야. 하루 늦었으니 아마 술집에서 기다리고 있겠지."

파르조는 맞은편에 있는 건물을 가리키며 말했다.

말이 끝나자마자 엘리엇은 파르조가 가리킨 방향으로 기어가기 시작했다.

"야, 기다려!"

파르조가 엘리엇을 불렀다.

"난 길 수가 없어. 난 캥거루라고! 여기 숨는 것도 힘들다고……."

"그럼 줘 봐."

엘리엇은 손을 내밀었다.

파르조는 꿈쩍도 하지 않았다. 엘리엇은 짜증이 나기 시작했다. 파르조가 왜 망할 종잇조각에 집착하는지 이해할 수가 없었다. 게다가 잘 그린 그림은 가져오지도 않았다.

"나중에 돌려준다니까! 술집에 갈 때까지만 가방에 넣어 둘게."

"무슨 가방?"

"이거!"

엘리엇은 매일 가지고 다니던 책가방과 똑같은 가방을 금세 만들어 냈다.

엘리엇은 자신을 오니리아의 마술사라고 생각하는 파르조 앞에서 별 걱정 없이 창조자의 능력을 쓰기 시작했다. 그리고 역시나 파르조는 아무 말도 하지 않았다.

"좋아. 하지만 여기서 나가자마자 돌려줘야 해!"

"걱정도 팔자다. 난 그림 따위엔 관심 없거든."

엘리엇은 종이 다발을 가방에 쑤셔 넣으며 대답했다.

파르조는 순식간에 도마뱀으로 둔갑하더니 재빠르게 맞은편까지 기어갔다. 엘리엇은 파르조보다 훨씬 힘들게 움직였다. 가방을 메니 움직이기가 불편한 데다가 가방이 나무판 밑으로 삐져나온 못에 자꾸 걸렸기 때문이다. 바닥에 굴러다니는 빈 병, 담배꽁초, 낡은 가구, 온갖 쓰레기는 말할 것도 없었다.

"빨리 와! 느려 터져 가지고는!"

엘리엇이 맞은편에 도착하자 파르조가 재촉했다.

"비웃는 거야?"

엘리엇이 버럭 화를 냈다.

"당연히 아니지, 친구야. 헤헤."

파르조가 다시 캥거루로 변신하며 말했다.

"그림 운반해 줘서 고마워. 이제 나갈 수 있어. 여긴 안전해."

엘리엇은 온몸으로 기어서 몹시 지친 데다, 머리부터 발끝까지 먼지를 뒤집어썼다. 파르조는 발 하나를 내밀어 엘리엇이 일어설 수 있게 돕고, 다른 발로는 재빨리 그림을 낚아챘다. 엘리엇은 짐을 벗어 버릴 수 있으니 기꺼이 그림을 돌려주었다.

엘리엇은 눈을 들어 술집을 쳐다봤다. 총성이 울려 퍼지고 이어서 사람들의 목소리와 피아노의 빠른 선율이 들려왔다. 엘리엇은 크게 숨을 들이쉰 다음 옷에 묻은 먼지를 털고 술집으로 걸어가 양옆으로 열리는 나무 문을 밀었다. 뒤에서 파르조가 따라 들어왔다. 아무도 엘리엇과 파르조가 들어온 걸 눈치채지 못했다.

바에는 사람들이 몰려 있었다. 사내 수십 명이 무슨 일이 벌어지는지 더 잘 보려고 서로 밀어 댔다. 엘리엇과 파르조는 그 사이를 뚫고 들어가 사람들이 흥분하는 이유가 무엇인지 알아냈다.

건장한 카우보이와 열예닐곱 되어 보이는 금발의 소녀가 두 줄로 늘어선 빈 병들을 권총으로 겨누고 있었다. 두 사람 주변에는 깨진 유리가 흩어져 있었다. 엘리엇은 이 상황이 장난이 아니라는 것을 깨닫고는 자기 또래로 보이는 예비 카우보이에게 무슨 일인지 물었다.

"와일드 빌이 금발 머리의 엉덩이를 꼬집었지 뭐야."

대답하는 어린 카우보이의 눈이 존경심으로 반짝거렸다.

"감히 여기 혼자 들어오다니, 계집애가 당해도 싸. 어쨌든 저 새침데기가 화를 내더니 와일드 빌의 모자에 총을 쐈지. 하마터면 머리에 구멍이 날 뻔했다고. 그래서 와일드 빌이 권총 시합을 신청했어. 이제 마지막 판이야."

"누가 이기고 있어?"

엘리엇이 물었다.

"동점이야. 하지만 여자애가 이기면 와일드 빌한테는 모욕이지. 지금까지 한 번도 진 적이 없거든. 그러니 여자애한테 지면 오죽하겠어."

엘리엇은 몸에 총알구멍이 나지 않으려면 무조건 눈에 띄지 않아야 한다고 생각했다.

바텐더인 듯 보이는 남자가 와일드 빌에게 다가가 수건으로 그의 눈을 가렸다. 와일드 빌이 총을 쏘자 병 다섯 개 중 네 개가 깨졌다. 박수가 터져 나왔다. 엘리엇 옆에 서 있던 어린 카우보이도 손이 부서져라 박수를 쳤다. 눈을 가리고 먼 거리에서 쐈는데 다섯 개 중 네 개를 맞춘 것이면 아마 아주 잘 쏜 모양이다. 사람들의 주의를 끌지 않으려고 엘리엇도 박수를 쳤다.

그 다음은 소녀 차례였다. 이번에도 바텐더가 소녀의 눈을 가렸다. 소녀는 카운터를 향해 총을 겨누었다. 그리고 엄청나게 빠른 속도로 방아쇠를 당겼고 단 몇 초 만에 병 네 개를 정통으로 맞혔다. 관중은 숨을 죽였다. 모두 그 자리에 서서 꼼짝하지 못했다. 소녀는 마지막으로 방아쇠를 당겼다. 사람들이 휘둥그레진 눈으로 쳐다보는 사이에 총알은 다섯 번째 병을 관통하고 다른 총알들이 박혀 있는 벽에 가서 박혔다. 소녀가 이겼다.

와일드 빌은 고함을 치더니 화를 내며 모자를 벗어 땅바닥에 내리쳤다.

"크으윽…… 이번엔 내가 졌다."

와일드 빌은 주먹을 들어 올리며 외쳤다.

“하지만 여기 다시는 발 들여놓을 생각일랑 하지 마라. 내 눈에 띄면 아주 네 초상 잔치를 치러 주마. 그땐 늘어놓은 병으로 끝나지 않을 거야.”

“원한다면 언제든지.”

소녀는 와일드 빌에게서 눈을 떼지 않고 침착하게 권총을 허리춤에 찼다.

와일드 빌은 구멍 난 모자를 주워 들고 쿵쾅거리며 술집을 나섰다. 악당같이 생긴 카우보이 몇 명이 뒤를 따랐다. 어린 카우보이가 화난 표정으로 그들을 바라보았다. 존경하는 영웅을 바꿔야 할 것 같다. 곧 음악이 다시 흘렀고 모여 있던 관중은 흩어져 각자 다시 제 할 일을 하기 시작했다.

엘리엇은 뭔가가 몸에 달라붙는 것을 느꼈다. 파르조였다. 파르조가 팔을 잡더니 금발 머리 소녀에게로 엘리엇을 끌었다. 소녀는 파르조를 보자마자 성난 눈초리를 보냈다.

“왜 이렇게 늦었어?”

그러니까 그 소녀가 바로 카치아였다. 짙은 색의 두꺼운 천으로 만든 싸움꾼 복장 때문에 무서운 인상을 풍겼다. 머리를 묶은 알록달록한 끈도 인상을 가볍게 해 주지는 못했다. 하지만 엘리엇의 근육 하나하나를 긴장시킨 것은 다른 게 아니라 소녀가 몸에 지니고 있는 무기였다.

엘리엇의 디테일미터가 가동되자 허리춤에 권총 말고도 비수가 보였다. 오른쪽 장화에도 단도가 숨겨져 있었고 머리카락 속에는 날카로운 금속 침 두 개가 꽂혀 있었다. 어깨에 멘 가방에 들어 있는 건 말할 것도 없었다.

"미안, 미안."

파르조가 사과했다.

"넵탄과 문제가 좀 있었어."

"지금까지 어디서 뭐하다가 이제야 나타난 거야?"

카치아는 공격적이었다.

"그리고 언제부터 캥거루 행세를 하고 다닌 거야?"

그때까지도 카치아는 엘리엇에게 눈길 한 번 주지 않았다. 엘리엇은 투명인간이 된 듯해서 기분이 언짢았다.

"돈은 좀 있지? 너 때문에 여기서 하룻밤 묵었잖아. 게다가 술집 주인한테 피해 보상도 해 줘야 하고."

소녀는 깨진 병을 가리키며 말했다.

파르조는 배 주머니에서 그림 뭉치를 꺼내더니 만족스럽게 웃으며 카치아에게 내밀었다.

"이건 어디서 났어?"

카치아의 눈이 휘둥그레졌다.

"여기 있는 내 친구가 이런 게 가득 있는 곳에 날 데려갔어."

파르조는 엘리엇을 앞으로 밀며 말했다.

카치아는 엘리엇을 뚫어지게 바라보더니 다시 파르조에게 몸을 돌렸다.

"이 바보 같은 애는 누구야?"

"내 친구 엘리엇아니토마야."

"희한한 이름이군."

카치아는 엘리엇을 의심스러운 눈초리로 바라보며 말했다.

"저기…… 사실은 그냥 엘리엇이야. 말할 기회가 없었……."

"너한테 물은 거 아니야."

카치아가 말을 막았다.

"카치아, 얘한테 잘해 줘."

파르조가 끼어들었다.

"얘 덕분에 내가 지금 여기 있는 거야. 얘 아니었음 아직도 날 한참 더 기다려야 했을걸? 얘는 슈퍼 파워 마법사이고 이젠 내 친구야. 눈만 깜빡하면 다른 곳으로 순식간에 이동할 수 있어. 진짜 신기하다니까. 우린 20분 전만 해도 눈 쌓인 벌판에서 얼어 죽을 뻔했다고. 다행히 얘가 털 망토를 만들었기에 망정이지, 아니었음 우린 지금쯤 얼음 덩어리가 됐을 거야."

"마법사라고?"

카치아가 엘리엇을 위아래로 훑으며 기분 나쁘게 말했다.

"어디 두고 보자."

엘리엇은 침을 꿀꺽 삼켰다. 그리고 아무 대답도 하지 않았다. 머릿속에서 경고음이 켜졌기 때문이다. 무슨 일이 있어도 이 여자애 신경을 건드리면 안 되겠다.

카치아는 그림 네 장을 골라 바텐더에게 내밀었다. 그리고 나머지 그림은 자기 가방에 챙겼다. 바텐더는 팁을 많이 받은 것처럼 좋아하면서 술을 한 잔씩 돌렸고 손님들은 환호했다.

엘리엇은 그제야 파르조가 왜 그렇게 종이 뭉치에 집착했는지 깨달았다. 그림이 바로 돈이었던 것이다. 현실 세계에서도 그랬다면 엘리엇은 백만장자가 되었을 텐데…….

카치아는 입구 근처에 있는 둥근 테이블로 가서 둥근 나무 의자에 앉았다. 엘리엇과 파르조도 그대로 따라했다. 바텐더가 끈적끈적한 갈색 액체가 넘칠 듯 담긴 잔 세 개를 테이블 위에 올려 두고 갔다. 하지만 아무도 잔에 손을 대지 않았다.

"자, 왜 네 새 친구를 여기까지 데려왔는지 설명해 봐."

카치아는 여전히 엘리엇은 본체만체하며 파르조에게 말했다.

"날 도와줘서 보답을 하고 싶어서야."

"그럼, 너 혼자 보답을 하면 될 거 아냐?"

"안 돼. 네가 필요해. 제발 부탁이야. 내가 나중에 꼭 이 은혜 갚을게."

카치아는 잠시 가만히 있더니 엘리엇을 돌아봤다.

"마법사, 내가 널 위해 뭘 해 주면 되지?"

카치아의 태도는 무성의했다.

"오자고라에 가고 싶어."

엘리엇은 일부러 단호한 목소리로 대답했다.

"그건 불가능해."

카치아의 대답은 간단했다. 카치아는 다시 파르조를 바라봤다.

"이것 때문에 얘를 데려온 거야? 장난해? 자, 그만 가자."

"기다려!"

엘리엇이 외쳤다.

카치아는 다시 엘리엇을 바라봤다.

"어, 여태 안 가고 있었네?"

"오자고라로 가는 걸 도와줄 수 없다면 조브라는 사람을 어디에서 찾을 수 있는지는 말해 줄 수 있니?"

난관에 부딪히자 엘리엇은 오히려 더 대담해졌다.

조브라는 말이 나오자마자 카치아는 기침을 하기 시작했고 파르조는 잔을 바닥에 떨어뜨렸다.

"너 미쳤어?"

파르조가 속삭였다.

"사람들 있는 데서 그 이름 말하지 말라고 내가 몇 번을 말해? 넵탄과 있었던 일로 아직 혼쭐이 덜 난 모양이지?"

엘리엇이 대답할 시간도 없이 카치아가 새침하게 말했다.

"여기서 나가자. 조용한 장소가 필요해."

10 청소함 속으로!

술집에서 나온 엘리엇은 눈을 깜박거렸다. 밝은 햇빛에 눈이 부셨다. 날은 후덥지근했고 먼지가 귓속까지 파고들었다. 그나마 좋은 소식이라고는 마을의 가장 큰 길에 이제는 사람이 없다는 것이다. 길 위에서 총을 맞는 건 엘리엇의 계획에 없었다.

카치아는 성큼성큼 앞으로 걸어가 이발소와 장의사 가게 사이로 난 골목길로 들어섰다. 파르조가 펄쩍펄쩍 뛰며 카치아의 뒤를 따랐다. 그들을 따라잡으려고 엘리엇은 뛰다시피 했다. 다음 총격전을 대비해 정리해 둔 수십 개의 관을 지나치면서 엘리엇은 소름이 끼쳤다. 이곳은 영 마음에 들지 않았다.

카치아는 나무로 만든 집 앞에서 멈췄다. 아직 무너지지 않은 게 용할 정도로 엉망인 폐가였다. 지붕도 없는 집에는 색 바랜 나무 널빤지 벽 사이로 햇빛이 새어 들어왔다. 엘리엇은 부서진 널빤지 사이로 안을 들여다보았다. 흙바닥과 여기저기 자란 잡초더미가 전부였다.

그때 갑자기 파르조가 문을 막아섰다.

"아, 여기는 안 돼!"

파르조가 애원했다.

"안 되긴 왜 안 돼?"

카치아는 허리춤에 주먹을 올리고 말했다.

"난 여기 진짜 싫다고. 제발 다른 데로 가자."

"우리 목적지까지 가려면 이 길이 제일 빨라. 여길 통과할 거니까 잔말 말고 빨리 비켜."

카치아는 단호했다. 화가 난 파르조는 엘리엇을 돌아보더니 그림 뭉치를 내밀었다.

"이거 네 가방에 좀 넣어 줄래?"

"왜?"

파르조가 애지중지하는 그림을 선뜻 맡기려 하자 엘리엇은 의아했다.

"곧 알게 될 거야."

파르조는 얼굴을 찡그렸다.

그림을 엘리엇에게 줘 버린 파르조는 다시 원숭이로 변했다. 엘리엇은 최악의 상황을 생각했다. 심장이 두근두근거렸다.

카치아가 문손잡이를 잡자 엘리엇은 반대편에 무엇이 기다리고 있을까 생각했다. 그것은 분명 오니리아의 문이었기 때문이다. 이 문은 분명 다른 곳으로 안내해 줄 문이었다. 그 다른 곳이란 어디일까?

카치아는 문을 열자마자 파르조와 엘리엇이 뭐라고 할 틈도 주지 않고 문 안으로 둘을 밀어 넣었다. 순식간에 썩은 물고기 냄새가 풍겨 왔다. 엘리엇은 악취가 어디에서 나는 것인지 찾아보려고 눈을 크게 떴지만 아무것도 보이지 않았다. 사방이 캄캄했다. 엘리엇은 결국 코를 틀어막았다.

"이 냄새 뭐야?"

"물고기."

파르조가 투덜거렸다.

"여기가 어딘데?"

"쉿!"

카치아가 속삭였다.

"둘 다 당장 입 닥치지 않으면 내가 가만히 안 둬."

엘리엇과 파르조는 입을 다물었다. 카치아는 가방에서 손전등을 꺼내서 켠 다음 주위를 비춰 보았다. 그곳은 축축한 동굴 같았다. 뭔가 형태를 알 수 없는 것들이 사방에서 꿈틀거렸다.

"이쪽이야."

카치아는 동굴 한쪽을 손전등으로 비추며 속삭였다.

"잘 쫓아와. 입 다물고 얌전히 움직여야 해. 그럴 수 있을지는 모르겠지만."

엘리엇은 카치아가 너무한다고 생각했다. 얌전한 걸로 치면 카치아도 남한테 뭐라 할 처지는 아닐 텐데. 하지만 그런 걸 지적할 때가 아니었다.

카치아가 앞장서고 그 뒤를 파르조와 엘리엇이 따랐다. 바닥은 물렁물렁했고 발을 내디딜 때마다 쑥쑥 들어가서 통 속도가 나지 않았다. 악취, 축축하고 답답한 동굴 속 공기, 사방에서 꾸르륵거리는 이상한 소리는 불쾌하고도 무서웠다.

최대한 빨리 이곳을 벗어나고 싶었던 엘리엇은 발걸음을 재촉했다. 그러다 그대로 바닥에 뻗고 말았다. 꿈틀거리는 덩어리에서 무언가 삐죽 위로 솟아 있었는데, 그것에 걸려 넘어진 것이다.

"움직이지 마!"

카치아가 외쳤다.

엘리엇은 바짝 긴장한 채 그 자리에 얼어붙었다. 바닥이 물컹해서 넘어질 때의 충격은 덜했지만 대신 끈적끈적한 액체가 튀어 올라 엘리엇의 옷 속으로 천천히 스며들기 시작했다. 처음에는 따뜻한 온기만 느껴졌다. 그런데 액체가 묻은 곳이 가렵기 시작하더니 이내 화끈거리고 따가웠다. 그게 무엇이든 간에 수분 크림이 아닌 건 확실했다.

카치아가 손전등을 가지고 다가오자 엘리엇은 바로 옆에 있는 꿈틀거리는 덩어리가 무엇인지 알 수 있었다. 물고기 무더기였다. 죽은 물고기와 살아 있는 물고기가 한데 뭉쳐 있었다. 엘리엇은 거대한 오징어의 촉수를 밟고 미끄러진 것이었다.

"괜찮아. 일어나도 돼. 하지만 천천히 움직여."

카치아가 말했다.

엘리엇은 아주 조심해서 일어났다. 안도의 한숨이 절로 나왔다.

"여기는 어디야?"

엘리엇은 이상한 액체에 흠뻑 젖은 티셔츠를 짜며 물었다.

"넵탄의 지하실이라도 돼?"

"고래 위장 속이다, 어쩔래?"

카치아는 퉁명스럽게 대답했다.

"네가 본 덩어리들은 고래가 삼킨 물고기가 소화되고 남은 거야. 우리가 갑자기 움직이거나 크게 말하면 고래의 위장을 자극하게 돼. 그러면 위장은 아직 소화되지 않고 남은 게 있다고 생각하고 소화 작용을 시작할 거야. 그럼 우리 셋은 위산 급류를 타고 소장으로 직진할걸? 그러니까 조용히 해. 걸을 때도 조심하고."

엘리엇의 몸이 경직되었다. 위산이라고? 어쩐지 피부가 타들어 가는 것 같더니. 파르조가 왜 다시 원숭이로 변했는지 이해할 수 있었다. 캥거루의 뜀뛰기 몇 번이면 셋 다 고래 먹이가 될 판이었다.

"내가 뒤에서 불을 비춰 줄게."

카치아가 말했다.

"파르조, 네가 길을 아니까 앞장 서."

일행은 걷기 시작했다. 엘리엇은 움직일 때마다 조심했다. 피부가 따갑고 옷이 몸에 달라붙어 불편했지만, 다시 넘어졌을 때 일어날 일을 생각하면 그쯤은 아무것도 아니었다.

위장 끝부분에 도착한 파르조가 걸음을 멈췄다. 카치아는 손전등을 엘리엇에게 건네주고 파르조와 함께 고래 위장 속을 빠져나갈 문을 찾기 시작했다. 둘은 둥그런 위벽을 꼼꼼하게 더듬었다.

"찾았다!"

카치아가 외쳤다.

밤처럼 까만 타원형 공간이 앞에 나타났다.

"이제야 나타나다니! 빨리 가자. 여긴 더 이상 못 참겠어."

파르조가 말했다.

문 반대편에는 네모진 커다란 방이 있었다. 바닥에는 회색 돌이 깔려 있었고 벽은 붉은색으로 칠한 편평한 벽돌로 세워져 있었다. 맞은편에는 강렬한 빨강으로 번들번들하게 칠한 나무 문 세 개가 있었다. 그것 말고는 아무것도 없이 방은 텅텅 비어 있었다. 파르조는 다시 캥거루로 변신해서 엘리엇에게 그림을 돌려달라고 했다. 엘리엇은 불평 한마디 없이 그림을 건네주었다. 카치아는 빨간 나무 문을 응시하며 꼼짝하지 않고 서 있었다.

"이제 어떻게 해?"

엘리엇이 물었다.

"이제 기다린다."

카치아가 대답했다.

엘리엇은 묻기를 포기했다. 머릿속에는 한 가지 생각밖에 없었다.

몸에 묻은 위산을 빨리 없애는 것. 하지만 카치아 앞에서 마법사의 힘을 보여 주고 싶지는 않았다. 카치아의 시선을 피하려고 엘리엇은 한 걸음 물러서서 아주 조심스럽게 눈을 감았다. 위산이 묻은 옷을 똑같지만 깨끗한 옷으로 바꾸기 위해서였다. 엘리엇은 물수건을 만들어서 소리를 내지 않으려고 애쓰면서 배와 얼굴을 문질러 닦았다. 하지만 카치아는 청력이 매우 뛰어났다. 금세 엘리엇 쪽으로 무슨 짓이냐고 묻는 듯한 눈길을 보냈고, 엘리엇은 무의식중에 눈을 깜빡여서 물수건을 사라지게 했다.

바보 같으니라고! 카치아가 봤을까? 알 수 없었다. 그때 빨간 문 하나가 열리면서 키 작은 사내가 나타났기 때문이다. 대머리에 샛노란 승복을 입은 남자의 얼굴에는 고행의 흔적이 역력했다. 누가 봐도 승려였다.

승려는 몇 걸음 앞으로 걸어 나와 방 한가운데에 멈춰 섰다. 친구일까, 적일까? 단정하기 힘들었다. 승려의 얼굴은 아무런 감정도 드러내지 않았다. 카치아는 가방을 바닥에 내려놓고 앞으로 나아갔다. 엘리엇도 그러고 싶었지만 파르조가 팔로 엘리엇을 막았다.

"기다려."

파르조가 나지막한 소리로 말했다.

카치아는 승려에게 정중하게 인사했고 승려도 카치아에게 인사를 했다. 그러고는 아무 일도 벌어지지 않았다. 승려와 카치아는 오랫동안 움직이지도 않았고 말도 하지 않았다. 그러다가 갑자기 승려가 아무런 예고도 없이 번개 같은 속도로 공중으로 날아오르더니 위협적인 발차기 공격을 날렸다. 카치아가 가까스로 공격을 피하지 못했다면 아마 턱이 남아나지 못했을 것이다.

무슨 일이 벌어지는 건지 이해할 시간도 없었다. 카치아가 이미 반격에 나섰던 것이다. 카치아는 승려에게 무차별 공격을 가했다. 하지만 승려는 그 공격을 손쉽게 피하고 오히려 더 강한 공격에 나섰다. 이처럼 두 사람 중 그 누구도 우위를 차지하지 못하고 대결은 몇 분 더 지속되었다. 마치 고공 곡예를 보는 듯했다. 카치아는 꿋꿋하게 승려와 맞섰다. 최첨단 쿵푸 기술이라도 익힌 모양이었다. 카치아는 그 자체가 대량 학살 무기였다!

그때 갑자기 처음으로 공격이 성공을 거두었다. 승려가 카치아의 복부를 강하게 발로 찼고 카치아는 바닥에 쓰러졌다. 엘리엇은 터져 나오는 비명을 겨우 참았다. 승려는 전혀 흔들림 없이 카치아에게 다가가 최후의 일격을 가하려 했다. 엘리엇은 용기를 내서 달려가 자비를 베풀어 달라고 빌려고 했다.

하지만 때는 이미 늦었다. 엘리엇이 겨우 세 걸음 정도 떼었을 때 승려가 두 다리를 모아 펄쩍 뛰면서 카치아에게 달려들었다. 그러나 카치아도 번개 같은 속도로 옆으로 굴러 공격을 피했다. 허를 찔린 승려가 당황한 찰나, 카치아는 승려에게 달려들어 두 다리로 승려의 두 팔을 조였다. 두 사람은 그 자세로 잠시 머물렀다. 그런데 어찌된 일이지 갑자기 그대로 일어나 서로 인사를 하는 것이 아닌가.

"반사 신경이 녹슬지 않았구나."

승려가 말했다.

"쿤주 스승님 실력은 정말 대단하세요. 하마터면 질 뻔했다고요."

카치아가 대답했다.

카치아의 말에 승려가 씩 웃었다.

"카치아, 네 친구들과 함께 와서 차를 마시지 않겠니?"

"고맙습니다만 다음에 할게요. 오늘은 그냥 지나가는 길이라서요."

"그러렴. 너를 만나는 건 언제나 기쁘단다. 아주 짧은 만남이더라도 말이야."

"저도 그래요, 스승님."

승려는 인사를 마치고 돌연 사라졌다.

엘리엇은 입을 다물지 못했다. 카치아는 아무 일 없었다는 듯이 가방을 주워 들고 오른쪽 문을 열었다. 엘리엇과 파르조는 말없이 카치아의 뒤를 따랐다.

조금 걷자, 서부 마을에서 봤던 것과 비슷한 낮고 긴 건물들로 둘러싸인 안마당이 나왔다. 중간에 조금 더 키가 큰 건물이 있었는데 지붕의 양쪽 끝이 하늘을 향해 솟아 있는 것이 전형적인 중국 전통 가옥이었다. 건물로 들어갈 수 있는 넓은 돌계단의 양쪽에는 위압적인 용 동상이 지키고 서 있었다. 카치아는 용 동상 뒤쪽 계단 밑에 난 작은 문으로 곧장 향했다.

이번에는 또 어디로 가게 될까? 빙하? 동물원? 혹시 아틀란티스? 엘리엇은 호기심에 가득 차서 카치아와 파르조의 뒤를 따랐다. 문이 뒤쪽에서 쿵 하며 닫혔다. 다시 어둠이 나타났고 세 사람은 서로 가까이 붙었다.

누군가가 스위치를 올렸다. 양동이, 걸레, 스펀지, 세제……. 그곳은 청소함이었다. 엘리엇이 왜 청소함으로 오게 된 것인지 궁금해하던 찰나, 카치아는 엘리엇을 벽으로 세차게 밀어붙이고 등 뒤로 팔을 비틀었다.

"마법사, 이제 네 정체를 밝히고 네가 찾고 있는 게 뭔지 불 차례야."

"야, 왜 이래? 아프다고!"

엘리엇이 반항했다.

"알아. 내 질문에 당장 대답하지 않으면 더 아프게 될걸?"

"내 이름은 엘리엇이고 오자고라에 가려고 해."

"그건 벌써 말했잖아. 나 귀 안 먹었어. 네가 감추고 있는 걸 말하란 말이야."

"감추는 거 없어!"

"누굴 바보로 알아?"

카치아는 엘리엇의 팔을 더 비틀며 소리쳤다.

"왜 오자고라에 가려는 거지? 그리고 왜 조브를 만나려는 거야?"

엘리엇은 팔이 너무 아파 눈앞에 별이 보이기 시작했다. 도망치려면 빨리 도망쳐야 한다. 엘리엇은 눈을 감고 순간 이동을 하려 했다. 하지만 카치아가 팔을 더 세게 비틀고 머리를 아예 벽에 갖다 붙였다. 엘리엇은 정신을 잃을 지경이었다. 이런 상황에서 도망가기란 불가능했다.

"어딜 도망가려고!"

카치아가 말했다.

"조금 전에 마술 부리려는 거 내가 못 봤을 줄 알아? 마법을 부릴 때 눈 감는 거 다 알고 있어. 자, 이제 오자고라에 가려는 이유를 대. 어서!"

엘리엇은 두려움과 통증으로 아무 생각이 나질 않았다.

"끄응…… 아빠 때문이야."

엘리엇은 신음을 내뱉으며 말했다.

"모래 상인만이…… 죽어 가는 우리 아빠를 살릴 수 있어. 그래서…… 오자고라에 가려는 거야."

엘리엇은 카치아의 따뜻하고 빠른 숨결을 느꼈다. 카치아는 아무 말이 없었다. 엘리엇의 말을 믿을지 말지 결정하는 중임에 틀림없었다. 엘리엇은 아프기도 하고 아무것도 할 수 없다는 생각에 분해서 눈물이 나오려고 했지만 이를 악물고 참았다.

"좋아. 네 말이 사실이라면 조브는 무슨 상관이지? 오니리아에서 지명 수배 1위인 조브를 만나려는 이유가 뭐야?"

"조브가 지명 수배자라고?"

카치아는 엘리엇의 몸을 세게 돌려 얼음처럼 차가운 눈으로 엘리엇의 눈을 들여다보았다. 비틀렸던 팔에 다시 피가 돌기 시작하자 위산에 젖었을 때보다 더 저렸다.

"그걸 몰랐어?"

카치아가 물었다.

"응."

엘리엇은 가까스로 대답했다.

"그건 오니리아 주민 모두가 아는 사실이야."

카치아는 엘리엇을 흔들며 말했다.

"너 날 뭐로 보는 거야?"

"만들어진 지 얼마 안 된 마법사라서 아직 모르는 모양이지."

그때까지 입 다물고 있던 파르조가 끼어들었다.

"그랬다면 모래 상인의 존재도 몰랐을 테지."

카치아가 말했다.

"그럼 지명 수배령이 유포되지 않은 곳에서 왔나 보지."

파르조가 다시 자신의 생각을 말했다.

"내가 알기론 그런 곳은 오자고라밖에 없어."

카치아가 몹시 흥분하며 말했다.

"파르조, 오자고라 사람들은 네 친구가 부리는 마법 같은 거 못 해."

순간 카치아가 갑자기 얼어붙었다.

"잠깐만…… 파르조. 네 친구가 무슨 힘이 있다고 했지?"

"눈만 감았다 뜨면 장소를 이동할 수 있어. 사물도 만들어 낼 수 있고 옷도 바꿔 입고……."

"말도 안 돼!"

카치아는 엘리엇을 풀어 주며 중얼거렸다.

카치아는 엘리엇에게 눈을 떼지 않았다. 하지만 조금 전보다 눈길이 부드러워졌다. 놀라움과 호감이 뒤섞인 눈빛이었다. 심지어 입가에 웃음 같은 게 번졌다.

"파르조, 네가 창조자를 발견한 것 같아."

30분 뒤, 엘리엇, 파르조, 카치아는 수도원의 돌계단 위에서 햇빛을 쬐며 앉아 있었다. 마당은 비어 있었다. 가끔 승려가 한 명씩 빠르게 지나가는 모습만이 그곳에 사람이 살고 있다는 사실을 상기시켜 주었다. 파르조는 그림을 카치아의 가방에 넣고 다시 원숭이로 변신했다.

카치아와 파르조는 엘리엇을 정보급습치안국에 넘길 생각이 전혀 없다며 엘리엇을 안심시켰다. 그리고 현실 세계와 아빠, 할머니, 모래시계, 엘리엇의 능력, 아아노르, 디틸드 여왕에 대해 질문 세례를 퍼부었다. 창조자를 만난 건 처음이라면서 모든 걸 알고 싶어 했다. 카치아는 엘리엇의 정체를 알자마자 순식간에 태도가 돌변했다. 그때까지 보였던 공격성은 온데간데없고, 대신 엄청난 호기심을 가지고 대했는데, 그 모습이 순진해 보이기까지 했다. 하지만 엘리엇은 카치아에게 다시는 등을 보여선 안 되겠다고 다짐했다.

한참 뒤에야 질문의 속도가 줄어들었다.

"아아노르 공주의 태도가 좀 놀라워."

파르조가 말했다.

"왜?"

엘리엇이 물었다.

"거짓말할 줄 모른다고 알려져 있거든."

파르조가 대답했다.

"그게 사실이라고 생각해?"

엘리엇이 다시 물었다.

"모르겠어. 하지만 많은 사람들이 그렇게 믿고 있어."

파르조가 답했다.

"내 생각엔 그 새침데기가 속셈이 따로 있었던 거야. 네가 완전히 속아 넘어간 거라고. 앞으로는 여자의 아름다운 눈을 절대 믿지 마."

카치아가 엘리엇의 등을 탁 치며 말했다.

엘리엇은 얼굴을 찡그렸다.

"이제 정리해 보자."

카치아가 말을 이었다.

"여섯 달 전에 오니리아의 누군가가 네 아빠를 영원한 잠에 빠뜨리고 악몽을 꾸게 만들었어. 네 할머니가 그 사실을 눈치채고 아빠를 구해 줄지도 모를 모래 상인을 만나라고 너를 이곳으로 보낸 거지. 너는 정보급습치안국에게 악몽으로 오해를 받았고, 그 다음에는 아아노르 공주를 만났어. 아아노르 공주는 너를 도와준다고 속인 다음 함정을 팠고, 결국 너는 여왕을 만났지. 여왕은 악몽을 퇴치할 군대를 만들어 달라고 했고. 할 수 없이 너는 할머니가 수십 년 동안 보지 못한 친구를 만나려고 했지만 그 친구란 사람은 정보급습치안국의 지명 수배자 1호야. 그래서 미치광이 넵탄, 수사대, 바보 같은 파르조, 그리고 나를 차례대로 만나게 된 거고."

"맞아."

엘리엇은 고개를 끄덕이며 말했다.

"너 아주 문제를 끌어들이는 애로구나. 너보다 운이 없는 애도 없겠다."

카치아는 웃음을 터뜨리며 말했다.

엘리엇은 카치아의 농담에 기분이 상했다. 파르조도 엘리엇과 같았다.

"바보 같다니! 내가 왜 바보 같아?"

파르조가 투덜댔다.

"화내지 마."

카치아는 원숭이 친구의 머리를 쓰다듬으며 말했다.

"넌 내가 제일 좋아하는 바보 친군 거 알지?"

"칫……."

파르조는 여전히 화가 나 있었다.

엘리엇은 자기가 질문할 차례라고 생각했다. 듣는 사람도 없으니까 카치아가 대답을 해 줄지도 몰랐다.

"카치아, 조브는 왜 지명 수배를 당한 거야?"

"디틸드 여왕과 정보급습치안국에 대항하는 저항군의 우두머리이기 때문이지."

카치아는 여전히 파르조를 간질이며 말했다.

"충고하는데, 이제부터 절대 사람들 앞에서 조브의 이름을 말하면 안 돼."

"수사대가 조브에게 지명 수배를 내린 지 벌써 4년이나 됐어. 오니리아 전역에 조브의 얼굴이 계속해서 방송으로 내보내지고 있지. 하지만 어디 숨어 있는지 아무도 몰라. 진짜 멋지지? 비결이 뭔지 알고 싶어."

파르조의 목소리에는 존경심이 어려 있었다.

"그럼 내가 조브를 찾아낼 가능성은 전혀 없겠네."

엘리엇의 목소리가 격앙되었다.

"그렇지."

카치아는 아무렇지도 않게 말했다.

"조브를 찾으면 문제만 만나게 될 거야."

엘리엇은 충격을 받았다. 할머니의 친구에게 기댈 수 없다는 것이 이제 확실해졌다. 하지만 엘리엇이 누군가로부터 도움을 받을 수 있을 거라는 희망은 아직 남아 있었다. 그 누군가가 엘리엇 바로 곁에 있었다.

"카치아, 너는 오자고라에 가는 방법을 알고 있니? 파르조가 너는 알 거라고 하던데."

"파르조가 그랬어?"

카치아는 놀란 눈으로 파르조를 바라보며 말했다.

"어쩌냐? 파르조가 잘못 안 거야. 조금 전에도 말했지만 오자고라에 가는 건 불가능해."

이번에는 정말 목이 메었다. 정보급습치안국을 피하고, 물에 빠져 죽을 뻔하고, 얼어 죽을 뻔하고, 총에 맞아 죽을 뻔하고, 고래 뱃속에 들어가고, 카치아에게 공격까지 받는 등 그 모든 위험을 감수했는데 그게 다 소용없는 짓이었다니…….

"불가능해?"

엘리엇은 목 멘 소리로 말했다.

"하지만 어떤 방법이 있지 않을까? 지도나 알려진 길이 있을 수도 있잖아."

카치아는 엘리엇을 똑바로 쳐다봤다.

"이건 분명히 해 두자. 아무도 오자고라에 가는 방법을 몰라. 지도도 없고 너에게 길을 가르쳐 줄 사람도 없어."

"왜? 어떻게 그럴 수가 있어? 오자고라가 어딘가에는 분명 있을 거 아니야?"

"오자고라는 오니리아 안에서 계속 이동해. 똑같은 곳을 두 번 거치지 않아."

엘리엇은 찬물 세례를 받은 느낌이었다. 오자고라에 가기 힘들다는 것은 알고 있었다. 위험이 도사린 길, 공중에 매달린 다리, 괴물과의 싸움, 빽빽한 밀림 등을 상상했지만 이건 생각하지 못했다.

하지만 분명 방법이 있었다. 할머니도 혼자 가지 못한다고 했지 아예 갈 수 없다고는 하지 않았다.

"오니리아의 주민 중에 오자고라에 가 본 사람은 없어?"

"응. 한 명도 없어. 올드 봉크는 가 봤을지 모르지만……."

카치아가 대답했다.

파르조가 엘리엇에게 그거 보란 듯 윙크를 했다.

"카치아가 뭔가 알고 있을 거라고 했지?"

"올드 봉크가 누구야?"

엘리엇은 다시 희망을 품고 물었다.

"전직 모래를 찾는 사람이야. 오자고라에 가 봤다고 주장하고 있지."

카치아는 어깨를 으쓱하며 말했다.

"모래를 찾는 사람이 뭐야?"

"모래를 차지해서 돈을 벌거나 권력을 얻으려고 오자고라를 찾아다니는 사람이야. 무법자들이지. 밤에 어두운 골목길에서 마주치고 싶지 않은 사람……. 그들에게 말을 건네는 것을 금지하는 왕령까지 있어. 난 처음에 너도 그중에 한 명일 거라고 생각했어. 그래서 너한테 좀 호되게 군 거야."

카치아가 대답했다.

카치아가 청소함 안에서 엘리엇에게 했던 폭력적인 심문에 비하면 '좀 호되게 굴었다'는 건 너무 완곡한 표현이었다.

"모래로 어떻게 부자가 될 수 있어? 모래를 돈으로 쓰는 거야? 그림처럼?"

"아니야."

카치아는 재미있다는 듯 말했다.

"너 참 재미있는 생각을 하는구나?"

엘리엇은 모래를 돈처럼 쓴다는 게 그림을 돈처럼 쓰는 것보다 왜 더 이상하게 보이는지 이해할 수 없었지만 아무 대꾸도 하지 않았다. 인체의 가장 아픈 부분을 잘 알고 있는 카치아에게 또 다른 공격의 구실을 주고 싶지 않았다.

"그건 아주 간단해."

파르조가 설명했다.

"모래가 있으면 지구인의 꿈을 조종할 수가 있어. 그러니까 마법사와 마법사가 만들어 낸 것을 마음대로 할 수 있다는 거지."

"그래서?"

"그래서라니?"

카치아가 외쳤다.

"너 바보냐? 마법사들이 오니리아를 만들었잖아. 오니리아에 있는 생물체, 집, 음식, 옷, 식물, 동물, 자동차……. 너 몰랐어?"

"아…… 아니, 알았지. 하지만……."

"마법사들을 조종하면 오니리아 전체를 조종하는 거야."

카치아가 말을 가로막았다.

"그래서 모래 상인이 꿈의 왕국에서 가장 강한 존재인 거야. 디틸드 여왕보다 더 강하다고."

"우리한테는 성스러운 존재지."

파르조가 거들었다.

"모래를 조종할 수 있는 권리를 가진 유일한 존재이기도 하고. 거기에 반대하는 사람은 위험한 미치광이들이야."

카치아가 냉정하게 말했다.

"알았어. 이해했어."

엘리엇이 말했다.

"이제부터 오자고라를 찾는다고 말하고 다니지 않을게."

"그래, 그러는 게 너한테도 좋아, 친구야."

파르조가 말했다.

"널 모래를 찾는 사람으로 오해하면 넵탄 같은 정보급습치안국의 끄나풀만 문제가 되는 게 아닐 거야. 오니리아의 모든 선한 시민들이 널 쫓을걸?"

"넵탄이 정보급습치안국을 위해 일한다고?"

엘리엇은 깜짝 놀랐다.

"조브의 집을 감시하는 일을 맡았지. 누구나 알고 있는 사실이야."

파르조가 설명해 주었다.

"너는 늑대 소굴에 제 발로 걸어 들어간 셈이었지."

카치아가 낄낄거렸다.

엘리엇은 얼굴을 찡그렸다.

"알았어. 그건 됐고, 모래를 찾는 사람이라는 올드 봉크는 정말 오자고라에 갔던 거야?"

"자기 입으로 그렇다고 말하고 다녀."

카치아는 믿지 않는 투였다.

"완전히 정신 나간 노인네거든. 난 올드 봉크가 하는 말은 하나도 믿지 않아."

"올드 봉크한테 말을 걸었다고? 오, 모험가께서 친구 파르조 몰래 금지된 일을 하고 다니시는군."

파르조가 외쳤다.

"딱 한 번이었어."

카치아가 털어놓았다.

"정보급습치안국이 알면 내가 곤란해져."

카치아는 엘리엇을 위협적으로 바라봤다. 숨은 뜻은 분명했다. 청소함 문에 못 박히지 않으려면 혀를 함부로 놀려선 안 된다.

"한 번 더 만나서 진짜 오자고라에 갔다 왔는지 확인할 수 있어?"

엘리엇이 물었다.

"뭐?"

카치아가 외쳤다.

"올드 봉크는 나쁜 놈이야. 다시 그 사람을 만나는 건 말도 안 돼. 그리고 그 사람 허풍쟁이라니까. 아예 처음부터 물어보지 말았어야 했어."

카치아가 너무 심하게 거부 반응을 일으키자 엘리엇은 감히 말을 잇지 못했다.

"파르조, 우린 집에 가자."

카치아는 자리를 털고 일어나며 말했다.

엘리엇이 뭐라고 할 사이도 없이 카치아는 발걸음을 옮기기 시작했다. 하지만 카치아는 파르조가 따라오지 않는 걸 보고 깜짝 놀라 말했다.

"파르조, 뭐해? 뭘 기다려?"

카치아는 조바심이 났다.

카치아를 바라보는 파르조의 표정이 굳어지며 사팔눈이 되었다.

"올드 봉크를 왜 만나지 않으려는 건지 네 설명을 기다리는 중이야."

"벌써 말했잖아. 소용없다니까. 올드 봉크는 오자고라에 간 적이 없다고. 그리고 어쨌든 올드 봉크에게 말을 거는 건 금지되었잖아. 자, 올 거야 말 거야?"

"그건 공식적인 이유고."

파르조는 손끝 하나 꼼짝하지 않고 되받아쳤다.

"나는 진짜 이유를 듣고 싶어."

"내가 말한 게 유일한 이유야."

카치아는 신경질을 냈다.

"거짓말!"

"아니거든?"

"맞거든?"

"아니라니까!"

"맞아! 카치아, 너 지금 거짓말하는 거야. 뭔가 다른 게 있어. 난 알아."

"아니야, 아니야, 아니야, 아니라고!"

"맞아, 맞아, 맞아, 맞는다고!"

카치아는 화가 나서 얼굴이 새빨개졌다.

"쳇, 네가 오자고라에 가고 싶어서 안달한 거 내가 모를까 봐?"

파르조가 말했다.

"애초에 올드 봉크를 만나러 간 것도 다 그것 때문이잖아. 봉크가 널 오자고라에 데려다줄까 봐서. 아니야?"

"헛소리하시네!"

카치아가 반격에 나섰다.

어찌나 화가 났던지 카치아는 손까지 벌벌 떨었다. 긴장했을 때 나오는 특유의 버릇인지 갑자기 코도 벌렁거렸다.

"와, 너 콧구멍 벌렁거린다."

파르조가 이겼다는 듯 말했다.

"뭔가 숨기는 게 있을 때 나오는 버릇! 내가 맞았지? 올드 봉크한테 오자고라에 데려가 달라고 부탁한 거?"

"에이, 짜증나. 올드 봉크라는 사람이 무슨 말을 하고 다니는지 소문으로 들었어. 그래서 찾아가서 오자고라에 데려다 달라고 했는데 거절하더라고. 또 다시 찾아가서 창피당하고 싶지 않아. 더 이상 말하지 말자."

엘리엇은 자기 귀를 의심했다. 오니리아 곳곳을 누비고 싸움의 기술을 모조리 알고 있는 카치아가, 그 누구 앞에서도 기가 눌리지 않는 카치아가 겨우 다른 사람에게 도움을 부탁했다는 사실에 저렇게 창피해하다니!

"파르조, 마음대로 해. 난 집에 갈 거야."

카치아는 포기한 듯한 목소리로 말했다.

"카치아, 엘리엇 안 도와줄 거야?"

"너 머리에 돌 맞아 볼래?"

카치아는 위협적인 태도로 파르조에게 다가섰다.

"알았어, 알았어. 더 이상 말 안 할게."

파르조는 그만 싸우자며 양팔을 들어 올렸다.

파르조는 엘리엇에게 몸을 돌리고 할 만큼 했다는 듯 두 팔을 벌려 보이며 미안하다는 표정을 지었다.

"친구야, 정말 도와주고 싶은데 더 이상 해 줄 수 있는 게 없네. 카치아는 생각이 바뀌지 않을 거야."

"괜찮아. 노력해 줘서 고마워."

하지만 마음은 그렇지 않았다. 카치아는 엘리엇의 마지막 희망이었다.

카치아는 다시 한번 파르조에게 따라오라고 했다. 파르조는 엘리엇에게 손을 내밀었고 엘리엇은 무심하게 악수를 했다. 파르조는 엘리엇이 듣지도 않는 변명거리를 계속 늘어놓았다. 파르조가 그러는 사이, 카치아는 용 동상의 돌 하나를 쓰다듬었다. 문이 열리자 카치아가 안으로 들어섰다.

"친구야, 조심해."

파르조는 떠나기 전에 당부했다.

"오니리아에 왔던 마지막 창조자는 죽었어. 너한테 똑같은 일이 생기지 않길 바라."

파르조도 문 저편으로 사라졌다. 엘리엇은 목이 메었다.

30분 뒤, 뭘 해야 할지 갈피를 잡지 못한 엘리엇은 여전히 수도원 돌계단에 앉아 있었다. 할머니에게서 모래시계를 받은 뒤부터 엘리엇은 여러 번 목숨을 잃을 뻔했다. 그러나 그 모든 위험이 다 부질없었다. 오자고라에 갈 수 있는 두 번의 기회가 연기처럼 사라져 버렸다. 하나는 공주의 배신 때문에, 다른 하나는 카치아의 이기주의 때문에.

더 심각한 일은 도움을 요청할 사람이 아무도 없다는 것이다. 특히 할머니가 말했던 조브……. 오자고라나 조브에 대해서 아무나 붙잡고 물어보는 건 자살 행위와 같다.

엘리엇의 머릿속에서 작은 목소리가 들렸다.

'희망은 일단 접어 두는 게 좋아. 오자고라를 찾는 건 불가능하고 위험해…….'

하지만 아직 시간은 있다.

11 섬광

엘리엇이 부엌에 들어섰을 때 크리스틴은 여전히 잠옷 차림이었다. 오늘은 집에서 일하기로 한 모양이었다. 출장을 다녀온 뒤에는 가끔 그러기도 한다. 크리스틴은 쌍둥이가 전날 학교에서 있었던 일에 대해 얘기하는 걸 들으면서 커피를 마셨다. 기분이 아주 좋아 보였다. 엘리엇의 볼이 쏘옥 들어간 걸 알아차리지도 못할 정도였다. 엘리엇은 태어나서 오늘처럼 피곤한 적이 없었다. 시끌벅적했던 밤이 지나자 육체적으로나 정신적으로 지쳐 버렸던 것이다. 오늘 아침은 의욕도 없고 기운도 없었다.

밤늦도록 깨어 있었던 쌍둥이도 피곤한 기색이었지만 엘리엇이 밤에 외출했다는 얘기는 하지 않았으니 약속은 지킨 모양이었다. 크리스틴의 미소가 그 증거였다.

"좋은 소식이 있어."

엘리엇이 식탁에 앉자마자 크리스틴이 말했다.

엘리엇은 의심의 눈초리를 날렸다. 새엄마가 말하는 좋은 소식은 믿을 수 없었다.

"런던에 집을 구할 수 있을 것 같아. 어제 브뤼셀에서 만난 친구한테 들었는데, 이웃이 12월 말에 이사를 한다는구나. 그래서 전화를 걸어 봤더니 이번 주말에 집 구경을 하러 와도 좋다고 하지 뭐니. 넷이서 금요일 저녁에 런던으로 가자. 겸사겸사 런던 구경도 하고, 좋겠지?"

엘리엇은 안 된다고 말하고 싶었지만 입 밖으로 아무 말도 나오지 않았다. 어쩐지 새엄마의 말을 믿고 싶지 않더라니, 이건 재앙이었다. 주말의 병문안 계획은 날아갔고, 할머니와 시간을 보낼 수 있다는 희망도 사라졌다. 새엄마가 이번에 집을 결정하면 더 이상 대안은 없었다. 1월에는 런던으로 이사를 해야 할 것이다.

엘리엇은 아빠도 없이, 그리고 할머니와 멀리 떨어져서 새엄마와 함께하는 런던 생활은 어떨지 잠시 생각했다. 상상만 해도 토가 나올 것 같았다. 그 재앙을 피하는 유일한 방법은 아빠의 병이 크리스마스 전에 낫는 것뿐이었다. 다시 말하면 엘리엇은 성공한다는 보장도 없이 다시 목숨을 걸어야 했다.

엘리엇은 죽는 것과 런던에서 사는 것 중에 어떤 게 더 나을까 생각해 보았다. 정할 수가 없었다.

오전 첫 시간은 역사 수업이었다. 무이유피에 선생님이 월요일에 봤던 시험 채점을 벌써 끝내고 시험지를 나눠 주었다. 엘리엇은 100점 만점에 90점을 받은 아르튀르를 무심하게 바라봤다. 그런데 무이유피에 선생님이 엘리엇에게 시험지를 나눠 주면서 – 그나마 벼락치기를 한 덕분에 70점을 받았다 – 엘리엇을 이상하게 바라보았다.

"이상하네. 더 좋은 점수를 줬던 것 같은데…… 꿈을 꿨나?"

선생님은 그 말이 사실인 걸 모를 것이다. 엘리엇은 무이유피에 선생님의 마법사가 간밤에 100점 만점에 95점을 줬던 것을 똑똑히 기억했다. 루브르 박물관의 피라미드가 이상한 크루아상보다 더 좋다고 대답했기 때문이다. 엘리엇은 그 장면을 생각하며 미소를 지었다. 그것은 꽤 서글픈 미소였다. 역사 선생님의 마법사와 만났던 것이 오니리아에서 보냈던 밤에 대한 가장 좋은 기억이었기 때문이다. 나머지는 나쁜 소식과 실망의 연속이었다.

오후에는 매주 수요일마다 있는 육상 훈련 대신 수학 방과 후 교실 숙제 때문에 독서실에서 어슬렁거렸다. 독서실 문을 열면서 엘리엇은 한숨을 쉬었다. 분노의 여왕 클라라도 있었기 때문이다. 뭐, 사실 놀랍지도 않았다. 도발의 여왕 클라라는 독서실 연간 회원권이라도 있는 모양이니까.

감독 선생님이 연습 문제지를 나눠 주었다. 악랄한 망쟁 선생님의 깨알 같은 글씨가 보였다. 엘리엇은 지겹다는 듯 문제지를 받아 들고 클라라와 최대한 멀리 떨어져 앉았다. 자리에 앉으면서 분노의 여왕을 흘깃 바라봤다. 클라라는 문제지를 거꾸로 펼쳐 놓고 의자를 흔들며 날아다니는 파리들을 쳐다보고 있었다. 엘리엇은 첫 번째 문제에 정신을 집중하려고 애썼다.

겨우 2분이 지났을까. 종이비행기가 콧등으로 날아왔다. 클라라는 작은 비행 물체를 접는 데에는 정평이 나 있었다. 엘리엇은 클라라 쪽으로 고개를 돌렸다. 분노의 여왕은 엘리엇을 조롱하는 눈으로 지켜보고 있었다. 신경 쓰지 않으려 했지만 두 번째 비행기에 이어 세 번째 비행기가 책상 가까이 착륙했다. 엘리엇은 결국 가까이 떨어진 비행기를 봤는데, 접힌 부분에 클라라가 무언가 적어 놓은 게 보였다. 엘리엇은 비행기를 펼쳤다. 그것은 얼룩과 틀린 철자로 가득한 메시지였다.

세로운 슬로건을 차자써.
"라퐁텐은 아빠도 아들도 겁젱이!"
어때? 맘에 드러?

엘리엇은 당장 분노의 여왕에게 달려가 때려 주고 싶은 것을 참기 위해 엄청난 노력을 기울였다. 하지만 분노를 억누르는 것은 이미 피곤했던 엘리엇에게 역부족이었다. 눈앞이 흐릿해졌다. 이건 너무했다. 정말 너무해. 엘리엇은 책상에 엎드렸다.

"괜찮니, 엘리엇?"

감독 선생님이 물었다.

엘리엇은 고개를 들지 않았다.

'아니요, 안 괜찮아요. 전혀요.'

엘리엇은 로봇처럼 벌떡 일어나 점퍼를 걸치고 감독 선생님에게 백지를 내밀었다. 또 빵점을 받겠지만, 지금 엘리엇에게 그건 가장 작은 걱정거리일 뿐이었다.

엘리엇은 책가방을 들고 독서실 문을 밀었다. 돌아오라는 감독 선생님의 명령은 들리지도 않았다. 정신이 이미 다른 데 가 있었다.

엘리엇은 계단을 내려와서 학교 운동장을 가로질렀다. 교문을 나서자마자 달리기 시작했다. 인도를 달리고 대로를 건넜다. 플라타너스 가로수, 건물, 자동차, 전혀 다른 세계에서 다른 삶을 사는 것처럼 보이는 익명의 사람들을 지나쳤다. 두 발이 자신을 어디로 이끄는지 알 수 없었지만 상관없었다. 엘리엇은 그저 계속 달리고 싶을 뿐이었다. 빨리. 더 빨리. 아무것도 엘리엇을 잡을 수 없을 만큼 빨리 달리고 싶었다. 지칠 줄 모르고 떨어지는 빗방울도, 자동차에서 뿜어져 나오는 매연도, 행인들의 외침도……. 엘리엇은 동물이 된 기분이었다. 생각을 하지 않으니 좋았다.

달리기를 멈춘 엘리엇은 두 발이 자신이 가고 싶었던 유일한 장소로 자신을 데려갔다는 것을 깨달았다. 병원이었다. 학교에서 그렇게 멀리까지 뛰어왔다는 게 놀라웠다. 시간이 한참 지난지도 몰랐다. 엘리엇은 어깨를 으쓱하더니 단호하게 C병동의 안내 데스크로 갔다.

"안녕하세요, 릴리안 아주머니? 호스피스 병동은 어디에요?"

"안녕, 엘리엇? 아빠는 4층 407호실에 계셔."

"고맙습니다."

엘리엇은 돌아서며 말했다.

"엘리엇!"

그때 갑자기 릴리안이 엘리엇을 불러 세웠다.

엘리엇이 돌아보니 릴리안은 애처로운 표정으로 웃고 있었다.

"조금 전에 할머니가 다녀가셨어. 네 아빠 소식을 전해 주시더구나. 정말 유감이야. 호스피스 병동 팀은 최고니까 끝까지 아빠를 잘 돌봐 주실 거야. 고통 없이."

"네, 감사해요."

엘리엇은 대충 인사를 하고 차오르는 눈물을 보이지 않으려고 돌아서서 엘리베이터로 향했다.

4층은 조용했다. 407호실은 입원실치고는 썩 괜찮았다. 크기도 325호실보다 더 컸다. 화분, 소파, 잡지와 임종에 관한 팸플릿이 놓인 작은 테이블이 있었다. 새하얀 판 뒤에는 아빠의 몸에 연결된 수많은 기계들이 숨겨져 있었다. 코를 자극하는 소독약의 독특한 냄새가 없었다면 병원인지도 모를 정도였다.

엘리엇은 침대로 다가갔다. 아빠는 편안해 보였다. 엘리엇은 아빠의 이마에 뽀뽀를 했다. 혼자서 병문안을 온 건 처음이었다. 아빠와 단둘이 있으니 참 좋았다. 아빠와 아들 단둘이. 무기력한 아들과 아빠가.

엘리엇은 창문의 커튼을 올려서 햇빛이 들어오게 한 다음 침대 옆에 있는 의자에 앉았다.

"불쌍한 우리 아빠……."

엘리엇은 슬프게 중얼거렸다.

"내가 아빠를 구해 줄게요. 하지만 복잡해요. 너무 복잡해요. 그러니 아빠가 버텨야 해요. 내가 답을 찾을 때까지 참아야 해요."

엘리엇은 아빠의 움직이지 않는 손에 얼굴을 살포시 갖다 대었다. 볼에 느껴지는 따뜻하고 규칙적인 맥박에 따라 숨을 들이쉬고 내쉬면서 눈을 감았다.

엘리엇은 뭔가 빠뜨렸다는 느낌에 잠에서 깼다. 고개를 들고 눈을 비볐다. 아빠는 여전히 조용했다. 같은 층에 있는 다른 환자들이 잠을 못 잘까 봐 의사가 진정제를 엄청 투여한 모양이었다. 정말 어이없었다.

엘리엇은 자리에서 일어났다. 잠깐 졸았더니 몸이 뻣뻣해졌다. 다리를 좀 풀어 주어야 했다. 엘리엇은 병실에서 걷기도 하고 물도 마셔 보았지만 이상한 느낌은 사라지지 않았다. 꿈을 꾼 것일까? 누구에 대해서? 무엇에 대해서? 기억이 통 나지 않았다. 하지만 확실했다. 낮잠을 자는 동안 뭔가 아주 중요한 걸 깨달았다. 모래시계가 없을 때 꾼 꿈은 제대로 기억이 나질 않으니 분통이 터진다.

그러다가 문득 알게 되었다. 섬광처럼. 그것은 이미지도 아니었고 그냥 확신이었다. 아아노르를 보러 돌아가야 했다. 이유는 알 수 없었지만 꼭 그래야만 했다. 엘리엇이 놓친 뭔가가 있었다. 그것이 비밀의 열쇠였다.

오늘 밤, 엘리엇은 꿈의 공주를 만날 것이다.

집에 도착하자 엄청난 잔소리 세례가 기다리고 있었다. 학교에서 새엄마에게 전화를 걸어 엘리엇이 도망갔다고 알렸던 것이다. 다음번에도 그러면 징계위원회감이라고 못을 박았다고 한다. 그것도 모자라 쥘리에트가 결국 엘리엇의 밤 외출에 대해서 새엄마에게 고자질을 하고 말았다. 새엄마는 처벌을 내렸다. 무기한으로 외출 금지였다.

할머니를 만나는 건 불가능했다. 하지만 오니리아에는 아직도 갈 수 있다.

여왕의 분노

엘리엇은 나무들이 잘 정리된 아름다운 정원에서 아아노르를 다시 만났다. 아아노르는 흰 모래가 깔린 길 위에 앉아서 막대기로 모래 위에 그림을 그리고 있었다. 얼마나 집중해서 그리는지 엘리엇이 나타났는데도 눈치를 채지 못했다. 그 틈에 엘리엇은 옆에 있는 풀숲에 몸을 숨겼다. 완벽한 위장을 준비하기에 좋은 장소였다. 아아노르를 만나기 전에 위장을 해서 근위병들에게 들킬 위험을 줄이고 싶었다.

엘리엇은 망토, 깃털 달린 모자, 가죽 장갑, 그리고 그런 복장에 빠져서는 안 될 멋진 검을 상상해서 삼총사 복장을 만들어 냈다. 이렇게 하면 아무도 알아보지 못할 것이다. 엘리엇은 변장이 잘되었는지 확인하려고 거울까지 만들어 냈다. 하지만 거울 속 엘리엇의 모습은 기대했던 것과는 영 딴판이었다. 복장도 기괴했을 뿐 아니라 누구나 엘리엇이라는 걸 단박에 알아차릴 수 있을 것 같았다. 엘리엇은 여러 번 다시 시도했지만 모두 불발로 돌아갔다. 결국 긴 곱슬머리 가발과 가느다란 콧수염이 추가되었다. 여전히 가장무도회의 광대 같아 보였지만 적어도 원래 모습은 알아볼 수 없었다. 그게 어디인가.

엘리엇은 전형적인 기사의 축소판이 되어 아아노르에게 다가갔다. 그리고 두어 걸음 남겨 놓고 멈춰 서서 허리춤에 양손을 얹었다. 아아노르는 햇빛을 가리는 큰 모자를 쓴 남자가 만들어 낸 그림자를 무심히 바라보았다. 그러고는 고개도 들지 않고 반갑지 않은 손님을 쫓아 버리려 했다.

"가던 길 가세요. 전 얘기 나누고 싶은 기분이 아니에요."

"그래야 할걸요. 할 얘기가 있습니다."

엘리엇은 과장되면서도 단호한 명령조로 말했다.

아아노르가 깜짝 놀라며 얼굴을 들었다. 엘리엇은 잠깐 콧수염을 사라지게 했다. 그 모습을 본 아아노르가 활짝 웃었다.

"엘리엇, 돌아왔구나!"

아아노르는 주변을 살폈다.

"여기 있으면 안 돼."

아아노르는 옆에 있는 울타리 위로 삐죽 솟아오른 보라색 펠트 모자를 턱으로 가리키며 말했다.

"성에서 조금 더 떨어지면 엿듣는 사람이 없을 거야."

그러더니 갑자기 큰 소리로 말했다.

"정말 단호하시군요. 좋아요. 공원 산책로를 걷도록 하죠. 왜 이렇게 서두르시는지 들어 보지요."

엘리엇은 신사적으로 손을 내밀어 아아노르가 일어서는 걸 도와주었다. 아아노르는 점점 더 어두워지는 길로 엘리엇을 데려가더니 요리 도구로 이루어진 빽빽한 숲에 이르렀다. 칼, 포크, 주걱, 거품기 등이 얽혀서 바람에 짤그랑거렸다. 숲에는 아주 좁은 길만 나 있었다. 커다란 숟가락 나무 밑동에는 작은 체들이 자라고 있었다. 상황이 달랐다면 엘리엇은 황홀해했을 것이다. 하지만 풍경을 감상하기에는 신경이 너무 곤두서 있었다.

아아노르는 치즈 강판 덤불 앞에서 갑자기 발걸음을 멈추고 엘리엇을 돌아보았다.

"너 안 할 거지?"

"뭘 안 해?"

"어마마마가 만들어 달라고 한 군대 말이야. 그렇게 하지 않을 거지? 설마 군대를 만들려고 온 건 아니겠지?"

"아니야."

생각을 들킨 엘리엇이 당황하며 대답했다.

"여왕을 위해 군대를 만들지는 않을 거야. 여기 온 것도 그것 때문은 아니고……."

"아, 안심이다."

아아노르는 엘리엇에게 더 말할 기회도 주지 않고 자기 말만 했다.

"조금 전에 네 마법사를 봤는데 군대를 만들 결심을 단단히 했더라고. 하지만 마법사는 어디로 튈지 모르니…….”

“내 마법사를 봤다고?”

엘리엇은 깜짝 놀랐다.

“응. 조금 전에. 접견실에 나타나더니 아무거나 막 만들어 내잖아. 장난감 말이랑 장난감 병정을 수천 개씩……. 그러더니 대가를 달라고 했어. 어마마마가 자기한테 해 줄 게 있다면서. 어마마마는 마법사를 내쫓았지. 화가 엄청 나셨어. 난 너한테 메시지를 전달하려고 마법사를 쫓아갔어. 네가 꿈에서 깨어나도 기억해 주길 바라면서.”

“무슨 메시지?”

“날 보러 와야 한다고 네 마법사에게 몇 번이나 말했거든. 지난번 일을 해명하고 싶었어. 그런데 이렇게 와 주었다니 정말 다행이야.”

엘리엇은 어안이 벙벙했다. 낮잠에서 깨어나 느꼈던 이상한 느낌, 뭔가 놓쳐 버렸다는 느낌, 그리고 아아노르를 꼭 다시 만나야 한다는 느낌……. 그 모든 게 아아노르와 자신의 마법사가 나눈 대화 때문이었다니!

“다시 말하면 날 조종한 거로구나.”

엘리엇이 투덜댔다.

“엘리엇, 안 그랬으면 네가 여기 다시 왔겠어?”

아아노르는 미안하다는 표정을 지으며 말했다.

“글쎄.”

“그런데 엘리엇, 지난번에 네 정체를 밝힌 건 내가 아니었어.”

"네가 아니라고? 내 정체를 아는 사람은 너뿐이었어."

"알아. 하지만 우리가 만난 뒤에 내가 궁으로 다시 돌아갔을 때 어마마마는 이미 모든 걸 알고 계셨어. 어떻게 그럴 수 있는 건지는 모르겠지만. 어쩌면 감시당했던 걸 수도……. 어쨌든 그 다음날 우리가 약속한 시간에 접견실에 있으라는 명이 떨어졌어. 어마마마가 널 꼭 만나기 위해서였지. 도망치려 했지만 근위병들한테 붙잡혔어. 내가 얼마나 화가 났었다고."

"내가 어떻게 네 말을 믿겠어? 넌 날 조종하려고만 하잖아."

"날 원망하는구나."

아아노르는 슬퍼했다.

"엘리엇, 그건 오해야. 하지만 이해할 수 있어. 벌어진 일만 보면 그럴 수 있지. 하지만 네가 오니리아에 더 오래 있었다면 날 의심할 이유가 없다는 걸 알았을 거야. 난 거짓말을 할 줄 몰라. 그렇게 만들어졌거든."

"칫, 그건 너무 쉬운 핑계야. 증거가 없잖아."

"맞아. 그럼 나한테 아무 질문이나 해 봐. 내가 거짓말할 수 없다는 걸 알게 될 거야."

엘리엇은 당황했다. 공주의 정직함을 시험하려면 어떤 질문을 해야 하지?

"여왕이 나한테 군대를 만들어 달라고 했을 때 왜 울었어?"

"전쟁은 끔찍하니까. 그리고 전쟁이 해결해 줄 수 있는 건 아무것도 없으니까. 오직 보내진 자와 선택받은 자만이 오니리아를 구할 수 있어."

아아노르는 열심히 대답했다.

"아아노르, 너는 내가 보내진 자라고 믿는 거야?"

"응."

"왜?"

"널 만났을 때부터 예감이 있었어. 네가 오니리아에 온 건 우연이 아닌 것 같아. 궁에서 이것저것 만들어 내는 걸 보니 너 같은 능력을 가진 사람은 흔치 않다고 느꼈어. 그리고 넓은 세계를 보지 못한 공주의 삶이 지겨워 죽겠어서 그 전설을 믿을 필요도 있고. 또 어마마마에게 당신이 항상 옳지는 않다는 걸 증명하고 싶기도 해. 또 나는 어마마마가 바라는, 얌전하고 약간은 바보 같은 공주가 아니란 걸 보여 주고 싶기도 하고."

엘리엇은 아아노르의 솔직함과 총명함에 할 말을 잃었다. 그렇다고 해서 아아노르가 거짓말을 할 수 없다는 건 아니었다.

"그럼 마지막 질문. 내가 어떻게 하면 오자고라에 갈 수 있지?"

아아노르의 시선이 무언가를 살피듯 엘리엇의 눈동자에 와서 박혔다.

"대답해 줄게."

아아노르는 진지했다.

"하지만 그 전에 너에게 질문이 있어. 왜 오자고라에 가려고 하는 거야? 네가 보내진 자가 맞는지 확인하려고 한다고는 답하지 마. 넌 그것에 대해 전혀 관심 없다는 거 잘 알고 있으니까."

속을 꿰뚫어 보는 질문에는 정직한 답변이 최고였다.

"아빠가 죽어 가고 있어. 모래 상인만이 아빠를 구할 수 있대. 아빠를 구하지 못하면 내 인생은 엉망이 될 거야."

아아노르는 엘리엇의 눈을 계속 살폈다. 엘리엇은 고개를 떨구고 싶은 마음을 참고 있었다.

"그곳에 너랑 함께 갈 수는 없어."

한참 만에 아아노르가 입을 열었다.

"어마마마가 궁의 경비를 강화하셨거든. 난 이제부터 궁을 나갈 수 없어. 내가 도망치면 어마마마가 금방 아실 거야. 수색대를 모두 동원해서 우리가 에도니스를 벗어나기도 전에 잡고 말걸? 하지만 너 혼자 오자고라에 갈 수 있도록 모든 걸 말해 줄게."

"고마워."

"하지만 조건이 있어."

"뭔데?"

"모래 상인을 만나거든 나무 요정이 어디 있는지 꼭 물어봐 줘. 그리고 시간이 되는 대로 꼭 나무 요정을 만나 보겠다고 약속해."

엘리엇은 웃었다. 아아노르는 세상에서 가장 고집이 센 여자애 같았다.

"아빠가 병이 낫는 대로 나무 요정을 꼭 만나 볼게. 약속해."

"그럼 좋아."

아아노르도 웃었다.

"내가 도와줄게."

아아노르가 하얀 손을 내밀자 엘리엇은 악수를 하며 약속을 맹세했다.

"가끔 오자고라의 대상이 에도니스에 물건과 식량을 실으러 오곤 해. 오자고라에는 모래밖에 없거든. 그래서 오자고라 주민들에게는 이곳에 있는 많은 것들이 필요하지. 대상이 오는 주기는 변하지만 적어도 한 달에 한 번은 꼭 와. 훨씬 더 자주 올 때도 있고."

"오자고라의 대상이라고? 잘됐네. 언제 어디를 지나치는지 알면 오자고라에 갈 수 있겠어."

"그게 문제야."

아아노르가 엘리엇을 진정시키며 말했다.

"대상은 한 번 갔던 장소에는 절대 가지 않아. 보급대가 비밀 장소에 필요한 물건들을 가져다주지. 약속 장소는 하루 전에 대상의 우두머리, 어마마마, 궁내 대신만 알게 돼. 워낙 중요한 비밀이라서 어마마마는 절대 나한테 알려 주시지 않을 거야. 하지만 궁내 대신은 좀 바보 같거든. 그리고 날 좋아해. 궁내 대신을 설득하면 대상이 실을 물건이 보관된 궁의 창고로 날 데려가 줄 거야. 거기서 단서도 모으고 질문도 하면 될 것 같아. 다만 지금은 불가능해. 외출이 금지되었거든. 일단 너 혼자 궁내 대신이 입을 열게 해야 해."

그때 엘리엇이 소스라쳤다. 바로 뒤에서 금속의 마찰음이 들렸기 때문이다. 누군가가, 혹은 무언가가 치즈 강판 수풀에 숨어 있었다. 엘리엇과 아아노르의 눈이 마주쳤다. 둘은 서로 똑같은 생각을 하고 있다는 것을 즉시 깨달았다. 숲 속에 또 누가 있는 것이었다.

"빨리 도망치자."

아아노르가 말했다.

아아노르가 달리기 시작했고 엘리엇이 그 뒤를 따라 뛰었다. 두 사람이 신기한 숲을 빠져나오면서 작은 접시들을 밟는 바람에 와장창 그릇 깨지는 소리가 숲 속에 울려 퍼졌다.

이윽고 꽃이 만발하고 버찌 나무가 늘어선 널찍한 길에 들어섰다. 하지만 더 이상 앞으로 나아갈 수 없었다. 엘리엇 앞에 커다란 덩치의 무시무시한 괴물이 갑자기 나타났기 때문이다. 그것은 머리가 세 개 달린 거대한 용이었다.

"악몽이다!"

아아노르가 외쳤다.

아아노르는 공포에 질려 달리기를 멈췄다. 엘리엇의 몸도 앞으로 나아가기를 거부했다. 근육 하나하나가 공포로 얼어붙었다. 괴물은 5층짜리 빌딩만큼 컸다. 몸에는 어두운 색의 비늘과 날카로운 가시가 덮여 있었다. 중앙에 있는 머리는 석탄처럼 까맸고 왼쪽 머리는 불처럼 빨갰다. 그리고 오른쪽 머리는 깊은 연못처럼 파랬다. 각 머리에는 뱀의 눈처럼 샛노란 눈 두 개가 번뜩였다. 네 개의 발에는 검처럼 길고 날카로운 발톱이 달려 있었고 독침이 달린 꼬리는 수십 그루의 나무를 통째로 뽑아 버릴 수 있을 만큼 강력했다.

"이런, 이런…… 공주님 아니신가?"

용의 검은 머리가 나긋나긋하게 말했다.

"남자 친구랑 여기 숨어 계셨군. 쯧쯧, 여왕님이 보시면 좋아하지 않을 텐데."

"넌 누구냐?"

아아노르가 물었다.

아아노르는 무서워서 몸이 벌벌 떨렸지만 공주답게 당당히 맞섰다.

"엥? 날 모른다고?"

용의 빨간 머리가 낄낄거렸다.

"설마 친애하는 디틸드 여왕님이 나에 대해서 한마디도 하지 않은 건 아니겠지?"

용은 잠깐 말을 멈추었다.

"사람들은 나를 비스트라고 부르지."

용의 파란 머리가 굵직한 목소리로 말했다.

"비스트!"

아아노르가 외쳤다.

"그래, 나야."

용의 머리 세 개가 동시에 말하며 흉측하게 웃었다.

엘리엇은 놀라 비명을 지를 뻔했다. 저 끔찍한 웃음을 어디선가 본 적이 있었기 때문이다. 하지만 어디서였는지 기억이 나질 않았다.

"뭘 원해?"

아아노르가 용감하게 나섰다.

"오, 원하는 건 아주 작은 거야."

검은 머리가 대답했다.

"바로 너야, 공주."

엘리엇은 아아노르의 손을 잡고 괴물에게서 도망치려고 했다. 하지만 발걸음을 떼는 순간 용의 빨간 머리가 엘리엇을 향해 불꽃을 내뿜었다. 엘리엇의 모자와 가발이 타 버릴 정도로 불꽃이 가까이 떨어졌다.

"조심해, 기사 양반."

비스트가 말했다.

"네가 누군지 모르겠지만 나랑 싸워서 네가 이길 확률은 제로야. 괜히 영웅 놀음 하지 마. 끝이 좋지 않을 테니까."

엘리엇은 앞뒤 재지 않고 검을 빼 들어 용을 향해 돌격했다. 자신의 마법사가 오래전부터 해 왔던 행동을 한 것이다. 하지만 그리 멀리 가지는 못했다. 용의 파란 머리가 차가운 바람을 불어서 엘리엇을 커다란 얼음덩어리 안에 가둬 버렸기 때문이다.

"내가 뭐라 그랬니."

용의 검은 머리가 빼기며 말했다.

옴짝달싹하지 못하게 된 엘리엇은 화가 폭발했다. 그때 갑자기 비스트의 등 뒤에서 세 명의 여자가 뛰어내려 왔다. 눈은 굉장히 컸지만 코와 입이 없었다. 잠수복같이 생긴, 몸에 찰싹 달라붙는 옷을 입고 네 발로 기면서 놀라운 속도로 움직였다. 거미여자들이었다!

눈 깜짝할 사이에 거미여자들은 두꺼운 거미줄로 아아노르의 몸을 감았다. 아아노르는 꼼짝할 수 없었다. 아아노르는 관자놀이에 손을 갖다 댄 채 이상하리만치 조용해졌다. 엘리엇은 눈을 뜬 채 그대로 얼어붙어서 아무것도 만들어 낼 수 없었다. 그래서 공주가 납치되는 광경을 무기력하게 바라볼 수밖에 없었다. 거미여자들이 아아노르를 용의 등에 태우는 사이, 용의 검은 머리는 가벼운 입김으로 엘리엇 앞으로 양피지 하나를 날려 보냈다.

"디틸드 여왕에게 그 메시지를 전하렴."

파란 머리가 말했다.

그런 다음 비스트는 커다란 날개를 펼치고 하늘로 날아가 버렸다.

엘리엇 뒤에서 날카로운 비명이 울려 퍼지고 그 뒤를 이어서 부리가 부딪히는 소리가 들렸다. 보라색 총을 발에 쥔 커다란 매 다섯 마리가 비스트와 공주를 쫓아 날아올랐다. 그중 두 마리는 금세 지상으로 추락했다. 거미여자들이 던진 끈적끈적한 거미줄에 걸린 것이다. 가공할 용의 꼬리가 허공을 휘젓자 남아 있던 매 세 마리는 감히 공주에게 접근하지도 못했다. 한 마리가 있는 힘을 다 모아 돌진했지만 용의 독침에 정통으로 맞고 말았다. 매는 총 맞은 사냥감처럼 땅으로 뚝 떨어졌다. 그 다음에 벌어진 일은 볼 수 없었다. 엘리엇은 여전히 얼음 속에 갇혀 있었고 싸움은 시야를 벗어난 곳에서 벌어졌기 때문이다. 대신 몸에서 나는 열 때문에 얼음이 녹아 눈을 감을 수는 있었다.

엘리엇은 그 틈을 이용해 난방기 열 대를 만들어 얼음 주위에 놓고 얼음이 빨리 녹게 만들었다. 하지만 눈을 다시 떴을 때 용을 잡을 수 있는 희망이 사라졌다는 것을 알았다. 지평선에 두 개의 불덩이가 유성처럼 떨어졌다. 마지막까지 싸웠던 매 두 마리였다.

엘리엇은 자유롭게 움직일 수 있게 되자마자 뒤를 돌아보았다. 디틸드 여왕이 손을 관자놀이에 대고 하늘을 살펴보고 있었다. 얼굴은 고통으로 일그러져 있었다. 여왕 옆에는 여섯 명의 근위병, 고양이 라자르, 그리핀 시구림, 그리고 몇몇 고문들이 있었는데, 여왕의 드레스는 검붉다 못해 거의 검정색에 가깝게 변해 있었다. 불과 얼음 때문에 엘리엇의 변장이 소용없어지자 여왕은 엘리엇을 금세 알아보았다.

"엘리엇! 네가 왜 여기에……?"

"아아노르를 만나러 왔습니다."

"네가 악몽을 궁 안으로 들여보낸 거니? 네가 내 딸을 납치하는 놈들을 도운 거야?"

"아닙니다! 저는 아아노르를 보호하려고 했어요. 하지만 용이 너무 강했습니다."

"보그다랑, 어디 있나?"

여왕은 신경질적으로 소리쳤다.

"여기 있습니다, 여왕 폐하."

버찌 나무 가지에 앉아 있던 진한 초록색의 아주 작은 새가 여왕 앞에 날아와 앉았다.

"왜 위험을 알리지 않았느냐? 아아노르가 직접 나를 불러야 했어. 덕분에 중요한 시간을 잃어버렸고."

여왕은 손가락으로 발개진 관자놀이를 가리켰다. 엘리엇은 왜 아아노르가 상황이 안 좋아지면 관자놀이에 손을 대는지 깨달았다. 텔레파시처럼 엄마와 딸이 서로 소통하는 방법이었던 것이다. 아아노르는 그렇게 해서 여왕에게 구조 요청을 보낸 것이었다.

"모든 게 순식간에 벌어진 일입니다, 여왕 폐하."

새는 변명을 했다.

"저는 무기도 없었습니다. 만약 제가 모습을 드러냈다면 용이 저를 그 자리에서 구워 버렸을 겁니다."

"그러니까 네놈이 겁쟁이라는 말이로구나."

여왕은 격노했다.

"어쨌든 적어도 엘리엇이 사실을 말한 건지는 말할 수 있겠지?"

"사실을 말했습니다, 여왕 폐하. 공주님을 구하려고 정말 애썼습니다. 솔직히 말하면 정말 보잘 것 없었지만 말입니다."

"보그다랑, 네 역할은 아아노르를 감시하고 일거수일투족을 나에게 보고하는 것이지 평가를 하는 것이 아니다."

엘리엇은 깜짝 놀랐다. 아아노르가 자신도 모르는 사이에 엄마에게 감시를 당하고 있었다니. 그러니까 과수원에서 엘리엇과 아아노르가 처음 만났을 때 나눴던 대화를 여왕에게 일러바친 것도 저 망할 새였던 것이다. 아아노르는 거짓말을 하지 않았다. 엘리엇을 배신한 것이 아니었다.

"여왕 폐하."

보그다랑이 말했다.

"허락하신다면 제가……."

"조용히 하지 못할까!"

여왕이 말을 막았다.

"더 이상 듣기 싫다. 감옥에 갇히고 싶지 않으면 내 눈앞에서 어서 사라져!"

"하지만……."

"어서 사라지라니까!"

보그다랑은 날아올랐다. 하지만 사라지지 않고 엘리엇의 어깨 위에 앉았다.

"너 운 좋은 줄 알아."

보그다랑이 엘리엇의 귀에 대고 속삭였다.

"공주랑 네가 나눴던 대화 내용을 알 기회를 여왕이 방금 날려 버렸지. 하지만 두고 봐. 여왕이 다시 날 불러들이면 그땐 모든 걸 불어

버릴 테니까. 그럼 네 계획도 물 건너갈 거야."

새는 이렇게 말하고 날개를 펼치더니 날아올라 사라져 버렸다. 엘리엇은 겁에 질려 꼼짝할 수 없었다. 보그다랑이 아아노르와 나눴던 얘기를 자세히 여왕에게 보고한다면 여왕은 갖은 수를 써서 엘리엇이 모래 상인을 만나지 못하게 할지도 몰랐다. 서둘러야 한다. 아주 빨리!

"이게 뭐지?"

여왕의 목소리가 우렁차게 울렸다.

여왕의 손가락은 엘리엇의 발을 가리키고 있었다. 엘리엇도 밑을 내려다보았다. 양피지! 완전히 잊어버리고 있었다.

"용이 여왕님께 남기고 간 거예요."

엘리엇이 대답했다.

"이리 주렴."

여왕의 목소리는 강압적이었다. 엘리엇은 둘둘 말린 양피지를 주워서 여왕에게 대령했다. 여왕이 손을 내밀어 양피지를 잡으려는 순간, 갑자기 그리핀이 가로막았다.

"조심하십시오, 여왕 폐하. 함정일 수도 있습니다. 비스트라면 무슨 짓이라도 꾸밀 수 있습니다. 양피지에 독을 묻혔을 수도 있고 아니면 폭발할 수도……."

"그렇군."

여왕은 몇 발자국 뒤로 물러섰다. 주위에 있던 사람들도 똑같이 뒤로 물러섰다.

"라자르, 양피지를 펼쳐서 읽어 봐."

고양이 라자르는 순순히 앞으로 걸어 나가서 양피지를 엘리엇의 손에서 낚아챘다. 그리고 양피지를 펴더니 가슴을 쫙 펴고 큰 소리로 읽기 시작했다.

친애하는 디틸드 여왕,

여왕도 잘 알다시피, 이제 더 이상은 당신이 우리의 구역이라고 부르는 이 더러운 게토에 우리 악몽들을 가두지 못할 것이다.

우리는 여왕이 원하든 원하지 않든 오니리아의 시민이며, 그에 걸맞은 대우를 원한다.

우리의 요구 사항은 다음과 같다.

우리가 갇힌 요새 에피알티스와 우리를 가둔 마법을 즉시 없애고 모든 악몽이 오니리아 왕국에서 자유롭게 통행할 수 있도록 한다.

정보급습치안국을 해체하고 우리의 위치를 알아내기 위해 우리 몸에 마음대로 삽입한 마이크로칩을 파괴한다.

악몽들에게 부과된 죄를 모두 사면해 주고 투표권을 돌려 준다.

대평의회에 악몽 대표 3인을 임명한다.

당신의 무분별함 때문에 우리는 우리가 원하는 것을 직접 얻을 수밖에 없다. 거기에 대해서는 의심하지 말라.

당신이 계속 고집을 피운다면 우리도 우리대로 행동에 나설 것이고 당신의 소중한 백성이 고통을 당할 것이다. 우리의 요구 사항을 모두 받아들일 때에만 당신의 딸을 다시 볼 수 있을 것이다.

비스트

라자르는 내용을 다 읽고 나서 여왕에게 양피지를 바쳤다. 여왕은 다시 한번 몇 줄을 읽어 내려가더니 화를 내며 양피지를 바닥에 내동댕이쳤다. 그리고 눈을 감았다. 여왕의 드레스가 평소와 비슷한 보라색으로 차츰 변했다.

"봤지, 엘리엇?"

여왕은 부드러운 목소리로 말했다.

"너에게 선택의 여지는 없어. 너는 우리를 도와서 내가 부탁한 군대를 만들어야 해. 그래야 악몽들을 물리칠 수 있어. 군대 없이는 이길 수 없다. 군대 없이는 아아노르를 다시 볼 수 없어."

"한 말씀 드려도 되겠습니까, 여왕 폐하?"

시구림이 끼어들었다.

"군대를 만들기에는 이미 늦었습니다. 이 어린 창조자가 제대로 된 군대를 만들어 내려면 몇 주는 걸릴 것입니다. 하지만 지금 시간이 없습니다. 비스트가 에피알티스를 빠져나와 궁 안까지 들어온 뒤 근위병들과 정보급습치안국의 대원들이 뻔히 지켜보는 앞에서 공주님을 납치했습니다. 더 지체하다가는 비스트가 악몽들을 모두 풀어 줄지도 모릅니다. 뿐만 아니라 에도니스를 공격할 수도 있습니다."

"무슨 말인지 잘 알겠어요, 시구림."

여왕은 지친 목소리로 말했다.

"그럼 다른 해결책이라도 있단 말인가요?"

"그렇습니다, 여왕 폐하."

"어떤 해결책이죠?"

"민감한 해결책이라서 여왕님에게만 말씀드려야 합니다."

여왕은 잠시 망설이더니 고문들에게 물러가라는 신호를 보냈다. 항의하는 웅성거림이 들렸지만 모두 자리를 떠났다. 고양이 라자르만 여왕의 발밑에서 비스트의 양피지를 잡고 웅크리고 있었다. 시구림은 의전을 책임지는 라자르를 뚫어지게 바라보며 말이 없었다.

"너도 가라, 라자르."

여왕이 명령했다.

"하지만……."

라자르가 항의했다.

"자리를 비켜 줘."

여왕은 단호했다.

라자르는 시구림을 노려보더니 세차게 몸을 떨고는 고개를 쳐들고 느릿느릿 자리를 비켰다. 엘리엇은 살랑살랑 흔들리는 커다란 꼬리가 멀어지는 모습을 지켜보았다.

엘리엇은 어찌할 바를 몰랐다. 자리를 피해야 하나? 여왕과 시구림은 엘리엇의 존재를 아예 잊은 듯했다. 거대한 몸집의 경호인들만 엘리엇을 말없이 뚫어져라 바라보았다.

"말해 보세요."

여왕은 라자르의 흰 꼬리가 수풀 뒤로 사라지자 입을 열었다.

"여왕 폐하, 우선 악몽들이 에피알티스 밖으로 나오지 못하도록 마법을 강화해야 합니다. 정찰 대원의 수도 늘려야 합니다."

시구림은 부드러운 목소리로 말했다.

"설마 겨우 이 말을 하려고 의원들을 물리치게 한 건 아니겠지요?"

여왕은 짜증을 냈다.

"그럴 리가 있습니까, 여왕 폐하. 다른 생각이 있습니다."

"그럼 말해 보세요."

여왕은 참을성을 잃어 갔다.

"폭동이 일어나지 않도록 해야 합니다."

시구림의 목소리는 한층 더 부드러워졌다.

"악몽들을 끌어들이는 건 비스트입니다. 악몽들은 그저 비스트를 따르는 것뿐입니다. 제 정보에 따르면 비스트의 뒤를 이을 부관이 없습니다. 우두머리만 없애면 폭동이 저절로 멈춘다는 소리지요."

"어떻게 비스트를 없앨 건가요?"

여왕이 단호하게 물었다.

"간단하고 효과적인 방법이 있습니다, 여왕 폐하. 우리 대원을 인간 세계로 보내면……."

엘리엇은 파르조가 자신의 방에 함께 이동했을 때 느꼈던 두려움을 떠올리며 미간을 찌푸렸다. 그러니까 오니리아 주민도 인간 세계에 갈 수 있구나. 하지만 어떻게? 오니리아의 주민이 파리에 나타나면 무슨 일이 벌어질까?

"인간 세계에 가서 비스트를 만들어 낸 사람을 죽이면 됩니다."

시구림은 한마디 한마디를 강조해서 말했다.

엘리엇은 부르르 몸을 떨었다. 사람을 죽인다고? 끔찍해! 왜 사람을 죽인다는 거지? 비스트를 없애고 싶다면 시구림이 직접 비스트를 공격하면 되는 것 아닌가?

디틸드 여왕은 드레스를 꽉 움켜잡았다. 드레스는 피처럼 붉은 색으로 변해 있었다. 여왕의 눈은 시구림을 응시했다. 시구림은 잠시 말을 멈추더니 엘리엇을 가리켰다. 엘리엇은 깜짝 놀랐다.

"저희에게 필요한 것은 바로 저 창조자가 가지고 있는 모래시계입니다."

엘리엇은 자기도 모르게 가슴으로 손을 가져갔다. 몸에서 분리된 정신이 영원히 오니리아를 떠다니는 걸 상상하며 한 걸음 뒤로 물러섰다.

"여왕님이 허락만 하시면 제가 모래시계를 빼앗겠습니다."

모든 일이 순식간에 벌어졌다. 여왕은 엘리엇을 잡으라고 근위병들에게 손짓으로 명령했다. 엘리엇이 어떻게 해 볼 사이도 없이 근위병 네 명이 엘리엇에게 뛰어들어 꼼짝 못하게 만들었다. 그중 한 명은 엘리엇의 가발을 벗기고 커다란 손으로 머리를 움켜쥐었다. 엘리엇이 눈을 감지 못하도록 손가락으로 눈꺼풀을 위로 잡아당겼다. 엘리엇은 아파서 비명을 지르고 빠져 나오려고 애썼지만 소용없었다. 움직일 때마다 고통스러웠다. 그런 자세로는 눈을 감을 수 없었고 당장 닥친 상황 때문에 다른 장소를 생각하는 일은 더욱 불가능했다. 도망칠 길은 없었다.

여왕은 눈을 감았다. 드레스에는 파란색과 빨간색이 동시에 나타나 번갈아 가며 더 많은 자리를 차지하면서 팽팽한 대결을 펼쳤다. 그러다가 결국 빨간색이 승리했다. 여왕은 눈을 뜨고 시구림에게 허락한다는 뜻으로 고개를 끄덕였다. 그러자 시구림은 일그러진 미소를 지으며 엘리엇에게 천천히 다가왔다.

"이거 놔!"

엘리엇은 소리를 질렀다.

"이거 놓으라고!"

근위병들은 꿈적하지 않았다. 시구림은 승리를 확신하며 계속 다가오고 있었다. 엘리엇은 여왕을 향했다.

"여왕 폐하, 군대를 만들겠습니다. 부디 모래시계는 빼앗지 말아주세요. 집으로 돌아가야 해요."

하지만 여왕은 눈을 피했다. 갑자기 발밑의 풀들을 내려다보며 생각에 잠긴 듯 보였다. 엘리엇은 더 크게 소리를 질렀다. 아무것도 하지 못한다는 것 때문에 화가 났다. 시구림은 가까이 와서 걸음을 멈추었다. 그는 서두르지 않았다. 상황을 장악하고 있다고 확신했기 때문이다. 엘리엇의 운명은 그의 손에 달렸다. 시구림은 목걸이를 끊어버리려고 부리를 벌렸다.

그 다음에 어떤 일이 벌어졌는지 엘리엇은 볼 수 없었다. 얼굴에 엄청난 양의 물세례를 맞았기 때문이다.

엘리엇이 다시 주변을 분간할 수 있게 되었을 즈음 움직임도 자유로워졌다. 그런데 시구림도 여왕도 보이지 않았다. 엘리엇은 온몸이 흠뻑 젖은 채 침대에 앉아 있었다. 앞에는 분홍색 파자마를 입은 작은 실루엣 두 개가 커다란 물통을 들고 있었다.

"그렇게 크게 잠꼬대를 하면 어떡해?"

쥘리에트가 투덜댔다.

"그렇게 해서 엄마를 깨우면 또 엄청 기분 나빠할 거야."

클로에도 거들었다.

"엄마가 엄청 기분 나쁠 땐 무섭다고!"

쌍둥이가 합창을 했다.

쌍둥이는 물에 젖은 오빠에게서 벗어나려고 발버둥 쳤지만 엘리엇은 두 골칫덩이들을 끌어안을 수밖에 없었다. 쌍둥이가 깨웠기 때문에 엘리엇이 목숨을 구할 수 있었던 것이다. 클로에와 줄리에트는 대부분 성가시기만 했는데 지금 이 순간만큼은 세상에서 가장 예쁜 여동생이었다.

2시간 뒤에도 엘리엇은 여전히 깨어 있었다. 쌍둥이가 자러 간 지도 한참 되었다. 엘리엇은 뽀송뽀송한 잠옷으로 갈아입고 매트리스를 뒤집어 깐 다음 젖은 이불 대신 침낭을 꺼냈다. 안전하게 잠을 자려고 모래시계는 서랍 속에 넣어 두었다.

하지만 신경이 곤두서서 잠들 수 없었다. 무시무시한 위험을 가까스로 피한 직후였다. 쌍둥이가 없었다면 시구림은 모래시계를 빼앗아 갔을 것이다. 그러면 엘리엇의 정신은 오니리아에 갇혀 버렸을 것이고, 현실 세계에 몸만 남아서 아빠처럼 움직이지 못했을 것이다. 생각만 해도 등에서 식은땀이 흘렀다. 아아노르를 잡아간 용은 또 어떤가. 아아노르를 어디로 납치해 간 것일까? 아아노르를 어떻게 하려는 것일까? 엘리엇은 공주가 안전하다고, 비스트는 여왕을 조종하기 위해 분명 아아노르를 살려 놓을 것이라고 믿으려 애썼다. 하지만 살려 놓는다는 것이 반드시 아아노르를 잘 대접한다는 뜻은 아니었다.

엘리엇은 불을 켰다. 심장이 두근두근했다. 자리에서 벌떡 일어난 엘리엇은 바닥에 뒹구는 물건들을 마구 뒤지기 시작했다. 옷, 볼펜, 클라라에게 물린 뒤 붙였던 밴드 등 온갖 잡동사니를 던져 버리고 찾아낸 것은 엄마의 스케치북이었다. 지난번에 할머니가 갖다 준 것이었다. 엘리엇은 스케치북을 뒤적이다 용이 그려진 곳에서 멈췄다. 파란 머리, 검은 머리, 빨간 머리가 붙은 용. 거만한 자태, 건방진 시선, 비늘로 덮인 거대한 꼬리, 세 머리가 짓는 악마 같은 미소…….

틀림없었다. 비스트였다.

아침에 시계 알람이 울린 뒤 15분 동안 엘리엇의 눈꺼풀은 계속 닫혀 있었다. 어제보다 더 피곤했다. 놀라운 발견을 한 뒤에 쉽게 잠들지 못한 탓이었다. 엘리엇에게 한 가지 생각이 떠올랐다. 불가능한 생각, 완전히 정신 나간 생각이었다. 쫓아버리려 했지만 끈질기게 자꾸 머릿속에 떠올랐다. 엄마도 모래시계를 가지고 오니리아에 갔던 것이다. 그리고 그곳에서 비스트를 만났던 것이다.

그런 생각이 들자 그 뒤로 한 가지 계획밖에 생각나지 않았다. 할머니에게 물어봐야 한다. 그래서 식탁 위에 놓인 새엄마의 메모를 발견하고는 이때다 싶었다.

엘리엇, 쌍둥이와 먼저 간다. 열쇠 잊지 마.

동생들은 오늘 저녁에 음악 수업이 있어.

아멜리 엄마가 집에 데려다주실 거야.

난 늦게 온다. 집 밖에 못 나가는 거 잊지 마.

내가 없는 틈타서 나갈 생각 하지 말고.

계속 전화 걸어서 집에 있는지 없는지 확인할 거니까.

저녁은 냉장고에 즉석 요리 있으니까 꺼내 먹어라.

학교에서도 얌전히 지내고!

새엄마가

추신 : 주말에 떠날 거니까 채비 잊지 마.

내일 수업 끝나는 대로 유로스타 타고 갈 거야.

엘리엇은 종이를 구겨서 주머니에 쑤셔 넣었다. 그리고 책가방과 점퍼, 열쇠를 챙겨서 아침도 거른 채 집을 나섰다. 5층까지 뛰어 올라가서 비노슈 부인의 집 초인종을 눌렀더니 베이지색 잠옷을 입고 머리에 컬을 만 비노슈 부인이 문을 열어 주었다.

"엘리엇, 왔구나. 오늘은 안색이 좋질 않네. 무슨 일 있니?"

"아니에요, 아무 일 없어요."

엘리엇은 거짓말을 했다. 누군가가 망치로 머리를 쿵쿵 내려치는 느낌이었다.

"할머니 계세요?"

"아니, 조금 전에 나가셨단다. 들렀다고 전하마."

실망한 엘리엇은 새엄마의 메모를 꺼내서 비노슈 부인에게 건넸다.

"할머니 들어오시면 이걸 좀 전해 주시겠어요? 그리고 오늘 꼭 뵈어야 한다고도요."

"알았다. 꼭 전할게."

엘리엇은 서둘러 고맙다고 말한 뒤 층계를 내려왔다.

오전 수업이 끝날 때쯤에야 배가 고프고 피곤도 몰려왔다. 배에서 꼬르륵 소리가 점점 더 크게 났다. 무이유피에 선생님이 지리 수업을 하는 동안 졸린 눈을 뜨고 있으려고 있는 힘을 다했다. 식당에서 게걸스럽게 점심을 먹고 나자 배고픔은 해결되었지만 피로는 사라지지 않았다. 오후 수업에서 엘리엇은 반에서 가장 처졌다. 투창 던지기도 꼴찌였고 라틴 어 수업은 그야말로 고문이었다. 최악은 영어 수업이었다. 피클스 선생님의 목소리가 어찌나 작고 단조로운지 엘리엇은 결국 교실 구석에 있는 따뜻한 난방기에 기대어 졸고 말았다.

5시를 알리는 종소리에 화들짝 놀라 깬 엘리엇은 좀비처럼 교문을 나섰다. 비가 다시 내리기 시작했다. 엘리엇은 버릇대로 어깨에 고개를 파묻고 땅만 쳐다보며 걸었다. 눈꺼풀이 저절로 감겼다. 세 걸음 정도 내딛었을 때 누군가와 정면으로 부딪혔다. 엘리엇은 죄송하다고 얼버무리고 다시 걷기 시작했다. 하지만 부딪힌 사람이 목덜미를 잡고 고개를 쳐들게 했다. 파란 눈, 흰 머리, 검은 무당벌레 무늬가 새겨진 빨간 우산…….

"할머니!"

엘리엇이 외쳤다.

"할머니를 뵙게 돼서 다행이에요."

"날 알아보지도 못하고 밟고 지나갈 뻔했잖니. 자, 어서 비를 피하자."

할머니는 따뜻한 카페로 엘리엇을 데려갔다. 구석에 있는 테이블로 가서 핫초코 두 잔을 주문했다.

"집으로 갈 걸 그랬나 봐요."

종업원이 멀어지자 엘리엇이 말했다.

"새엄마 메모 보셨어요? 제가 집에 있는지 확인하려고 전화할 거예요."

"그래, 봤단다. 하지만 집은 피하고 싶구나. 혹시 모르잖니. 크리스틴이 계획보다 빨리 퇴근할지도. 허락도 없이 내가 들어온 걸 보면 뭐라고 하겠니."

"화를 내겠죠. 분명히. 하지만……."

"전화라면 걱정하지 마라. 내가 생각해 둔 게 있으니."

할머니는 가방을 뒤지더니 만족스러운 미소를 지으며 엘리엇에게 종이 한 장을 내밀었다.

"자, 이걸 통신문 공책에 끼워 넣으렴."

엘리엇은 내용을 보고 깜짝 놀랐다. 영어를 가르치는 피클스 선생님의 메모와 학교를 상징하는 그림까지 인쇄되어 있었다. 엘리엇이 참석해야 할 보충 수업 시간표도 나와 있었다. 첫 번째 보충 수업은 오늘 저녁 6시까지였다. 통신문은 2주 전 날짜로 되어 있었고 할머니 사인이 있었다. 엘리엇은 모르는 통신문이었다. 보충 수업을 한다는 영어 선생님조차도 모르는 내용이었다.

"하지만 이건…… 어떻게 하신 거예요?"

"관리인 아들이 컴퓨터로 못 하는 게 없더구나."

할머니가 찡긋 윙크를 하며 말했다.

"크리스틴은 2주 전에 출장 중이었으니까 내가 사인한 걸 이상하게 생각하지 않을 거야. 의심하지 않을 거다. 쌍둥이는 6시 30분이 되어야 들어올 거고. 그러니까 6시 15분까지만 집에 들어가면 돼."

"와, 할머니 최고예요!"

"이제 왜 외출 금지를 당했는지 설명해 보렴."

할머니는 눈썹을 찌푸리며 말했다.

"수학 방과 후 수업에서 도망쳤어요."

"왜?"

"아빠를 보러 갔어요. 그래야만 했어요."

종업원이 다가와 김이 모락모락 피어오르는 핫초코 두 잔과 물 두 잔을 놓고 갔다. 할머니는 훈계를 하려다가 참고 슬픈 눈으로 손자를 살펴보았다.

"피곤해 보이는구나."

"네, 피곤해 죽겠어요. 눈이 저절로 감겨요. 영어 시간에 졸기까지 했어요."

"오니리아에 다녀온 탓이지. 평소만큼 쉬질 못하니 몸이 피로를 느끼기 시작하는 거야. 며칠 동안은 모래시계를 걸지 말고 자. 그래야 회복할 수 있어."

"그럴까요?"

"그럼. 쉬어야 해. 진짜로. 쉬지 못하면 쓰러질 거야."

"네…… 사실 오니리아에 다녀온 뒤로 잠을 잘 못 잤어요."

"무슨 일이 있었니?"

할머니는 걱정스러운 표정으로 물었다.

엘리엇은 할머니를 똑바로 바라봤다.

"할머니, 엄마도 모래시계를 가지고 오니리아에 간 적이 있어요?"

할머니는 당황하며 꼼짝 못 하더니 잔을 조심스럽게 내려놓았다.

"왜 그런 걸 물어?"

"엄마가 그린 용 말이에요. 할머니가 지난번에 가져다주신 스케치북에 있던……."

"그런데?"

"어젯밤에 그 용을 봤어요."

할머니는 깜짝 놀라서 무릎으로 테이블을 쳤다. 테이블과 잔들이 흔들릴 정도였다. 사람들이 할머니와 엘리엇 쪽을 바라보았다.

"정말 똑같은 용이었니?"

할머니는 호기심 어린 사람들에게 웃어 보이며 엘리엇에게 속삭였다.

"용은 다 똑같이 생겼잖아."

"같은 용이었어요. 확실해요."

할머니는 대답이 없었다. 충격을 받은 모습이었다.

"아니야, 그건 불가능해."

할머니가 중얼거렸다.

"뭐가 불가능해요?"

할머니는 다시 고개를 들었다. 마치 유령 같았다.

"네 엄마가 십 년 전에 죽었을 때…… 정말 이상했었지. 그렇게 젊은 나이에 잠을 자다가 죽다니……."

심장이 두근거리기 시작한 엘리엇은 자리에서 일어났다.

"그 일이 일어났을 때 나는 수술을 받으려고 며칠 전부터 입원 중이었다. 소식을 들었을 때 네 엄마가 나 없는 사이에 집에 가서 모래시계를 발견했다고 생각했지. 모래시계를 걸고 잠들었다가 뭔가 일이 틀어진 거라고……."

"왜 지금까지 말씀하시지 않았어요?"

"왜냐하면 그건 사실과 달랐으니까. 그 다음날 집에 가자마자 확인했단다. 모래시계는 내가 보관했던 장소에 그대로 있었어. 누가 만지지 않았다."

"하지만 어쩌면……."

"엘리엇."

할머니의 목소리에는 단호함과 부드러움이 동시에 깃들어 있었다.

"네 엄마는 모래시계를 쓴 적이 없어. 모래시계가 있는 줄도 몰랐단다."

"그럼 용은요? 똑같은 용이 확실해요."

"어떻게 확신하니? 네 생각은 가정일 뿐이야. 설사 네 말이 맞는다 해도 그걸로는 아무것도 증명할 수 없어. 네 엄마의 마법사가 꿈속에서 그 용을 만났을 수도 있잖아. 깨어난 뒤 기억이 나서 그림을 그린 것일 수도. 겉만 봐서는 모른단다, 엘리엇. 서둘러서 결론을 내리면 안 돼. 그때 내가 의심했던 걸 너한테 말해선 안 되었는데. 내가 어리석었다. 미안하구나. 이제 화제를 돌려 볼까?"

엘리엇은 할머니를 잘 알았다. 더 이상 이러쿵저러쿵해 봐야 소용이 없을 것이다. 하지만 할머니의 논리는 설득력이 없었다. 그림 속 용이 비스트라는 건 확실했다. 모래시계가 없다면 오니리아의 창조물을 그렇게 자세히는 기억하지 못할 것이다. 엘리엇은 여전히 녹지 않은 손으로 씁쓸하게 핫초코 잔을 쥐고 한 모금 마셨다.

"그보다 네가 겪은 모험을 얘기해 주렴."

할머니가 짐짓 명랑한 목소리로 말했다.

"조브는 만나 봤니?"

"아니요. 그럴 일은 없을 것 같아요."

"아니, 왜?"

"조브가 오니리아 왕국에서 공공의 적 1번이 되었으니까요."

"뭐라고?"

할머니는 방금 들이킨 물 한 모금에 하마터면 숨이 막힐 뻔했다.

엘리엇은 이틀 전부터 생긴 일을 전부 할머니에게 털어놓았다. 왜 조브를 찾아낼 수 없었는지, 넵탄의 수족관 집에서 어떻게 파르조를 풀어 줬는지, 어쩌다가 수사대에게 잡힐 뻔했는지, 어떻게 가까스로 도망쳤는지 말이다. 카치아와 파르조가 해 준 이야기와 그들이 도와주기를 거절했다는 말도 했다. 아아노르가 오자고라의 대상에 대해 알려 주어서 제대로 된 첫 번째 단서를 얻게 된 것, 그리고 비스트가 아아노르를 납치하는 걸 막지 못한 이야기도 들려주었다. 시구림이 모래시계를 빼앗으려 했고 쌍둥이가 엘리엇을 깨워 목숨을 구한 일까지 말이다.

엘리엇이 이야기를 해 나갈수록 할머니의 볼은 아름다운 분홍빛을 잃어 갔다. 마지막에는 너무 창백해져서 마치 환자 같았다.

"이렇게 된 거예요."

엘리엇이 말을 마쳤다.

"할머니, 대상을 찾을 수 있게 도와주세요. 적어도 왕궁의 창고를 찾는 것만이라도요. 그게 시작이 될 수 있을 것 같아요. 어떻게 해야 할지 잘 모르겠어요. 저한테 주실 만한 정보 없나요?"

할머니는 대답하지 않았다. 손으로 입을 가린 채 엘리엇을 바라보기만 했다.

"할머니? 괜찮으세요?"

"엘리엇."

할머니는 심각한 목소리로 말했다.

"이 여행이 너에게 너무 위험해지고 있어."

"저도 알아요. 어젯밤에는 정말 위험했죠."

"엘리엇, 진심으로 말하는 거야. 오니리아에 다시는 가지 않으면 좋겠구나. 꿈의 왕국에서 네가 무슨 일을 당하기라도 하면 그건 전적으로 내 잘못이다. 널 그곳에 보낸 게 나니까. 그렇게 되면 난 견딜 수 없을 거야."

"하지만 이렇게 그만둘 순 없어요. 단서까지 찾았는걸요."

"너무 위험해, 엘리엇."

"이 일을 하지 않으면 저는 평생 후회할 거예요. 제가 여기서 포기하면 제 인생은 어떻게 되겠어요? 어떻게 되겠느냐고요?"

"……."

"새엄마와 런던에 가겠지요. 할머니와 멀리 떨어져 살게 된다고요. 아빠를 구할 수 있다는 걸 알았지만 구하지 않은 채로요. 그렇게 되느니 차라리 죽겠어요."

"엘리엇."

할머니의 목소리가 떨렸다.

"이성적으로 생각해야지. 피곤해서 제대로 생각할 수 없는 거야."
"아무 말이나 하는 사람은 바로 할머니예요."
엘리엇이 소리치자 카페 안의 모든 시선이 엘리엇에게 향했다.
엘리엇은 잠시 침묵하더니 작은 소리로 말했다.
"할머니."
엘리엇의 목소리는 자신도 흠칫 놀랄 정도로 자신에 차 있었다.
"다른 방법은 없어요. 할머니도 제가 대상을 찾을 수 있도록 도와주세요."
할머니는 테이블 위로 손을 내밀었다. 눈가에는 눈물이 고였다.
"엘리엇, 모래시계를 다오. 제발."
"안 돼요."
"엘리엇!"
"안 된다고 했잖아요."
엘리엇은 단호했다.
"절대 아빠를 포기할 순 없어요. 절 도와주지 않으신다면 할 수 없죠. 할머니 도움은 필요 없어요. 저 혼자 대상을 찾아낼 거예요."
엘리엇은 자리에서 일어났다. 의자가 밀리는 소리가 크게 났다.
"핫초코 잘 마셨어요."
엘리엇은 냉담해졌다.
뒤도 돌아보지 않고 카페를 나선 엘리엇은 비가 억수처럼 쏟아지는데도 아랑곳하지 않고 리스본 가까지 서둘러 걸었다. 현관문을 닫자마자 전화벨이 울렸다.

"저 집에 있다고요!"

엘리엇은 수화기에 대고 고함을 질렀다.

그리고 새엄마가 뭐라고 대답할 사이도 없이 전화를 끊어 버렸다. 엘리엇은 욕실로 뛰어 들어가 뜨거운 물로 샤워를 했다. 나올 때는 벌겋게 익은 모습이었다. 그리고 잠옷으로 갈아입었는데 갑자기 초인종이 울렸다. 쌍둥이가 돌아왔다. 엘리엇은 냉장고에서 냉동 음식을 꺼내서 전자레인지에 돌린 다음 식탁 위에 툭 던졌다.

"오빠, 뭐야? 아직 시간이……."

클로에가 뭐라고 했다.

"잘 먹어라."

엘리엇이 말을 막았다.

"난 안 먹어. 너무 피곤해. 새엄마 들어오시기 전에 알아서들 침대에 들어가 있어, 알았지? 전화하면 받고 나 깨우지 마."

엘리엇은 방으로 들어가 침대에 털썩 쓰러졌다. 따뜻한 이불 속에서 금세 잠이 들었다.

모래시계는 걸지 않았다.

14 거미줄 감옥

아빠를 구하는 일에 할머니와 아아노르 중 누구를 더 믿느냐고 이틀 전에 물었다면 엘리엇은 어깨를 으쓱하고 주저 없이 할머니라고 대답했을 것이다. 하지만 이번 금요일, 아빠를 구하는 일에 도움을 주고 싶어 하고 또 도움을 줄 수 있는 사람은 아아노르밖에 없다고 엘리엇은 확신했다. 하지만 공주는 악몽들에게 잡혀갔다. 그러니 그 다음 할 일은 분명했다. 공주를 구해야 한다. 엘리엇은 할 수 있다고 생각했다. 모래시계를 걸지 않고 잠을 자고, 유로스타 안에서도 낮잠을 잔다면 몸도 많이 회복될 것이다. 그러면 다시 오니리아에 갈 수 있을 것 같았다.

아아노르를 생각하며 잠들기. 아아노르의 손을 잡기. 감옥에서 멀리 떨어진 곳으로 순간 이동하기. 계획은 간단했다. 성공할 수 있을 것이다.

먼저 잠부터 자야 했다. 하지만 쌍둥이가 난리법석을 피우는 바람에 그건 꿈도 못 꿀 일이었다.

크리스틴, 엘리엇, 클로에, 쥘리에트는 런던의 중심가에 있는 한 호텔에 짐을 풀었다. 붉은 유니폼을 입은 직원들과 교실보다 더 큰 방들이 있는 호화로운 호텔이었다. 쌍둥이는 흥분한 나머지 쉴 새 없이 재잘거렸다. 크리스틴은 벌써 세 번이나 쌍둥이의 방문을 열고 이제 그만 자라고 명령했다. 하지만 문이 닫히자마자 클로에와 쥘리에트는 영어로 말하는 척하면서 함께 잘 퀸 사이즈 침대에서 다시 펄쩍 펄쩍 뛰기 시작했다.

엘리엇은 참다 못해 침대에서 뛰쳐나와 쌍둥이를 한꺼번에 붙잡고는 잠옷 바람으로 추운 발코니에 가둬 버리겠다고 위협했다. 엘리엇의 말이 굉장히 설득력이 있었는지 쌍둥이는 잠을 자기로 했다. 그리고 몇 분 더 자기들끼리 속삭이더니 결국 잠이 들었다.

엘리엇도 드디어 잠을 청할 수 있었다.

엘리엇은 어둡고 축축한 감옥에 갇혀 있는 아아노르를 만나게 되리라 생각했다. 굶주린 쥐 몇 마리와 반쯤 미친 노인네가 아아노르의 유일한 이웃일 줄 알았다. 그러나 공주를 만난 곳은 생각과는 다르게 금박 장식이 넘치는 화려한 곳이었다. 아아노르는 복잡한 장식이 들어간 화장대 앞에서 생각에 잠겨 있었다. 베르사유 궁을 방불케 하는 커다란 방에 앉아 있으니, 아아노르는 아주 작아 보였다.

"엘리엇!"

아아노르는 거울 속에 비친 엘리엇의 모습을 보자마자 외쳤다.

그리고 자리에서 일어나 엘리엇에게 뛰어갔다.

하지만 거미여자들이 더 빨랐다. 단 몇 초 만에 엘리엇과 아아노르는 튼튼한 거미줄에 돌돌 말려 꼼짝할 수 없게 되었다. 엘리엇은 깡충깡충 뛰어서 아아노르에게 다가가려 했지만 거미여자들이 달려들어 엘리엇을 바닥에 쓰러뜨렸다. 다른 거미여자는 아아노르를 붙잡고 있었다. 엘리엇과 아아노르 사이의 거리는 2미터도 채 안 되었지만 가까이 다가가려 하는 건 소용없는 짓이었다. 망할 거미여자들이 꽉 잡고 있었고 거미줄 때문에 손가락 하나 까딱할 수 없었기 때문이다.

"도망쳐!"

아아노르가 소리쳤다.

"빨리! 여기는 위험해. 비스트가 널 보면 주저 없이 죽일 거야."

"하지만 나한테 말해 줘야……."

"말할 시간 없어. 곧 있으면 비스트가 나타날 거야. 빨리 도망쳐, 제발!"

복도에서 누군가의 서두르는 발걸음이 들렸다. 아아노르의 말이 맞았다. 비스트가 다가오고 있었다. 엘리엇은 비스트의 상대가 되지 못했다. 계획이 실패로 돌아가자 분통이 터졌지만 엘리엇은 할 수 없이 눈을 감았다.

방문이 열리는 순간 엘리엇은 사라졌다.

엘리엇은 실력이 늘었다. 비스트가 나타날 위기의 순간, 순간 이동을 단박에 성공했다. 어쩌면 장소에 따라서 순간 이동이 더 쉬워지는 것일지도 모르겠다. 속속들이 잘 아는 장소여서 많이 생각하지 않아도 되었으니 말이다. 아니면 도망갈 수 있다는 걸 확신해서 성공한 것일까?

사실 엘리엇은 겁도 나지 않았다. 지난번에 오니리아에 왔을 때는 실패의 연속이었는데 이번에는 어떻게 이런 자신감이 생겼는지 엘리엇 스스로도 알 수 없었다. 하지만 할머니와 다툰 뒤 엘리엇의 결심은 그 어느 때보다 단단해졌다. 언제 어떻게 성공할지는 몰랐지만 반드시 아빠를 구해 낼 것이다. 그것은 확신이었다.

엘리엇은 침대에 누워 천장에 있는, 물이 샜을 때 생긴 갈색 자국을 뚫어져라 응시했다. 낮이었고, 오니리아에 있는 자기 방이었다. 건물 지붕에서 비둘기가 구구구구 울고 있었다.

엘리엇은 혼자였다. 안전했다. 정리를 해 볼 시간이었다.

아아노르는 건강해 보였다. 제대로 된 대우를 받는 것 같아 안심이었다. 덕분에 새로운 구출 작전을 세울 시간을 벌었다. 거미여자들이 24시간 아아노르를 감시하고 있다면 순간 이동 말고 조금 더 복잡한 계획이 필요하다. 게다가 이젠 깜짝 등장의 효과마저도 노릴 수 없게 되었다.

엘리엇은 공주를 구할 계획을 이리저리 궁리해 보았다. 하지만 매번 결론은 같았다. 정보가 부족하다는 것. 아아노르가 어디에 갇혀 있는지, 악몽들의 정체가 무엇인지, 그들의 하루 일과가 어떻게 되는지 아무것도 몰랐다. 악몽들의 약점을 알아낼 방법이 없었다. 그 중요한 정보를 얻지 못한다면 아무것도 할 수 없다.

무력감에 화가 난 엘리엇은 아아노르의 구출 작전을 뒤로 미룰 수밖에 없었다. 아아노르가 괴롭힘을 당하지 않기를 바랄 수밖에 없었다. 여왕을 조종하기 위해서 비스트가 아아노르를 살려 두려 할 것이라고 생각하면서 마음을 다독일 수밖에…….

엘리엇은 침대 위에서 세차게 돌아누웠다. 구출 계획을 세우느라 머리를 쓰는 일은 소용없어졌으니 다른 일에 집중해야 했다. 왕궁의 창고에 잠입해야 한다. 하지만 이것도 간단해 보이지 않았다. 창고로 안내해 줄 아아노르도 없고 그렇다고 무작정 여기저기 알아보고 다니고 싶지도 않았다. 넵탄 때문에 배운 것이 있었다. 조브나 오자고라가 오니리아의 금기였다면 왕궁의 창고도 그러지 말라는 법은 없었다.

엘리엇은 갑자기 벌떡 일어났다. 입가에 웃음이 번졌다. 걱정 없이 질문을 할 수 있는 사람이 생각났기 때문이다. 정보급습치안국에 신고하지 않을 사람. 엘리엇을 이상한 사람으로 보지 않을 사람. 엘리엇에게 갚을 빚이 있는 사람.

파르조.

급변

승려는 아무것도 묻지 않았다. 그저 엘리엇을 주의 깊게 관찰하더니 입고 있던 승복 안을 뒤졌다. 그러더니 구깃구깃 접힌 엽서 한 장을 꺼냈다. 엽서에는 지상낙원 같은 섬 한가운데에 세워진 등대가 그려져 있었다. 뒷면에는 딱 두 마디가 적혀 있었다.

고맙습니다.

카치아 드림

"여기서 멀어요?"

엘리엇이 물었다.

"문 스무 개는 지나야 하지."

승려가 대답했다.

"하지만 모르는 사람에게는 위험한 길이야. 네 스스로 방법을 찾아서 가는 게 더 좋을 거다."

엘리엇은 늙은 승려의 무표정한 얼굴을 살폈다. 승려는 알고 있는 게 틀림없었다. 엘리엇의 정체를 그는 알고 있다. 엘리엇과 파르조, 카치아가 수도원 마당에서 나눴던 이야기를 엿들은 것일까? 처음 만났던 붉은 문 세 개가 있는 방에서 몇 분 전에 엘리엇이 마법처럼 갑자기 나타난 걸 본 것일까?

"이 엽서를 이용하렴. 다만 엽서는 내가 가지고 있어도 될까? 간직하고 싶어서."

"네, 고맙습니다."

더 이상 할 말이 없었다.

엘리엇은 승려가 들고 있는 엽서에 정신을 집중했다. 등대의 모양, 창문의 위치, 전등의 비율 등 모든 특징을 관찰했다. 바위, 야자나무, 모래사장, 투명한 바닷물의 빛깔도 놓치지 않았다. 준비가 되자 엘리엇은 승려에게 고개를 끄덕였다.

"행운을 빈다."

승려가 말했다.

엘리엇은 눈을 감았다.

작은 섬은 엽서보다 훨씬 더 아름다웠다. 누구나 꿈꾸는 그런 장소였다. 옥색 초호, 야자나무, 갖가지 색깔의 꽃, 눈부신 태양, 그리고 섬에서 가장 높은 곳에 서 있는 웅장한 흰 등대……. 파르조와 카치아가 이렇게 좋은 곳에 살고 있다니.

나뭇잎이 바스락거리는 소리에 엘리엇은 금세 정신을 차렸다. 가까이 있는 야자나무들로 고개를 돌렸다.

"엘리엇, 내 친구!"

파르조가 멋지게 나무를 타고 내려오며 외쳤다.

"다시 보니 반갑다. 그렇지 않아도 네 생각하고 있었는데."

"안녕, 파르조. 내가……."

"우리 섬에 잘 왔어. 뭐 마실래? 아님 뭐 먹을래? 코코넛 열매 줄까?"

"고맙지만 괜찮아. 너한테 물어볼 게 있어서. 그러니까……."

"여긴 어떻게 왔어?"

파르조는 엘리엇의 말을 통 들으려 하지 않았다.

"잠들면서 그리운 친구 파르조를 생각했구나?"

"아니야. 오니리아에는 벌써 와 있었어. 다음번까지 기다릴 수 없어서. 지난번에 카치아를 잘 아는 것 같은 스님이 생각났지."

"아, 쿤주 스님이 우리가 있는 곳을 알려 주신 거야? 우리는 원래 우리 집에 침입하는 사람들을 반기지 않아. 길을 아는 사람도 거의 없고."

엘리엇은 괜히 파르조를 만나러 왔나 하는 생각이 들기 시작했다.

"하지만 넌 침입자가 아니니까."

파르조는 명랑하게 말했다.

"자, 가자. 구경시켜 줄게."

"카치아 있어?"

엘리엇은 카치아를 만나고 싶지 않았다.

"아니."

파르조는 엘리엇을 등대로 이끌었다.

"조금 전에 나갔어."

파르조는 문을 밀더니 엘리엇에게 들어오라고 했다.

1층은 햇빛이 잘 드는 커다란 방으로 부엌 겸 거실로 쓰였다. 엘리엇은 파르조를 따라 나선형 계단으로 위층에 올라갔다. 2층에는 이상한 욕실이 있었다. 최신식 샤워 시설 옆에 여러 가지 크기의 플라스틱 통이 놓여 있었다. 물이 담겨져 있는 통도 있었고 모래와 진흙이 담긴 통도 있었다. 심지어 봉이 달린 통도 있었다.

"이렇게 준비해 두면 내가 어떤 모습으로 변하건 간에 목욕을 할 수 있어."

파르조는 자랑스럽게 설명했다.

"그렇구나."

엘리엇은 욕실 광경에 당황했다.

"하지만 하마로는 변신할 수 없어. 계단을 올라오지 못할 테니."

위로 올라갈수록 계단은 좁고 어두워졌다. 벽에 뚫어 놓은 아주 작은 구멍 덕분에 앞을 분간할 수 있었다. 희한하게도 어떤 구멍에서는 다른 구멍보다 햇빛이 훨씬 더 많이 들어왔다. 엘리엇은 햇빛이 덜 들어오는 구멍으로 다가갔다. 밖을 내다본 엘리엇은 깜짝 놀라 숨이 멎었다. 어두컴컴한 하늘, 억수처럼 쏟아지는 비, 매서운 바람, 높은 파도가 치는 바다 등 우울한 광경이 펼쳐졌기 때문이다.

"와, 날씨가 변덕스럽네."

엘리엇이 말했다.

"아, 아니야. 날씨가 변한 게 아니라 이 섬이 원래 그래. 한쪽은 항상 맑은 날씨이고, 반대쪽은 항상 나쁜 날씨야. 두 날씨가 만나는 지점이 바로 등대야. 문은 다행히 맑은 날씨 쪽에 있어. 하지만 반대편으로 돌아가면 짙은 안개를 만나게 될 거야."

"믿을 수 없어. 조금 전까지만 해도 섬 전체가 맑았는걸."

"그건 환상이야. 다른 쪽으로 넘어가면 섬 전체의 날씨가 나빠 보여. 직접 경험해 보라고 권하고 싶지는 않다. 우울하거든."

엘리엇은 다음 구멍이 나올 때까지 계단을 올라갔다. 다음 구멍에서 바라보니 하늘은 여전히 파랬다.

"이럴 수가!"

엘리엇과 파르조는 카치아의 방을 지나 파르조의 방에 도착했다. 두 방에는 모두 작은 나무 문이 있었다. 꼭대기에 도착하자 두 개의 작은 창문이 나 있는 둥근 방이 나왔다. 창문 하나는 밝았고 다른 창문은 어두웠다. 기분 좋은 사향 냄새와 오래된 양피지 냄새가 났다.

"이곳은 카치아의 서재야."

파르조가 불을 켜며 말했다.

둥근 벽 전체에 세워진 책장은 잡동사니 통들과 엄청난 양의 책으로 가득 차 있었다. 바닥에는 두꺼운 담요가 깔려 있고 쿠션도 많아서 편안하게 쉬기 좋았다. 방 중앙에는 이젤이 떡하니 버티고 있었고 주위에 물감과 붓이 흩어져 있었다.

"카치아가 그림을 그릴 줄은 몰랐는걸?"

엘리엇이 감탄했다.

"그림을 그린다고 말할 정도는 아니야. 카치아가 그린 걸로는 바나나 하나도 못 살 거야."

파르조가 투덜댔다.

"뭐? 그렇게 못 그려?"

"직접 봐."

파르조는 이젤을 돌리며 말했다.

엘리엇은 카치아가 그린 그림을 보고 놀라서 딸꾹질을 했다. 동그라미 두 개, 선 네 개, 점 두 개……. 아무렇게나 그려 놓은 사람이었다. 서너 살짜리 아이들이 그릴 법한 수준이었다.

"연습을 5년이나 했어. 그림 그리고 색칠하는 법을 배우려고 돈을 모으기만 하면 죄다 책 사는 데 썼지. 그림 수업까지 받았어."

"그런데도……."

"그런데도 카치아는 그림을 그릴 줄 몰라. 아마 평생 못 그릴 거야. 카치아의 마법사가 처음부터 그렇게 정해 놓았거든."

"노력해 봐야 안 되는 걸 알면서도 이러는 이유가 뭐야?"

"모르겠어."

파르조는 고개를 가로저었다.

"음악도 시도해 봤지만 역시 대실패였어. 요리도 마찬가지였고. 달걀 하나 제대로 익히지 못한다니까."

파르조는 잠시 생각에 잠겼다.

"어쨌든 내가 보여 줬다고 말하면 안 돼."

파르조는 이젤을 제자리로 돌려놓으며 신신당부했다.

"알게 되면 난리 날 거야."

"걱정 마. 아무 말도 안 할게."

파르조는 커다란 빨간 방석 위에 앉더니 엘리엇에게 자기 앞에 앉으라고 신호를 보냈다. 엘리엇이 앉자마자 파르조는 몸을 앞으로 숙이더니 눈을 가느다랗게 뜨고 엘리엇에게서 뭘 알아내려는 듯 바라보았다.

"자, 왕국의 새로운 공공의 적 1호를 위해 내가 할 수 있는 걸 말해 봐."

"엥? 무슨 말이야?"

엘리엇은 깜짝 놀라 되물었다.

"몰랐어?"

파르조도 놀란 눈치였다.

"조브는 이제 한물갔어. 오니리아의 지명 수배자 1호는 바로 너라고, 친구야."

"말도 안 돼! 뭔가 착오가 있는 거야. 아니면 네가 날 놀리는 것이든지. 농담하는 거지?"

"아니. 잠깐, 내가 보여 줄게."

파르조는 책장으로 뛰어가더니 튜브 모양의 보라색 플라스틱 병을 집어 들었다. 그리고 은색 뚜껑을 열었다. 빨간 방석으로 돌아온 파르조는 마개에 연결된 은색 원에 숨을 불어넣었다. 그랬더니 여러 색깔의 거품들이 날아올랐다.

그중에서 보라색 거품이 점점 커지더니 볼링공만큼 부풀었다. 그 안에서 뭔가가 움직였다. 거품은 어떤 영상을 내보내고 있었는데, 방의 어느 곳에서 들여다보더라도 잘 보였다. 텔레비전보다 훨씬 좋았다. 그 안에서는 아주 우아한 젊은 여자가 또랑또랑한 목소리로 말하고 있었다.

"여러분, 안녕하십니까? 오늘의 거품뉴스 헤드라인입니다. 먼저 안전 관련 소식입니다. 정보급습치안국이 굴뚝 청소부 가족을 구출했습니다. 역시 안전 관련 소식입니다. 아아노르 공주의 실종에 관한 수사가 진행 중인 가운데 어제 세 명의 목격자 진술이 있었습니다. 다음은 교통 소식입니다. 오늘 오전 심각한 교통 체증이 있었습니다……."

파르조가 손가락으로 거품을 터뜨리자 아나운서의 모습도 사라졌다. 또 다른 거품이 커지기 시작했다. 파르조는 그 거품과 다른 거품 몇 개도 터뜨렸다. 그러자 새빨간 거품 하나가 커지기 시작했다. 엘리엇은 거품 속에서 자신의 얼굴이 나오는 것을 보고 경악했다. 고막을 찢을 듯한 사이렌 소리가 울려 퍼지고 무서운 목소리가 방 안을 가득 채웠다.

"알립니다! 알립니다! 아아노르 공주 납치 사건 수사와 관련하여 엘리엇이라는 사람을 찾습니다. 이 사람은 매우 위험한 인물입니다. 이 사람의 소재에 관한 정보를 아는 분은 즉시 정보급습치안국으로 신고하시기 바랍니다. 이것은 여왕님의 명령입니다. 이 사람에게 도움을 주는 사람은 누구든지 무거운 처벌을 받을 것입니다."

엘리엇은 듣고도 믿지 못했다.

"난 아무 짓도 안 했어!"

엘리엇이 소리를 질렀다.

"그래?"

엘리엇의 등 뒤에서 여자애 목소리가 들렸다.

엘리엇은 서둘러 뒤를 돌아보았다. 카치아가 마지막 계단을 밟고 서 있었다.

"오는 소리 못 들었는데. 불편하면 우리가 자리를 옮길까?"

파르조가 미안한 듯 물었다.

"오늘만 봐준다."

카치아가 차갑게 말했다.

카치아는 방으로 들어오더니 파르조를 밀어내고 방석에 앉았다.

"그러니까 공주를 납치한 건 네가 아니라는 말씀?"

"그래. 난 공주를 보호하려고 했어."

"안타깝네. 널 대단하다고 생각할 뻔했어. 납치는 고집불통인 사람들의 입을 여는 좋은 방법이거든."

엘리엇은 입을 다물지 못했다. 날치기 파르조와 양심 없는 카치아에게는 선과 악의 개념이 불분명한 게 틀림없었다.

"네가 아니라면 공주를 납치한 건 누구지?"

카치아가 물었다.

"악몽이야."

엘리엇의 목소리가 어두워졌다.

"사람들이 비스트라고 부르더군."

"비스트!"

파르조가 외쳤다.

"맞아. 난 아무것도 할 수가 없었어. 정보급습치안국의 매들도 마찬가지였고. 그놈의 거미여자들이 너무 강했어."

"비스트가 에피알티스를 빠져나왔다고?"

파르조가 물었다.

"게다가 왕궁 안에서 공주를 납치하기까지?"

"맞아."

"이거 완전 심각한걸! 비스트는 원래 삼엄한 감시를 받는데 말이야. 거품뉴스가 이 뉴스를 내보내지 않은 것도 이해가 가네. 비스트가 정찰대를 따돌린 걸 알게 되면 오니리아 주민 전체가 두려움에 빠질 테니까. 그럼 공포에 질린 사람들이 너도나도 도망치려 할 테고……."

"그만하면 됐어."

카치아가 파르조의 말을 끊었다.

"비스트가 원하는 걸 말했어?"

"양피지를 남겼어. 악몽들을 풀어 달라고 했고 대평의회에 대표를 두게 해 달라고 했지. 또 정보급습치안국의 해체를 요구했어."

"아, 그건 나도 바라는 바야."

파르조가 끼어들었다.

"그 광대들이 없으면 좋긴 하지."

카치아가 중얼거렸다.

"그럼 무슨 짓을 했기에 너한테 그런 일이 벌어진 거지?"

"나도 몰라."

"그럼 알아내야지, 친구야. 납치 사건이 있고부터 거품뉴스를 통해 네 얼굴이 오니리아 전역에 계속 방송되고 있어. 사흘만 지나 봐.

알아보는 사람들 때문에 아마 한 발자국도 밖으로 나가지 못할걸?"

파르조가 말했다.

"무슨 이유건 그건 중요하지 않아. 놈들이 널 찾고 있어. 납치 사건은 핑계일 뿐이야."

카치아가 말했다.

"왜 그렇게 널 잡고 싶어 하는지 알아내야 해. 아직도 군대를 만들어 달라고 해?"

"아니……."

엘리엇은 말을 끝내지 못했다. 물론 여왕이 왜 전국을 샅샅이 뒤져서라도 엘리엇을 찾아내려 하는지 알고 있었다.

"시구림 때문이야."

"시구림? 정보급습치안국 국장 말이야?"

카치아가 얼굴을 찡그리며 물었다.

"응. 날 원하는 게 아니라 모래시계를 찾는 거야. 모래시계를 빼앗으려는 순간에 겨우 도망쳤어."

"모래시계?"

파르조가 물었다.

"그걸로 뭘 하려고?"

"인간 세계에 요원을 보내서 비스트를 만들어 낸 사람을 죽이려는 거야. 왜 그렇게 하려고 하는지는 모르겠어. 비스트는 오니리아에 있으니까 비스트를 죽이고 싶으면 에피알티스로 요원을 보내면 될 텐데. 비스트를 만든 사람이 무슨 죄라고?"

카치아와 파르조는 아무 말이 없었다. 카치아의 얼굴이 긴장으로 일그러졌고 파르조는 신경질적으로 꼬리를 잘근잘근 씹었다.

"불변의 법을 어기려 하고 있어."

카치아가 비현실적인 목소리로 중얼거렸다.

"뭘 어긴다고?"

엘리엇이 물었다.

"불변의 법."

카치아가 허공을 바라보며 대답했다.

"오니리아의 왕과 여왕들이 수호해야 할 법이지. 그 어떤 경우에라도 어겨서는 안 되는 법이야. 이 법을 어기면 오니리아의 안정과 조화가 깨져. 불변의 법은 열 개 조항으로 되어 있어. 첫 번째 조항이 '오니리아 주민은 직접이건 다른 사람을 통해서건 모래의 주인이 되어서는 안 된다'야."

엘리엇은 모래를 찾는 자와 그들에게 말을 걸어서는 안 되는 금지령을 떠올렸다.

"두 번째 조항은 '오니리아 주민은 인간 세계로 가면 안 된다. 그 어떤 이유를 막론하고 절대 가면 안 된다'고."

이번에는 파르조가 말했다.

"누군가 두 번째 조항을 어긴 적은 없었어?"

엘리엇이 물었다.

"없어. 오니리아 역사상 단 한 번도."

카치아가 대답했다.

"과거에 어떤 이들이 다른 조항들을 어긴 적은 있었어. 그리고 항상 재앙을 불러 일으켰지."

"하지만 인간 세계에 갈 권한이 없다면 모래 상인은 어떻게 모래를 뿌릴 수 있지?"

엘리엇이 물었다.

"오니리아 주민이라고 했잖아."

파르조가 설명해 주었다.

"모래 상인은 오자고라에 살아. 오자고라 주민들은 네가 사는 세계에 갈 수 있어. 불변의 법은 그들에게 해당되지 않아. 하지만 시구림과 그 패거리에게는 해당되지. 무슨 수를 써서라도 모래시계가 그들 손아귀에 넘어가지 않도록 해야 해."

"그럼 잘 숨기만 하면 되겠군."

엘리엇이 분위기를 바꿔 보려고 가벼운 목소리로 말했다.

"그렇지, 친구야."

파르조가 등을 퍽 하고 치며 장단을 맞췄다.

"그걸로는 모자라."

카치아가 말했다.

카치아는 뭔가 결심한 표정으로 엘리엇을 바라보았다.

"오자고라에 가겠다는 생각은 지금도 변함없어?"

"그래."

"내가 한 말을 듣고도 포기하지 않았니?"

"응. 모래 상인을 찾아서 아빠를 꼭 구할 거야."

카치아는 아무 말 없이 엘리엇의 얼굴만 보았다. 엘리엇은 카치아의 날카로운 시선을 당당하게 마주 보는 자신이 놀라웠다. 엘리엇의 결심은 그 어느 때보다 강했다.

"너 정말 한고집 하는구나."

카치아가 결국 입을 열었다.

카치아가 칭찬을 하는 건지 욕을 하는 건지 알 수 없었다.

"지금부터 네가 오니리아에 있는 동안에는 밀착 경호를 할 거야. 정보급습치안국한테 잡히지 않도록 보호해 줄게."

엘리엇은 귀를 의심했다. 카치아가 도와주겠다고 한 건가? 거의 강요하는 것 같지만.

"정말이야? 그래 줄 수 있어?"

"그래. 내 옆에서 다니면 아무도 모래시계를 가져갈 수 없을 거야. 내가 지킬 거야."

"나도!"

파르조가 외쳤다.

엘리엇의 입가에 웃음꽃이 활짝 폈다. 오자고라에 갈 수 있도록 도와줄 사람이 둘이나 되다니! 뜻밖의 행운이었다.

"친구들아, 고마워. 경호원이 둘이나 되다니 황송한걸."

파르조는 웃음을 터뜨리며 팔뚝 근육을 자랑하기 시작했다. 하지만 카치아는 못 먹을 걸 먹은 표정이었다.

"앞서가지 마."

카치아는 기분 나쁜 목소리로 말했다.

"우리가 친구라고는 하지 않았어. 네 모래시계가 정보급습치안국의 손에 들어가는 게 싫을 뿐이야."

카치아의 냉담함에 엘리엇은 기운이 빠졌다. 파르조에게 눈길을 돌리니 파르조는 괜찮다는 듯 얼굴을 찡그리며 엘리엇을 위로했다.

"오자고라에 갈 계획을 세웠어."

카치아가 경쾌한 목소리로 말했다.

엘리엇은 카치아를 뚫어져라 바라보았다. 이틀 전만 해도 모래 상인이 사는 곳에 가는 것은 불가능하다고 했던 애가 갑자기 그곳에 갈 계획이 생겼다고?

"올드 봉크에게 잠깐 다녀왔잖아."

카치아는 마치 오래전부터 계획한 일이라는 듯 말했다.

파르조가 다가왔고 엘리엇은 귀를 쫑긋 세운 채 자리에서 일어났다.

"설득 끝에 아는 걸 모두 털어놓게 했거든."

엘리엇은 카치아의 설득 방법에 손과 발, 가지고 다니는 무기도 포함되었는지 묻고 싶지 않았다.

"오자고라에 갈 수 있는 유일한 방법은 그곳에 가는 오자고라 주민을 따라가는 거야. 오자고라 주민 중에 특히 젊은이들이 오니리아에 몰래 다녀가곤 하는 모양이야."

"오자고라 주민을 어떻게 알아 봐?"

파르조가 물었다.

"인간과 똑같이 생겼어. 처음에는 눈에 띄는 차이점을 알아보지 못하지. 하지만 올드 봉크 말로는 공격을 받으면 사람보다 세 배는 빠른 속도로 도망칠 수 있다는 거야."

"그럼 네 계획은 뭐야?"

엘리엇이 물었다.

"아주 간단해. 인간을 만나면 무조건 공격하는 거야. 그러다가 유난히 빠른 속도로 도망치는 사람이 있으면 파르조가 치타로 변해서 그 사람을 잡는 거지. 그런 다음에 우리를 오자고라에 데려가도록 만들면 돼. 넌 내 옆에 붙어 있으면 되고."

엘리엇은 어이가 없었다. 카치아의 계획은 폭력적이고 비효율적이었다. 엘리엇에게는 시간이 없다는 것을, 그리고 음식을 구하는 트롤이나 쓸 법한 방법은 아무 소용없으리라는 것을 카치아에게 어떻게 말하지?

"시간이 걸릴 텐데."

엘리엇이 입을 열었다.

"엘리엇, 더 좋은 계획이라도 있나 보지?"

카치아는 엘리엇을 무섭게 노려보며 물었다.

"응. 사실, 아아노르가 생각해 낸 계획이야."

엘리엇은 예의 바르게 굴려고 노력하며 답했다.

"그 가시덩어리가 뭐라고 했어?"

"아아노르는 용감한 애야. 가시이랑은 거리가 멀어. 아아노르의 계획이 네 계획보다 백배는 낫거든?"

엘리엇은 결국 폭발했다.

카치아는 재미있다는 표정이었다.

"이것 봐. 젖은 닭처럼 풀이 죽어 있을 때보다 화내니까 훨씬 더 믿을 만하잖아? 그래, 그 용감한 소녀가 뭐라고 했어?"

엘리엇은 화가 뻗쳤지만 지금 해야 할 일은 질문에 답하는 것뿐이었다.

"대상 이야기를 했어. 대상이 오자고라에 가져갈 물건을 실으러 에도니스에 자주 온다고 했지. 물건은 왕궁의 창고에서 출발해서 비밀 장소에서 대상에게 배달된다고 해. 여왕과 궁내 대신만 비밀 장소가 어디인지 알고 있대. 아아노르는 왕궁의 창고에 가서 실릴 물건을 살피자고 했어. 그 물건들이 우리를 대상에게 데려다줄 거고 대상은 우리를 오자고라로 데려다줄 거야."

"천잰데? 진짜 천재야!"

파르조가 외쳤다.

엘리엇과 파르조는 카치아를 돌아보았다. 카치아는 눈을 반쯤 감고 가만히 서 있었다.

"훌륭한 계획이군."

카치아가 마침내 입을 열었다.

"좋아."

"잘됐네!"

엘리엇도 신이 났다.

"유일한 문제는 시간 내에 움직여야 한다는 거야."

"왜?"

파르조가 물었다.

"보그다랑이라는 스파이 새가 아아노르와 내가 하는 얘기를 엿들었기 때문이지. 지금은 여왕의 눈 밖에 났지만 여왕이 다시 불러들이기만 하면 모든 걸 일러바칠 거야. 그러면 내가 대상을 따라갈 거라는 걸 여왕도 알게 되겠지. 여왕은 그 기회를 노릴 거야."

"그럼 한시도 지체할 수 없네."

카치아가 말했다.

"파르조, 왕궁 창고에 가 본 적 있다고 하지 않았어?"

"응."

"우리 데려갈 수 있지?"

"물론이지."

파르조는 상체를 한껏 부풀리며 장담했다.

"대부분의 사람들은 창고에 들어갈 수 없어. 경비가 삼엄하거든. 하지만 변신의 왕 파르조에게는 그쯤은 어린애 장난이지. 누워서 떡 먹기, 식은 죽 먹기야. 버터 속으로, 풍차 속으로, 큰 신발 속으로, 28도의 물속으로 들어가는 것처럼 쉽다고……."

엘리엇과 카치아는 만난 뒤 처음으로 긴장이 풀린 눈길을 교환했다. 서로의 마음을 이해하는 데 말이 필요 없었다. 엘리엇은 눈을 감고 물이 가득 담긴 커다란 양동이를 떠올렸다. 눈을 뜨자마자 카치아가 30리터나 되는 차가운 물을 파르조의 얼굴에 부었다. 파르조는 몸을 부르르 떨며 물을 털어 내면서 고래고래 소리를 질렀다. 카치아와 엘리엇은 그 모습을 재미있게 바라보았다.

엘리엇은 행복감에 젖어 들었다.

더 이상 엘리엇은 혼자가 아니었다.

삼엄한 경비

엘리엇과 카치아는 벌써 20분째, 키가 자신들의 두 배나 되는 나무들이 빽빽이 들어선 숲에서 쉴 틈 없이 풀을 베며 앞으로 나아가고 있었다. 파르조는 기린으로 변신해서 가야 할 방향을 가르쳐 주었다.

"이쪽으로 가면 되는 거야?"

카치아가 벌써 세 번째 물었다.

"제자리에서 빙글빙글 도는 느낌이야."

"걱정 붙들어 매셔."

파르조는 카치아를 안심시켰다.

"키 큰 풀을 피하려면 이렇게 돌아서 갈 수밖에 없어."

"아직도 한참 남았어?"

엘리엇은 티셔츠로 이마에 맺힌 땀을 닦으며 물었다.

"풀숲은 곧 벗어날 수 있을 거야."

파르조가 대답했다.

“그 다음은 장애물 코스가 기다리고 있어.”

“거기에서도 열기구든 뭐든 빨리 타고 갈 수 있는 걸 만들 순 없는 거겠지?”

엘리엇이 투덜대듯 물었다.

“완벽하게 이해했구나, 친구야.”

파르조가 대답했다.

“창고에 가까이 갈수록 더 조심해야 하니까.”

“으아악!”

엘리엇은 소리를 지르며 화풀이를 하듯 낫질을 했다.

세 친구는 마침내 조금 더 여유 있는 공간에 접어들었다. 엘리엇은 더 이상 필요 없어진 낫을 사라지게 했다. 그 참에 티셔츠를 갈아입고 물도 조금 마셨다. 탈진 상태였다.

“친구야, 놀랄 일이 있어.”

파르조가 말했다.

“놀랄 일이라니?”

“여기 이 가지를 타고 올라가 봐.”

파르조는 밑동이 길고 좁게 생기고, 위에는 황금색 잎사귀가 달려 있는 이상한 나무를 턱으로 가리켰다.

엘리엇은 남아 있는 힘을 모두 끌어모아 나무를 탔다. 황금색 잎사귀가 있는 높이에 이르렀을 때 엘리엇은 놀라서 숨이 멎을 뻔했다.

눈앞에 고층빌딩처럼 높은 소나무 숲이 나타났기 때문이다. 고개를 한껏 쳐들었는데도 꼭대기가 보이지 않을 정도였다. 바닥에는 나무 밑동만큼 두꺼운 솔잎이 깔려 있었다. 파르조가 말했던 장애물 코스가 바로 이것이었다.

"방금 빠져나온 빽빽한 숲을 '풀'이라고 한 게 농담이 아니었구나."

"응, 그건 정말 풀 수준이었지."

파르조가 말했다.

"이곳에선 풀이 다른 지역보다 오십 배나 더 커."

엘리엇은 침을 꿀꺽 삼켰다. 정말 멋진 풍경이었지만 벌레처럼 작아지긴 싫었다.

"창고는? 창고는 어디 있어?"

"덤불에 가려서 아직 안 보여."

파르조가 아파트처럼 높은 가시덤불을 가리키며 말했다.

"자, 휴식 끝! 아직 갈 길이 멀어."

카치아가 말했다.

"알았어."

엘리엇이 대꾸하며 나무에서 내려가려 할 때 갑자기 카치아가 크게 비명을 질렀다.

"조심해, 엘리엇! 뒤를 봐!"

엘리엇이 뒤를 돌아보자 거대한 벌 한 마리가 엘리엇을 향해 전속력으로 날아오고 있었다. 엘리엇은 허벅지에 힘을 풀어 나무를 타고 미끄러져 내려왔다. 하지만 거친 나뭇가지 표면을 빠른 속도로 쓸며 내려오다 보니 손과 다리가 까졌다. 중간쯤 내려왔을 때에 너무 고통스러워서 나뭇가지를 놓아 버리고 말았다. 바닥에 안정적으로 착지할 줄 알았지만 속도가 너무 빨랐다. 바닥에 닿은 다리가 무게를 감당하지 못하고 접히는 바람에 엘리엇은 그대로 쓰러져 버렸다. 그러면서 마침 그 자리에 박혀 있던 돌에 머리를 크게 찧고 말았다.

눈앞에 별들이 춤추더니 캄캄해졌다.

"야, 여기에 자리 잡으면 되겠다. 더 가까이 가면 들킬지도 몰라."

"좋아. 더 이상 노새 노릇은 못해 먹겠다."

"언제 어디서든 넌 노새처럼 고집쟁이야."

"하하, 농담이 지나치군. 빨리 내려와."

잡는 손. 미끄러져 내려오는 몸. 턱! 땅에 내려온 발. 질질질……. 바닥에 끌리는 다리. 풀썩! 부드러운 이불 속으로 점프.

찰싹. 따귀 한 대.

열리는 눈꺼풀. 휘둥그레진 파란 두 눈.

"깨어날 줄 알았다니까. 조금만 도와준 거야."

카치아가 말했다.

"여기는…… 어떻게 된 거야?"

엘리엇이 물었다.

"너 기절했었어."

카치아가 설명해 주었다.

"이제 깨어났으니까 쌍안경 좀 만들어 봐. 저기 좀 살펴보게."

"뭘 살펴봐?"

"이리 와 봐."

원숭이로 다시 변한 파르조가 엘리엇의 팔을 잡고 끌었다.

엘리엇은 자리에서 일어났다. 부드러운 솜이불인 줄 알았던 것은 사실 커다란 버섯이었다. 일행은 조금 전에 보았던 거대한 소나무 밑에 있었다. 파르조는 바위처럼 커다란 솔방울 쪽으로 엘리엇을 이끌었다. 카치아에게 금방 따라잡히긴 했지만 엘리엇은 고양이처럼 빠르고 조용하게 나무 위로 올라갔다. 그리고 별 어려움 없이 꼭대기에 도착했다.

"우아!"

엘리엇은 탄성을 질렀다.

1킬로미터 떨어진 곳에 성당 크기의 어두운 개미집이 웅장한 모습을 드러냈다. 강아지 크기의 개미 수천, 아니 수백만 마리가 창고 안을 드나들고 있었다. 대부분 단단한 끈을 매고 있었는데, 그 끈으로 몸집보다 열 배는 큰 바구니, 통, 철제 컨테이너를 몸에 고정시키고 있었다. 여럿이 힘을 합쳐 무거운 가구나 신기한 식물, 희한한 기계를 옮기기도 했다. 수십 개의 문이 쉴 새 없이 열렸다가 닫히는 동안 양방향으로 일개미들의 행렬이 이어졌다. 사방에 개미들이 우글거렸다. 날아다니는 개미들의 지시를 받으며 일개미들은 조용히 일사분

란하게 움직였다.

"저게 바로 왕궁의 창고로구나!"

엘리엇이 감탄했다.

"맞아."

파르조가 대답했다.

"이제 대상에게 보낼 물건이 어떤 건지 알아내기만 하면 되는 거야."

카치아는 엘리엇이 내민 초강력 쌍안경을 낚아채며 말했다.

"그런데 어떻게 알아내지?"

엘리엇이 물었다.

"난 모르겠다."

파르조가 말했다.

"그럼 창고 안에 들어가서 알아보는 게 좋겠어."

엘리엇이 제안했다.

"그렇지 않으면 여기서 시간 낭비만 하게 될 거야. 하지만 들어가는 게 쉽지 않겠는걸. 경비원들이 사방에 깔려 있어."

모든 문과 회랑 입구, 작은 출구에는 불개미 한 쌍이 망을 보고 있었다.

"네 말이 맞아."

카치아가 말했다.

"안으로 들어가야 해. 파르조, 정찰병 맡을래? 엘리엇과 내가 들어

갈 수 있는 곳을 찾아봐. 감시가 덜한 곳으로."

"나한테 맡겨!"

파르조는 장담했다.

파르조는 솔방울에서 뛰어내려 가더니 표범으로 변해서 솔잎이 깔린 바닥을 쉽게 통과했다. 엘리엇과 카치아는 쌍안경으로 파르조의 모습을 살폈다. 파르조는 날렵하고 조용하게 움직였다. 그러더니 문 하나가 나 있는 거대한 버섯에 다가가서 몸을 숨기고 주위를 살폈다. 몇 분 뒤 드디어 문이 열렸고 빈 바구니를 멘 개미들이 나타났다. 마지막 개미가 지나가자 파르조는 개미가 지고 있는 바구니를 향해 뛰어들었다. 껑충 뛰더니 모습이 사라졌다.

"됐어. 눈에 띄지 않는 작은 동물로 변신해서 바구니 속에 숨었어. 이제 기다리기만 하면 되겠다."

카치아가 쌍안경을 내리면서 말했다.

카치아는 민첩하게 솔방울에서 내려가더니 버섯 위에 누웠다. 엘리엇도 따라 내려가려고 했는데 그때 눈에 보이지 않는 무언가가 균형을 잃게 했다. 엘리엇은 가까스로 솔방울의 비늘 하나를 잡았다.

"뭐야? 이쑤시개 다리야?"

카치아가 깔깔댔다.

"놀리지 마. 누가 날 넘어뜨린 것 같아. 유령인가?"

"헛소리! 유령은 전부 에피알티스에 있다고."

"진짜야. 뭔가 본 것 같단 말이야."

“조금 전에 머리를 부딪혀서 정신이 이상해지기 시작하나 봐. 유령은 없어. 바람이겠지. 풍뎅이처럼 몸집이 작으면 바람에 더 잘 날아가는 거야.”

“그런가? 이상하네…….”

엘리엇이 땅으로 내려오며 말했다.

“파르조는 한참 걸릴까?”

거대한 솔잎 위에 앉으며 엘리엇이 물었다.

“상황에 따라 다르지.”

“무슨 상황?”

“조심해야 할 상황. 파르조가 뒤지고 훔치는 데에는 일가견이 있는데 조심성이 부족해. 좋아하는 것만 생기면 나머지는 다 잊어버리고, 그 바람에 잡히기 일쑤라니까.”

“만약 잡히면 어떻게 되는 거야? 설마 에피알티스에 보내지는 건 아니겠지?”

“쉿!”

카치아가 귀를 쫑긋 세우며 자리에서 일어났다. 그리고 전문가다운 솜씨로 총을 빼들었다. 엘리엇에게 뒤로 오라는 신호를 보내고 천천히 버섯 뒤로 갔다. 살금살금 걷던 카치아는 갑자기 걸음을 멈추더니 총을 바닥으로 향하면서 솔잎 뒤로 점프를 했다.

몇 시간 같은 몇 초가 흘렀다. 카치아는 긴장을 풀고 총을 허리춤에 다시 찼다.

"무슨 소리가 들린 것 같았어."

카치아는 버섯 위에 다시 앉으며 말했다.

"넌 헛것을 보고 난 환청을 들은 거야? 우리 정말 환상의 팀인걸!"

카치아는 재미있어하며 깊은 숨을 내뱉었다. 그런데 갑자기 고개를 들더니 엘리엇의 팔을 잡고 서둘러 솔방울 밑으로 숨었다. 이번에는 확실했다. 뭔가가 다가오고 있었다. 헐떡거리는 숨소리, 바닥에 울리는 발자국 소리. 엘리엇은 꼼짝도 할 수 없었다.

몇 초 뒤, 그것은 정체를 드러냈다.

표범. 파르조였다. 파르조가 카치아와 엘리엇을 찾아 사방을 살피자 카치아와 엘리엇은 솔방울 밑에서 나와 모습을 드러냈다.

"우리 들켰어!"

카치아와 엘리엇을 보자마자 파르조가 헉헉거리며 말했다.

"조금 전에 봤던 벌이 보초였어. 카메라를 가지고 다닌다고. 놈들이 우리가 있는 곳을 알아냈고 엘리엇도 알아봤어. 빨리 여기서 피해야……."

파르조가 미처 말을 끝낼 사이도 없이 복면을 쓴 사람 둘이 갑자기 나타나서 놀라운 속도로 파르조를 잡더니 입에 재갈을 물렸다. 엘리엇도 똑같이 당하고 말았다. 그리고 누군가 불쾌한 냄새가 나는 손수건을 엘리엇의 코에 갖다 대었다. 금세 머리가 빙빙 돌고 시야가 흐려졌다. 한 사람을 바닥에 쓰러뜨리고 머리에 돌려차기 한 방을 날리는 카치아의 모습이 보였다.

몇 초 뒤, 모든 것이 까매졌다.

빛과 그림자

엘리엇이 다시 정신을 차렸을 때, 그곳은 한 치 앞도 보이지 않을 정도로 깜깜했다. 엘리엇은 차가운 금속 바닥에 누워 있었다. 바로 옆에서는 누군가 잠들어 있는 듯 쌔근쌔근 규칙적인 숨소리가 들려왔다. 손을 더듬어 보니 여자의 긴 머리카락이었다. 카치아일까? 사향 냄새가 코를 찔렀다. 얼마 전에 똑같은 냄새를 맡았었는데……. 어디였더라? 엘리엇은 다시 한번 냄새를 맡았다. 생각났다! 카치아의 서재에서 나던 냄새였잖아!

엘리엇은 손을 더듬어 카치아가 항상 메고 다니는 가방을 찾았다. 틀림없었다. 정신을 잃고 쓰러져 있는 사람은 분명 카치아였다. 그러니까 카치아도 잡힌 것이로군……. 그들을 공격한 사람들은 아마추어가 아니었다. 그들은 누구였을까? 정보급습치안국? 엘리엇은 문득 모래시계를 빼앗긴 게 아닐까라는 생각이 들어 식은땀이 흘렀다.

서둘러 가슴을 만져 보았다. 휴…… 다행히 모래시계는 제자리에 있었다.

잠시 긴장이 풀린 엘리엇은 바닥과 똑같이 금속으로 만든 차가운 벽에 몸을 기대었다. 한기에 몸서리가 쳐졌다. 엘리엇은 눈을 감고 두터운 스웨터로 몸을 감싼 상상을 했다. 그랬더니 스웨터가 금세 나타났다. 몸이 따뜻해지자 생각할 수 있는 최상의 상태가 되었다. 엘리엇은 눈을 가늘게 뜨고 주변을 살펴보려고 했지만 소용없었다. 아무것도 보이지 않았다. 문틈으로는 빛 한 줄기 들어오지 않았다. 대신 몇 미터 떨어진 곳에서 과식한 듯한 사람의 코 고는 소리가 우렁차게 들려왔다. 설마 파르조는 아니겠지?

엘리엇은 소리가 나는 곳을 향해 기어가기 시작했다. 그 순간 파닥거리는 소리가 엘리엇의 주의를 끌었다. 새였다. 엘리엇은 가만히 귀를 기울였다. 하지만 코 고는 소리가 워낙 커서 다른 소리는 들리지 않았다.

그때 갑자기 반짝반짝 빛나는 동그란 주황색 눈동자 두 개가 엘리엇 앞에 나타났다. 엘리엇은 하마터면 비명을 지를 뻔하며 본능적으로 뒤로 물러섰다. 하지만 바로 뒤는 철제 벽으로 막혀 있었다. 엘리엇은 궁지에 몰려 옴짝달싹하지 못했다.

"여긴 아무것도 보이지 않는구나."

파르조의 목소리가 울려 퍼졌다.

"널 찾으려고 부엉이로 변신해야 했어."

"아, 너였구나. 깜짝 놀랐잖아."

엘리엇은 안도의 한숨을 쉬면서 파르조에게 핀잔을 주었다.

"미안."

"아니야. 그런데 어둠 속에서도 볼 수 있는 거야? 그럼 여기가 어딘지 알겠네? 코 고는 소리는 어디서 나는 거야?"

"잠깐만……. 방 반대편에서 자동차 엔진처럼 드르렁거리는 덩치가 있긴 한데 말이야. 그것 말고는 방의 절반 정도는 천장까지 닿아 있는 선반들이 있고 물건이 가득 쌓여 있어. 무슨 저장고 같은데?"

"그런가 보다. 그런데 이 방의 주인은 누구지?"

"우리가 개미들한테 잡힌 거 아닐까? 그렇다면 개미집 안이겠지."

파르조가 말했다.

"그럴까? 나는 정보급습치안국에 잡힌 거라고 생각했는데."

"헉! 만약 정보급습치안국이라면 이렇게 꾸물거릴 일이 아니야. 엘리엇, 우리를 데리고 빨리 여기서 빠져나갈 수 있지?"

"잠깐만. 그 전에 여기가 어디인지 알아야겠어. 개미집이라면 이 저장고에서만 나가면 돼. 그러면 우리가 찾던 정보를 얻을 수 있을 거야. 선반에 뭐가 있는지 볼래? 그걸로 우릴 잡아온 자들의 정체를 알 수 있을지도 몰라."

"말도 안 돼!"

파르조가 외쳤다.

"엘리엇, 내가 여기서 빠져나갈 수 있는 열쇠는 바로 너야. 네 옆에서 한 발자국도 떨어지지 않을 거야."
"알았어, 파르조. 나랑 같이 가자."
"그럼 카치아는?"
파르조가 물었다.
"걱정 마. 버리고 가지 않을 테니까. 멀리 가지 않을 거야. 문제가 생기면 다시 돌아오면 돼."
"좋아, 엘리엇. 하지만 조금만 이상한 일이 생겨도 바로 등대로 돌아가는 거다. 알았지?"
"알았어. 네가 길을 안내해."
"손전등을 만들어 내는 게 어때?"
파르조가 엘리엇에게 제안했다.
"안 돼. 조심해야지. 코 고는 덩치 얼굴에 괜히 전등불 비췄다가 깨우고 싶지 않거든. 덩치가 어떻게 나올지도 모르는데……."
"그렇구나. 아주 영리해, 내 친구, 엘리엇."
"갈 거야, 말 거야?"
엘리엇의 재촉에 파르조는 엘리엇을 선반 쪽으로 이끌었다. 선반에는 거대한 밀가루와 설탕 포대, 엄청난 양의 달걀, 과일, 효모, 버터, 초콜릿이 있었다. 뿐만 아니라 과자, 마들렌, 타르트, 버터 빵이 가득한 쟁반들과 사탕 봉지들이 있었다. 거대한 제과점 주방에 있다고 해도 과언이 아니었다.
"알아낸 게 별로 없어."

엘리엇이 한숨을 쉬었다.

"그러게 말이야. 카치아 데리고 나갈까?"

파르조가 잼 통에 담갔던 왼쪽 발을 핥으며 말했다.

"아니, 아직 보지 못한 선반들이 남아 있잖아."

"아, 왜? 볼 것도 없어. 이제 그만 가자, 엘리엇. 이곳은 왠지 소름이 돋는단 말이야."

"그럼 하고 싶은 대로 해. 난 더 살펴볼 테니까."

"야, 기다려!"

엘리엇와 파르조는 방 한쪽 구석에 있는 선반까지 갔다. 엘리엇은 손을 더듬으며 손가락 끝에 닿는 것이 무엇인지 알아내려고 애썼고, 그동안 파르조는 날아다니면서 높은 곳에 있는 물건들을 파악했다.

몇 분 동안 계속해서 밀가루와 설탕 포대만 보였는데 갑자기 뭔가 다른 게 느껴졌다. 옷이었다. 잘 개어 놓은 옷 더미에서 이상하고 역겨운 냄새가 풍겨 나왔다. 엘리엇은 냄새의 정체를 곧바로 알아차렸다. 조금 전 엘리엇 일행을 잠들게 하는 데 사용한 약품 냄새였다.

"파르조, 이것 좀 봐. 뭔가 찾은 것 같아."

"어디 보자."

파르조는 엘리엇 앞에 쌓인 물건들을 살펴보며 말했다.

"위장에 사용한 옷, 이상한 액체가 담긴 병, 그물망, 메스, 집게……. 이놈들 설마 고문까지 하는 건 아니겠지? 보라색 총도 있고……."

"보라색 총!"

엘리엇이 외쳤다.

"정보급습치안국이야. 카치아를 데리고 여기서 도망치자."

엘리엇은 파르조의 대답을 듣지도 않고 앞을 못 보는 사람처럼 손을 앞으로 뻗은 채 왔던 길을 되돌아갔다. 그런데 몇 발자국 걸어가다가 자기보다 훨씬 큰 무언가에 부딪혔다. 조금 전에는 없던 것이었다.

그제야 엘리엇은 방 안을 가득 채우던 코 고는 소리가 사라졌다는 것을 깨달았다.

"안녕?"

낮고 굵은 목소리에 엘리엇은 전율했다.

목소리의 주인공은 랜턴처럼 생긴 것에 불을 켰다. 엘리엇은 불빛에 눈이 부셨지만 차츰 길을 막고 서 있는 엄청난 몸집의 실루엣이 눈에 들어왔다.

키가 2미터 50센티미터나 되고 투포환 올림픽 대표 선수만큼이나 근육질인 거인이었다. 눈은 이마 한가운데에 있었는데, 하나밖에 없었고 뾰족한 이빨은 입술 밖으로 나와 있었다. 거인은 히죽 웃으며 엘리엇을 바라보았다. 입술 가장자리에서 침 한 줄기가 떨어졌다.

"오거! 우리를 오거랑 가둬 놓다니!"

엘리엇은 비명을 질렀다.

"날 따라와. 대장이 너희를 보고 싶어 하셔."

오거가 말했다.

"대장?"

엘리엇이 깜짝 놀라 물었다.

"여기는 에피알티스야! 우리를 납치한 건 악몽들이었어."

파르조가 외쳤다.

"날 따라와."

오거는 엘리엇에게 두툼한 손을 내밀며 똑같은 말을 반복했다.

곧이어 깃털 덩어리가 오거에게 돌격했다. 파르조는 거인의 못생긴 얼굴 앞에서 미친 듯이 날개를 파닥거렸다. 그 덕분에 오거는 잠시 비틀거렸다. 하지만 재빨리 균형을 잡고 그 거대한 손으로 공중을 휘저으며 마치 파리를 잡듯 파르조를 잡으려 했다. 파르조는 도망갔다 다시 돌아오고 도망갔다가 또 다시 돌아왔다.

약이 잔뜩 오른 오거는 결국 랜턴을 바닥에 내려놓고 그렇게 큰 몸집의 사람에게서는 나올 것 같지 않은 빠른 속도로 파르조를 두 손에 움켜잡았다. 그러더니 자초지종을 묻지도 않고 커다란 입을 벌리고는 그 안에 파르조를 집어넣고 꿀꺽 삼켰다. 마지막으로 꺼억 하는 트림 소리가 방 안에 울려 퍼졌다.

오거가 파르조를 먹어 버린 것이다.

엘리엇은 공포에 질렸다. 파르조! 세상에서 가장 끔찍한 방법으로 죽다니!

엘리엇은 옆을 힐끔 바라봤다. 오거의 랜턴에서 나오는 희미한 불빛에 의해 여전히 잠들어 있는 카치아의 모습이 보였다. 10미터쯤 떨어져 있는 카치아를 여기다 두고 갈 수는 없었다. 카치아를 안전한 장소로 데려갈 방법을 찾아야 했다.

절망에서 나온 힘으로 엘리엇은 모든 것을 걸었다. 오거가 잠깐 한눈을 파는 사이, 엘리엇은 잠들어 있는 카치아를 향해 전력질주를 했다. 팔이나 다리만 잡아도 카치아를 구할 수 있을 것이다. 하지만 오거가 번개처럼 쫓아와서 엘리엇을 바닥에 눕혔다. 바닥에 쿵 하고 넘어지면서 엘리엇은 고통의 비명을 질렀다. 하지만 정신을 차리고 카치아 쪽으로 기어가려 했다. 그런데 오거가 엘리엇의 발목을 잡고 그대로 공중으로 끌어 올렸다.

"배고파."

오거는 커다란 목소리로 말했다.

"안 돼! 이거 놔!"

엘리엇이 저항했다.

하지만 오거는 들은 척 만 척 입을 크게 벌리고 엘리엇의 무릎을 깨물어 먹으려 했다.

바로 그때 문이 열렸다. 방 안에 빛이 한가득 들어왔다.

"슈루프!"

날카롭지만 권위적인 남자 목소리가 들렸다.

"사내 녀석은 건드리지 말라고 했을 텐데. 어서 놔주지 못해!"

오거가 손을 풀자 엘리엇이 바닥으로 쿵 하고 떨어졌다.

"여자애는 아직 자고 있군."

남자가 계속 말했다.

"그럼 또 한 명은 어떻게 했지?"

"죄송합니다. 배가 꼬르륵거려서요."

오거는 손가락으로 배를 가리키며 말했다.

"정말 못 말리겠구나."

남자가 오거를 꾸짖었다.

"자, 그렇게 서 있지 말고 여자애를 데려오너라. 곧 깨어날 거야."

오거는 몸을 숙이더니 의외로 아주 조심스럽게 카치아를 두 팔로 안아 올렸다.

"그리고 너는 날 따라오렴."

남자가 말했다.

"저 버릇없는 놈은 용서하고."

엘리엇은 남자가 누구에게 말하는 건지 이해하는 데 시간이 좀 걸렸다. 남자의 말을 듣고 싶은 생각은 전혀 없었다. 하지만 정신도 차리지 못한 카치아를 에피알티스 한가운데에 혼자 내버려 둘 수는 없는 노릇이었다. 할 수 없이 카치아의 가방을 주워 들고 문으로 향했다.

오거가 '폐하'라고 부르는 놈의 정체는 도대체 뭘까? 악몽들에게도 왕이 있었나? 왜 오거에게 엘리엇을 건드리지 말라고 하면서 '특별' 대우를 해 주는 걸까?

엘리엇은 옆방으로 들어갔다. 오거가 바짝 뒤쫓아 왔다. 저장고가 깜깜했다면 이 방은 무척 밝았다. 엘리엇은 눈이 부셔 아무것도 보지 못하다가 한참 만에 마중 나온 사람의 모습을 볼 수 있었다. 그는 아주 작은 키에 통통한 아기처럼 볼이 튀어나온 젊은 남자였다.

흰담비 모피로 만든 망토를 걸치고 있었고 머리에는 황금 왕관을 쓰고 있었다. 또 황금 사과가 달려 있는 화려한 지휘봉을 손에 쥐고 있었다. 그러니까 그는 왕이었다. 하지만 웃고 있는 모습이나 오거와는 대조적으로 반짝반짝 빛나는 눈을 가진 모습이 악몽과는 거리가 멀어 보였다.

"내 집에 온 걸 환영한다."

키 작은 왕은 명랑한 목소리로 인사를 했다.

"이곳에 데려온 방법에 대해서는 용서를 빈다. 무례했다는 것은 인정해. 하지만 그렇게 납치하는 것이 사람들 눈에 띄지 않고 너와 빠르게 만날 수 있는 유일한 방법이었어. 개미들이 창고 근처에 네가 있다고 알려 주었을 때 난 일 초도 주저하지 않았지. 절호의 기회를 놓칠 수 없었어."

엘리엇은 남자의 말을 듣는 둥 마는 둥 했다. 엘리엇 머릿속에는 한 가지 생각밖에 없었다. 파르조가 죽은 건 오로지 내 탓이야. 카치아와 파르조를 왕궁의 창고로 끌어들인 건 바로 나니까!

"저장고에 잠깐 두었던 건 너희를 잠들게 하려고 내 부하들이 사용한 용액 때문이었지. 머리를 때리는 것보다 훨씬 효과적이고 덜 아파. 하지만 동공을 확장시키는 부작용이 있어서 어둠 속에 머물게 해야 했지. 슈루프는 너희가 깨어나자마자 나에게 보고하기로 되어 있었어. 하지만 보아 하니 지시를 어겨도 된다고 생각한 모양이야."

키 작은 왕은 오거를 노려보았다. 오거는 하나밖에 없는 눈을 내리깔았다.

"오거가 제 친구를 먹어 버렸어요."

엘리엇이 울먹였다.

"안 됐구나."

왕은 아무렇지도 않은 듯 말했다.

"그것밖에 할 말이 없어요?"

엘리엇은 발끈했다.

"그리고 당신은 도대체 누굽니까?"

"오, 이런! 예의가 없었군."

왕의 목소리는 무척 날카로웠다.

"이 머리는 정말 아무 생각이 없다니까."

왕은 지휘봉을 왼손으로 옮겨 잡더니 오른손을 엘리엇에게 내밀었다. 하지만 엘리엇은 손가락 하나 까딱하지 않았다. 왕은 아랑곳하지 않고 다시 지휘봉을 오른손에 잡았다.

"나는 사탕의 군주, 젤리의 왕, 빵의 대공 조비구스 1세란다. 하지만 대부분의 사람들은 나를 조브라고 부르지."

"조브!"

엘리엇이 외쳤다.

"그게 바로 나라네. 정보급습치안국의 지명 수배자 명단에서 나를 제치고 당당히 1위를 차지한 엘리엇이라는 소년을 꼭 만나 봐야 했지. 게다가 나를 찾고 있다고 하더구나, 엘리엇. 아니, 창조자라고 불러야 하나?"

"제가…… 제가 창조자라는 걸 알고 있었어요?"

"숨어 지내려면 사방에 눈과 귀를 열어 두어야 하지."

조브는 알 수 없는 미소를 지었다.

엘리엇은 갈피를 잡지 못했다. 이 사람이 할머니의 친구라고? 납치를 해서 저장고에 가둬 두고 간접적으로 파르조를 죽게 한 이 사람이? 카치아와 파르조가 조브를 저항군의 우두머리이자 오니리아의 공공의 적이라고 말했을 때 엘리엇은 그가 키도 크고 몸집도 큰 건장한 사내라고 상상했다. 딱 봐도 존경심이 우러나올 만한 체격일 것이라고 말이다. 불룩한 배에 가는 목소리, 사과 모양의 지휘봉을 가진 땅딸막한 남자라고는 상상하지 못했다.

엘리엇은 문득 생각이 들었다. 이 남자가 조브일 리 없어. 분명 사기꾼일 거야.

그때 갑자기 슈루프가 펄쩍펄쩍 뛰기 시작했다. 잠든 카치아를 서둘러 바닥에 내려놓더니 점점 더 심하게 기침을 해 댔다. 기침을 할 때마다 상체를 굽혔다.

"이쪽으로 나오렴!"

조브는 급히 엘리엇의 소매를 잡아당겼다.

오거는 조금 전보다 훨씬 요란하게 기침을 하더니 가는 울음소리를 냈다. 그러고 나서는 엘리엇이 조금 전에 서 있던 바로 그 자리에 끈끈한 점액질로 뒤덮인 깃털 덩어리를 내뱉었다.

"파르조!"

엘리엇은 움직이지 않는 부엉이에게 달려들며 외쳤다.

왼쪽 눈의 주황색 반점 덕분에 파르조라는 걸 쉽게 알아볼 수 있었다. 엘리엇은 파르조 옆에 무릎을 꿇고 앉았다. 끈적끈적한 깃털을 어루만지면서 엘리엇은 끓어오르는 화를 억누르지 못했다. 그래서 아무 생각 없이 자리에서 벌떡 일어나 외눈박이 거인에게 그대로 달려들었다.

"얘는 내 친구였어!"

엘리엇은 오거의 물컹물컹한 배를 주먹으로 치며 소리쳤다.

"네가 무슨 짓을 했는지 봐!"

"더 세게 쳐야지, 친구야. 저 둔한 덩어리는 맞아도 싸."

이 목소리는!

엘리엇은 홱 돌아섰다. 꿈이 아니었다. 분명 파르조였다. 멀쩡한 파르조. 원숭이로 변한 파르조는 똑바로 서서 털을 열심히 닦아 내고 있었다. 변신을 했지만 깃털에 묻었던 끈적끈적한 액체는 사라지지 않았다.

"파르조, 살아 있었구나!"

엘리엇이 친구의 끈적끈적한 팔에 안기며 말했다.

"물론이지!"

"왜 물론이야? 너 오거한테 잡아먹혔잖아."

파르조는 놀란 눈으로 엘리엇을 바라보았다. 그러고는 곧바로 깔깔 웃음을 터뜨렸다. 오거와 왕도 함께 따라 웃었다. 슈루프는 허벅지를 탁탁 쳤고, 파르조는 바닥에 뒹굴었다. 왕은 하도 웃어서 눈물까지 흘리며 "이제 그만! 배 아파 죽겠어!" 하고 말하며 깡충깡충 뛰었다.

엘리엇은 화가 났다.

"내가 한 말이 뭐가 웃기다고 그래?"

엘리엇이 소리를 지르자 웃음소리가 뚝 그쳤다. 슈루프의 딸꾹질 소리만 들렸다.

"정말로 네 친구를 잃었다고 생각했던 거야?"

왕이 물었다.

"당연하죠! 어떻게 다르게 생각할 수 있겠어요?"

"아, 미안."

왕은 손수건으로 눈물을 훔치며 말했다.

"내가 미리 말했어야 했는데. 우리 오니리아 주민들은 죽을 수가 없어."

"죽…… 죽을 수가 없다고요?"

엘리엇은 입을 다물 수가 없었다.

"그래. 큰 상처를 입을 수는 있지. 고문을 당해서 아프거나 상어에게 잡아먹혀서 소화되고 분해될 수도 있지만 시간이 조금 지나면 원래 모습으로 되돌아온단다."

"하지만 잡아먹히는 건 아주 불쾌한 일이에요."

파르조는 슈루프를 쏘아보며 끼어들었다.

"그런 일을 당하게 해서 미안하다."

왕은 미안해하는 기색이 역력했다.

"괜찮아요. 그럴 만한 가치가 있었어요."

파르조가 말했다.

"조브 님, 당신을 만나게 되어 정말 기쁩니다. 조브 님 맞죠?"

"그렇단다. 하지만 '님'이라고 부르지 말고 그냥 조브라고 불러다오. 아니면 폐하라고 하던지. 간단히 부르자꾸나."

"좋아요, 조브. 거품뉴스에서 본 것보다 훨씬 잘생기셨군요."

그러니까 왕은 거짓말을 하지 않았다. 그는 사기꾼이 아니었다. 할머니의 친구 조브가 맞았다. 할머니가 철석같이 믿는 바로 그 사람이었다. 엘리엇이 오자고라에 갈 수 있도록 도와줄 바로 그 사람!

엘리엇은 저장고에서 깨어난 뒤 처음으로 조금 긴장을 풀 수 있었다. 파르조는 제 집에라도 와 있는 듯 편하게 굴면서 수다를 멈추지 않았다.

"정말 존경합니다! 4년 동안이나 정보급습치안국의 바보들을 따돌린 건 대단한 거죠!"

"그렇지."

조브는 살짝 웃었다.

"날 찾지 못해서 화가 나 깃털을 뽑아 대고 있을 시구림을 생각하면 신이 나지."

"저희도 엘리엇과 함께 시구림을 골탕 먹이면 좋겠어요."

파르조는 엘리엇을 팔꿈치로 툭 치며 말했다.

"그러길 바란다. 하지만 엘리엇, 시구림이 그토록 악착같이 널 찾으려고 하는 이유가 뭐지? 아아노르를 납치한 건 네가 아니잖아?"

"맞아요. 저는 아아노르를 보호하려고 했어요."

엘리엇이 대답했다.

"납치 사건은 핑계일 뿐이고 사실 시구림은 제 모래시계를 노리고 있어요."

"네 모래시계? 뭘 하려고?"

조브는 갑자기 진지해졌다.

"비스트를 죽이기 위해 인간 세계에 요원을 보내려는 것이죠."

"뭐? 시구림이 미친 게 아니니? 악몽들의 폭동을 그렇게 제압할 수 있다고 생각한단 말이지?"

"그런 것 같아요."

파르조가 끼어들었다.

"잠깐만요!"

그때 엘리엇이 말했다.

"오니리아 주민은 죽을 수 없다면서 시구림은 어떻게 비스트를 죽인다는 것이죠?"

"아주 좋은 질문이다."

조브가 대답했다.

"사악한 시구림이 왜 네 모래시계에 그렇게 관심을 보이는지 알 수 있는 대목이기도 하지. 우리가 죽을 수 없다는 것은 절대적인 사실이야. 하지만 우리는 영원한 존재도 아니란다."

"그게 무슨 말이에요?"

엘리엇이 물었다.

"아주 간단해. 인간 한 명이 죽으면 그가 평생 만들어 온 오니리아 주민도 함께 사라진단다."

"사라진다고요?"

엘리엇은 깜짝 놀랐다.

"연기처럼요? 늙는 게 아니고요? 아프지도 않고요? 버스에 치이는 것도 아니고요?"

"그런 것은 필요 없어. 언젠가 우리는 다 사라져. 그뿐이란다."

"너무해요."

엘리엇이 외쳤다.

"그렇지도 않아. 너희 인간들과는 달리 우리는 하루라도 더 살기 위해서 조심할 필요도 없고 몸을 돌보거나 좋은 음식을 먹을 필요가 없단다. 그래 봤자 아무 소용이 없거든. 그래서 우리는 아무 걱정 없이 살지. 그건 아주 좋은 거야. 예를 들어 나는 사탕, 아이스크림, 과자, 초콜릿만 먹고 산단다. 인간 세계에서 그렇게 하고 사는 사람 봤니?"

"아니요. 그건 건강에 나빠요."

"그것 봐."

조브가 미소를 지었다.

"인간 세계에서의 삶과 오니리아에서의 삶이 어떻게 다른지 알겠지?"

"음……."

엘리엇은 뭐라고 해야 할지 몰랐다.

"그러니까 시구림이 원하는 건 비스트를 만든 인간을 죽여서 인간과 함께 사라지게 만드는 거죠?"

"그렇지."

파르조가 대답했다.

"하지만 인간은 아무런 잘못이 없잖아. 우리가 막아야 해."

"시구림이 불변의 법을 어기는 것도 막아야 하고."

파르조가 덧붙였다.

"똑같은 말이지."

조브가 결론을 내렸다.

"무슨 수를 써서라도 시구림이 네 모래시계를 손에 넣지 못하게 막아야 한다. 앞으로 더 조심해야 할 거야, 엘리엇. 왕궁의 창고 탐험은 끝이 안 좋을 뻔했어."

엘리엇은 목이 메었다. 정보급습치안국에게 붙잡혔다면 엘리엇의 정신이 오니리아에 영원히 갇힐 뿐 아니라 무고한 인간의 죽음을 막지 못한 책임까지 질 뻔했다.

"마지막 질문이다."

조브가 물었다.

"시구림이 인간 세계에 요원을 보낸다고 했을 때 여왕도 동의했니?"

"확실하게 말하지는 않았어요."

엘리엇이 대답했다.

"하지만 근위병들에게 나를 붙잡으라고 지시했어요. 그런 다음에 고개를 끄덕였고 시구림이 제 모래시계를 가져가려고 다가왔죠. 여왕에게 풀어 달라고 간청했지만 들은 척도 하지 않았고요."

조브는 잠시 눈을 감았다.

"여왕의 드레스가 무슨 색이었지?"

"무슨…… 뭐요?"

조브의 질문이 하도 엉뚱해서 엘리엇은 잘못 알아들었다고 생각했다.

"여왕의 드레스 말이다. 시구림에게 고개를 끄덕일 때 무슨 색깔이었어?"

"그러니까……."

엘리엇은 기억을 더듬었다.

"여러 가지 색이었어요. 그런데 어느 순간 파란색과 빨간색이 마치 결투를 벌이는 것 같았어요. 꽤 이상했어요."

"여왕이 결심한 순간이 기억나니?"

엘리엇은 잠시 생각해 보았다.

"빨간색이었어요."

"확실해?"

"맞아요. 시구림에게 고개를 끄덕였을 때 드레스가 새빨갛게 변했어요. 그게 중요한가요?"

"그나마 안심이 된다고나 할까. 여왕이 완전히 정신 나간 건 아니라는 소리니까. 아직 이성의 소리를 들을 줄 아는 거야."

"그게 무슨 상관이죠?"

"드레스 색깔은 여왕의 감정을 나타내거든. 평상시에는 보라색이지. 보라색은 절제, 신중함, 명철함을 뜻하지. 그것이 디틸드 여왕이 여왕으로 뽑혔을 때 보여 주었던 장점이야. 시구림이 여왕의 고문이 되기 전이었지. 하지만 보라색은 위장을 상징하기도 해. 여왕이 감정을 숨기고 싶을 때 나타나는 드레스 색깔이란다."

"저한테 군대를 만들어 달라고 했을 때는 보라색이었어요. 여왕과 신하들을 위해서 사물을 만들어 냈을 때에는 분홍색으로 변했고요."

"분홍색은 흥분, 열정, 즐거움을 뜻한다. 왕궁에서 시연을 했다고? 재능이 많은가 보구나. 네 공연이 여왕의 마음에 쏙 든 게야."

"그럼 파란색과 빨간색은 무엇을 뜻하죠?"

"파란색은 생각에 잠겼다는 뜻이지. 여왕이 시구림의 제안을 수락했을 때 드레스가 파란색이었다면 그것은 여왕이 충분히 생각을 하고 난 다음에 결정을 내렸다는 뜻이야. 결정을 번복하지 않을 것이라는 뜻이지. 하지만 네가 말한 대로 드레스가 빨간색이었다면 그건 화가 나서 내린 결정이다. 차라리 잘된 일이지. 화가 가라앉으면 실수했다는 걸 깨달을 가능성도 있다는 소리니까. 하지만 그러려면 비스트가 어서 딸을 돌려줘야 할 거야."

"아아노르를 납치한 범인이 비스트라는 걸 알고 있었어요?"

"내게도 아는 방법이 다 있지."

조브의 태도는 수수께끼 같았다.

엘리엇은 조브가 대답해 주지 않으리라는 것을 깨달았다. 알고 싶은 마음이 간절했지만 더 이상 묻지 않았다. 다른 생각에 빠져 있었기 때문이다.

"무슨 생각을 그리 골똘히 하지?"

조브가 물었다.

"아아노르요. 비스트가 아아노르를 죽일 수 없다는 걸 알았으니 조금 안심이 돼요. 하지만 아아노르를 계속해서 잘 대해 주는 건 아니잖아요."

"계속해서 잘 대한다고?"

조브가 눈썹을 찌푸렸다.

"아아노르를 잘 대해 주는지 어떻게 알지?"

"조금 전에 아아노르를 구하러 갔었어요. 잠이 들면서 아아노르를 다시 만날 수 있었죠. 순간 이동으로 아아노르를 데려오려고 했는데 가까이 갈 수도 없었어요."

조브는 엄한 눈으로 엘리엇을 바라보았다.

"잘 들어, 엘리엇. 아직 우리가 서로 잘 아는 사이는 아니지만 너한테 충고 하나 하마. 아아노르 공주를 구해야 할 이유가 많겠지. 공주가 네 관심을 끌 만한 사람이라는 것도 알겠고. 하지만 내가 너라면 난 포기할 거다. 적어도 지금은. 이미 정보급습치안국이 너를 뒤쫓고 있는 상황에서 다른 문제까지 끌어들일 필요는 없어. 그런 일은 네가 좀 더 숙달된 창조자가 된 다음에 하는 게 좋을 거야. 그리고 오니리아를 더 잘 알게 되었을 때 말이다."

엘리엇은 얼굴을 찌푸렸다. 마치 할머니의 잔소리를 들은 기분이었다. 조브가 뭐라고 하든 말든 엘리엇은 비스트의 손아귀에 잡혀 있는 아아노르를 포기할 생각이 눈곱만큼도 없었다.

조용해진 틈을 타서 엘리엇은 주위를 살펴보았다. 금속으로 만든 벽의 차가움이 빛과 갖가지 색깔로 누그러졌다. 거실로 보이는 곳에는 요란한 색깔의 소파들이 있었고 중앙에는 낮은 테이블이 놓여 있었다. 테이블 위에는 초콜릿과 과자, 빵이 산더미처럼 쌓여 있었다. 맞은편에는 초현실적인 스타일의 커다란 직사각형 테이블이 있었고 주위에는 등받이가 없고 키가 높은 의자인 스툴이 여러 개 놓여 있었다. 사방에 달린 전등들이 크리스마스 분위기를 만들어 주었다.

조브는 엘리엇에게 거실로 따라오라고 했다. 파르조는 벌써 노란 형광색 스툴에 앉아서 가까이 있는 땅콩을 쩝쩝거리며 먹고 있었다. 슈루프는 카치아를 연두색 소파에 누였다. 엘리엇은 카치아 옆에 앉아서 아직 깨어나지 못한 친구를 걱정했다.

"걱정되나 보구나."

조브가 옆은 보라색 소파에 앉으며 말했다.

"네 친구는 깨어날 거다. 여자애 한 명을 제어하느라 내 부하 네 명이 달려들었다. 할 수 없이 코끼리 한 무리는 잠재울 만큼의 수면제를 사용했고."

"카치아는 무적인 줄 알았어요."

엘리엇은 생각에 잠긴 목소리로 말했다.

"날 지켜 주겠다고 약속했다고요."

"네 친구는 약속을 지켰어."

조브는 엘리엇을 위로했다.

"널 보호하려고 애썼지. 상처 입은 암컷 늑대의 분노를 보는 것 같았다. 내 부하들이 초강력 스프레이로 수면제를 뿌리지 않았다면 네 친구가 싸움에서 이겼을 거야."

조브는 엘리엇에게 빵 접시를 내밀었다. 엘리엇은 파란색 마들렌 한 개를 집어서 혀에 대어 보았다.

"이제 네가 누구인지 말해 주겠니?"

조브가 다시 물었다.

"어린 창조자가 왜 오니리아에 와서 나를 찾았지?"

"제 이름은 엘리엇 라퐁텐이에요. 할머니가 당신에 대해서 말해 줬어요. 오래전에 친구였을 거예요. 할머니도 창조자였지요. 이 모래시계를 주신 분도 할머니예요."

엘리엇은 스웨터 안에서 목걸이를 꺼내 조브에게 보여 주었다.

"루이즈!"

조브가 외쳤다.

조브는 눈을 들어 엘리엇을 바라보았다. 활짝 웃고 있었다.

"네가 루이즈 마르삭의 손자란 말이냐?"

"지금은 루이즈 라퐁텐이에요. 마르삭은 결혼 전에 쓰던 성이고요. 맞아요. 제가 할머니 손자예요."

"이리 오렴."

조브는 소파에서 벌떡 일어나 엘리엇에게 다가갔다. 그리고 오랜 여행 끝에 만난 아들이라도 되는 듯 엘리엇을 꼭 안았다.

"아야……."

그때 여자아이의 목소리가 들렸다.

카치아였다. 드디어 정신을 차린 카치아는 기분이 몹시 언짢은 듯 보였다.

"아, 미안하구나."

조브가 사과했다.

"소중한 친구의 손자를 만나 내가 너무 흥분해서 건드렸나 보군."

카치아는 들떠 있는 키 작은 남자를 뚫어져라 쳐다보았다.

"조브! 우리를 납치한 게 당신이었어요?"

"사탕의 군주, 젤리의 왕, 빵의 대공 조비구스 1세라네."

조브는 카치아의 손에 과장되게 입을 맞추며 인사를 했다.

"여러분은 내 손님이야."

"초대 방법도 가지각색이군요."

카치아는 손을 빼며 투덜거렸다.

"숨어 사는 것의 단점이지."

조브는 장난기 어린 목소리로 말했다.

"초대장을 보낼 수는 없잖아?"

"우리를 잠들게 만든 그 물건, 정말 비겁해요."

"너무 비겁했지. 하지만 너의 경계 태세를 무너뜨릴 수 있는 유일한 방법이었어. 너는 무서운 싸움꾼이잖아."

카치아는 맑은 날 꽁꽁 싸맨 우산처럼 표정이 굳어졌다.

"그렇게 잘 싸우다니, 도대체 너의 정체는 뭐냐?"

조브는 소파에 다시 앉으며 물었다.

"모험 소녀 카치아예요. 스릴 넘치는 모험을 찾아 오니리아를 누비죠."

카치아는 입맛 떨어뜨리는 파르조의 쩝쩝 소리 때문에 잠시 말을 멈추었다. 파르조는 바나나 주스를 발견하고 한 잔을 다 들이킨 다음 입술을 핥는 중이었다.

"재는 친구 파르조예요. 제가 여행할 때마다 어디든 따라다니죠."

"카치아와 파르조는 제 친구이고 또 경호원이에요."

엘리엇이 끼어들자 카치아가 노려봤다.

"그렇군."

조브가 말했다.

"어린 창조자, 모험 소녀, 게걸스러운 원숭이가 왕궁 창고 근처에서 뭘 꾸미고 있었지?"

"당신이 상관할 바 아니에요."

카치아가 매정하게 대답했다.

"우리가 여기서 뭘 하고 있는지나 말해 주세요."

"네 말이 맞다."

조브가 인정했다.

"설명이 필요하겠지. 엘리엇이 나를 찾고 있다는 소식을 들었단다. 그러다가 얼마 전부터 거품뉴스에 엘리엇 얘기가 등장하기에 놀랐지. 그래서 엘리엇을 만나 물어보고 싶었다."

"뭘요?"

"카챠……."

파르조가 땅콩을 입안에 한가득 넣고 말했다.

"조브는 믿을 슈 이슐 거 같아. 글고 우리가 숀해 볼 게 뭐야? 셜마 조브가 엘리어슬 정보급습치안구게 넘길 거 가타?"

카치아는 잠시 생각해 보더니 엘리엇을 돌아봤다.

"엘리엇, 네가 결정해."

"난 조브를 믿어. 우릴 도와줄 수 있을 거야."

"뭘 돕는다는 거지?"

조브가 물었다.

"오자고라에 가는 걸요. 그게 바로 당신을 찾았던 이유예요. 우리가 왕궁 창고에 갔던 이유이기도 하고요. 오자고라 대상이 싣고 갈 화물을 알아보려고 했어요. 아아노르가 아이디어를 줬지요."

"오호! 오자고라에는 왜 가려고 하지?"

조브는 의심스럽다는 듯 카치아와 파르조를 살펴보며 물었다.

"우리는 정보급습치안국으로부터 엘리엇을 보호해 주려고 같이 가는 거예요."

카치아가 대답했다.

"그렇겠지, 암. 하지만 오자고라에 가려고 하는 개인적인 이유가 다 있을 것 아니니?"

"우리는 모래를 찾는 사람이 아니에요. 혹시 그렇게 의심하셨다면……."

파르조가 대답했다.

조브는 파르조와 카치아를 번갈아 가며 쳐다봤다. 그리고 조용히 기다렸다.

"휴…… 알았어요. 다른 이유가 있어요."

카치아가 결국 털어놓았다.

"그렇지! 그 이유란?"

"저는 모험가예요. 그래서 계획 없이 떠나고 위험을 감수하고 새로운 곳을 발견하는 걸 좋아하죠. 지금까지 쭉 그랬고요. 하지만 이제 오니리아에서 저를 놀라게 할 곳은 없어요. 하지만 오자고라는…… 매력적인 곳이잖아요. 그래서 가고 싶었던 거예요."

"말 한번 잘했어."

파르조가 감탄했다. 그러고는 계속 말을 이었다

"그걸 몰랐던 건 아니지만 말이야. 오래전에 눈치챘지. 하지만 정말 짜증나는 사람들이 누군지 알아? 받아들이지를……."

"저는 카치아와 파르조를 믿어요."

엘리엇이 끼어들었다.

"알았다."

조브가 중얼거렸다.

"그럼 엘리엇, 너는 왜 오자고라에 가려고 하는 거냐?"

"모래 상인을 만나려고요."

조브는 걱정스러운 눈으로 엘리엇을 바라보았다.

"루이즈의 손자가 왜 모래 상인을 만나려고 할까? 설마 할머니에게 무슨 일이 생긴 건 아니겠지?"

"네. 할머니는 잘 지내세요. 사실은 아빠가 위독해요. 여섯 달 전부터 계속해서 악몽을 꾸고 있어요. 깨어날 조짐도 보이지 않고요. 가장 큰 문제는 계속 잠들어 있기 때문에 몸이 제 기능을 하지 못한다는 거예요. 이대로 두면 아빠는 머지않아 죽게 될 거예요. 그래서 할머니가 저를 이곳에 보내셨어요. 누군가가 모래를 뿌려서 아빠를 조종하고 있다고 생각하시거든요. 모래 상인만이 아빠를 고쳐 줄 수 있다고 하셨어요."

"그런 일이 있다니 안 됐구나. 네 아빠에게 일어난 일은 끔찍한 일이야. 네 할머니 말이 맞다. 그런 문제를 풀 수 있는 자는 모래 상인밖에 없을 거야. 내가 모래 상인을 만날 수 있도록 도와주마."

"오자고라에 가는 걸 도와줄 수 있어요?"

엘리엇이 외쳤다.

"왕궁 창고의 출입문을 기웃거리는 것보다는 나은 방법을 가르쳐 줄 수 있지."

조브가 윙크를 하며 말했다.

"그리고 더 안전하기도 하고."

"저는 카치아랑 파르조가 같이 갔으면 좋겠어요."

조브는 소파 손잡이를 톡톡 치면서 한동안 손님들을 관찰했다.

"좋아. 셋이 함께 가거라."

맛과 냄새

조브보다 키도 작고 통통한 여인이 방 안으로 들어섰다. 땋아서 얼굴 주위로 돌려 묶은 머리와 통통한 볼 때문에 마치 인형을 보는 듯했다. 그녀는 반짝이는 드레스를 입고 따뜻하게 웃고 있었다.

"오, 폼므렐 여왕! 나의 사랑하는 아내!"

조브가 외쳤다.

여왕은 식탁 위에 솥을 내려놓고 빠른 걸음으로 엘리엇, 카치아, 파르조, 조브, 그리고 슈루프가 있는 거실로 왔다.

"여러분, 안녕하세요?"

여왕은 노래하듯 말했다.

"여보, 인간 세계에서 우리를 보러 온 엘리엇을 소개하지. 우리의 소중한 친구 루이즈의 손자라오."

"루이즈의 손자라고요? 이럴 수가!"

여왕은 엘리엇에게 달려들어 튼실한 팔로 엘리엇을 꽉 껴안았다. 엘리엇은 숨이 막혔다.

"안녕하세요, 여왕님?"

엘리엇은 다시 숨을 쉴 수 있게 되자 또박또박 인사를 건넸다.

"우리끼리인데 그냥 폼므렐이라고 부르렴."

여왕은 엘리엇의 팔을 잡더니 놀라울 정도로 힘차게 엘리엇을 식당으로 끌고 갔다.

"우리 남편이 질문을 산더미처럼 해서 지겨웠지? 이제 배가 출출할 때가 되었을 거야."

"아……."

"잘됐구나. 모두를 위해 핫초코를 준비했단다. 맛이 어떤지 말해주렴. 이래 봬도 15년 전에 오니리아 요리 대회에서 최고의 핫초코로 뽑힌 거야."

결국 모두가 엄청난 간식을 먹기 위해 식탁에 둘러앉았다. 하인 로봇들이 식탁 위에 과자, 타르트, 크레이프, 와플, 시럽, 마들렌을 산더미처럼 쌓았다. 엄청나게 큰 잔도 잊지 않았다. 여왕은 자신의 그 유명한 핫초코를 잔에 넉넉히 부었다.

엘리엇이 마들렌을 세 개째 입에 넣는 순간, 복면을 쓰고 보라색 총으로 무장한 자들이 갑자기 방에 들이닥쳤다. 엘리엇은 하마터면 스툴에서 떨어질 뻔했다.

"안심하렴."

조브가 말했다.

"내 부하들이야. 내가 맡긴 작은 임무를 마치고 돌아오는 길이지. 정보급습치안국 대원들과 같은 총을 쓰고 있어. 덕분에 아무도 의심하지 않지. 정보급습치안국 대원들조차 말이야."

부하들은 복면을 벗었다. 인간의 모습을 한 남자 한 명과 파란 피부에 황금색 머리를 한 여자 한 명, 그리고 눈이 많이 달린 거대한 민달팽이처럼 생긴 생물체가 하나 있었다. 유령도 둘 있었는데 복면이 따로 필요하지 않았다.

"야, 봤지?"

엘리엇이 카치아에게 몸을 숙이며 말했다.

"진짜로 유령을 봤다니까."

조브는 스툴에서 뛰어내려와 빠른 걸음으로 부하들에게 갔다.

"찾았나?"

그가 물었다.

"여기 있습니다."

파란 여자가 검은 천으로 덮어 놓은 것을 가리키며 말했다.

두 유령이 천을 벗기자 상상할 수 있는 가장 전형적인 마녀가 나타났다. 구부러진 매부리코, 무사마귀, 빗자루, 고깔모자, 구멍 난 낡은 망토, 손에 든 냄비, 어깨에 앉은 검은 고양이……. 빠진 것이 하나도 없었다. 마녀를 만들어 낸 마법사는 꽤나 철저한 사람인 모양이다.

조브는 환영한다는 듯 두 팔을 벌리며 마녀에게 다가갔다.

"지젤! 우리 집에 온 걸 환영해요."

"조브, 다시 만나서 반가워요."

마녀가 염소처럼 떨리는 목소리로 말했다.

"하지만 날 여기로 데려오는 건 위험한 행동이에요. 정보급습치안국이 머지않아 날 발견할 거라고요."

"맞아요. 어서 서두릅시다. 슈루프, 수면제."

슈루프는 자리에서 일어나 저장고로 갔다. 그곳에서 수면제 한 병과 장미색 천, 그리고 장미색 가방을 가져왔다.

"지젤, 이제부터 간단한 수술을 할 겁니다. 이쪽으로 누우세요."

슈루프는 초록색 소파를 가리키며 말했다.

폼므렐도 자리에서 일어났다. 슈루프가 수면제를 묻힌 천을 마녀의 코에 갖다 대는 동안 여왕은 가방을 열어서 가운과 마스크, 장갑 한 짝을 꺼내 착용했다. 슈루프에게 메스를 건네받은 여왕은 마녀의 목을 길게 절개했다. 피가 솟구쳤다. 피가 철철 넘쳤다. 여왕이 머리부터 발까지 피를 뒤집어쓸 정도였다. 하지만 여왕은 아무렇지도 않은 듯했다. 그러고 보니 엘리엇을 제외하고 방 안에 있던 모두가 태평했다. 조브는 부하들에게 식탁에 함께 앉으라고 권한 다음 엘리엇 옆 자리에 앉았다. 그리고 엄청나게 큰 호두파이를 집어 들고 한 입 먹을 때마다 만족스러운 한숨을 내쉬었다. 바로 뒤에서 벌어지는 참혹한 광경에는 눈길 한번 주지 않았다.

한편 폼므렐은 마녀의 목에서 절개한 부분 속으로 손을 집어넣었다. 목 안을 더듬더니 얼마 뒤에 피가 흥건한 손을 꺼냈다. 엄지와 검지 사이에 뭔가를 쥐고 있었다. 슈루프가 초콜릿 쿠키를 내밀자 그 속에 그 물건을 집어넣었다. 여왕은 형광 주황색 실과 같은 색의 바늘을 꺼내더니 마녀의 상처를 꿰매기 시작했다. 봉합이 끝나자 입었던 외과 의사 복장을 모두 벗어 버렸다. 슈루프가 초콜릿 쿠키와 나머지 수술 도구를 저장고로 가져가는 사이 작은 로봇들이 거실에 있는 가구 절반을 흥건히 적신 피를 닦기 시작했다.

폼므렐도 어느새 깨끗해진 모습으로 아무 일도 아니라는 듯이 식탁으로 되돌아 와서 부하들에게 핫초코를 부어 주려고 했다. 오니리아 주민과 인간의 몸이 다르다는 걸 알았지만 엘리엇은 기절하기 일보 직전이었다.

"엘리엇, 지젤의 상처는 금방 아물 거란다."

조브가 말했다.

"게다가 수면제 덕분에 아무런 통증도 느끼지 못했을 거야."

조브는 엘리엇에게 호두파이 한 조각을 권했지만 엘리엇은 사양했다. 방금 벌어진 광경을 목격하고 어떻게 목구멍으로 음식이 넘어가겠는가.

"전설이 아니었군요!"

카치아가 감탄하며 말했다.

"추적 칩을 무력화할 방법을 발견한 거죠?"

"그렇단다."

조브가 대답했다.

"나의 사랑하는 아내가 발견한 것이지. 추적 칩을 초콜릿 속에 담그면 전혀 쓸 수 없게 된단다."

"대단해요!"

파르조가 외쳤다.

"그리고 아주 간단하고요. 정말 기발한 아이디어예요."

카치아가 덧붙였다.

"추적 칩이 뭐예요? 위치 추적 장치 같은 거예요?"

엘리엇이 물었다.

"그렇지."

조브가 설명했다.

"악몽이 만들어질 때마다 위치가 표시되기 때문에 정보급습치안국에서는 에피알티스 바깥에 있는 악몽을 모두 찾아낼 수 있는 거야."

"하지만 할머니가 그러시는데, 할머니가 오니리아에 자주 왔던 시절에는 꿈과 악몽이 함께 살았다면서요. 무슨 일이 있었기에 악몽이 쫓기고 갇히는 거죠?"

조브는 먹던 딸기 타르트를 꿀꺽 삼키고 설명했다.

"우선 악몽이 인간에게는 무서운 존재일지 몰라도 나쁜 의도는 전혀 갖지 않았다는 걸 알아야 해. 슈루프는 잠들기 전에 오거 이야기를 읽은 일곱 살 아이가 만들어 낸 악몽이야. 하지만 슈루프는 파리 한 마리도 못 죽일걸?"

"맞아요. 그렇지만 눈앞에 보이는 건 뭐든 먹어 치우잖아요."

엘리엇이 지적했다.

"하지만 우리 세계에서는 아무렇지도 않은 일이야. 그렇다고 슈루프가 공공의 적이 되진 않지. 허락도 받지 않고 누군가를 먹어 버려도 그냥 불쾌한 일일 뿐이야."

"아주아주 불쾌한 일이죠!"

파르조가 얼굴을 찡그리며 화를 내자 둘러앉았던 모두가 웃음을 터뜨렸다.

"절 먹어 버렸다면 어쩔 뻔했어요?"

엘리엇이 물었다.

"그랬다면 달랐을 거다."

조브가 인정했다.

"악몽은 창조자에게 위험한 존재가 될 수 있어. 하지만 악몽이 잘 몰라서 그런 거야. 슈루프에게 네 정체를 먼저 밝혔어야 해. 그러면 건드리지 않았을 거다."

"왜요?"

"불변의 법 제4조는 창조자를 신체적으로나 정신적으로 해칠 수 없도록 규정하고 있기 때문이지."

"악몽들은 그 법을 지키나요?"

엘리엇이 놀라며 물었다.

"물론!"

조브가 말했다.

"건전한 오니리아 시민은 불변의 법을 절대 어기지 않아."

"그렇다면 시구림과 디틸드 여왕은 제정신이 아니군요. 요원을 인간 세계에 보내려고 저의 정신을 오니리아에 가둬 두려고 했으니까요. 불변의 법을 두 개나 어겨 가면서요."

"자신들이 법 위에 있다고 생각하는 게 틀림없어."

조브는 서글프게 고개를 흔들며 말했다.

"어쨌든 얼마 전까지만 해도 꿈과 악몽은 조화롭게 살았어. 누구나 원하는 곳에 살 수 있었지. 사법 체계도 실제로 나쁜 행동을 했을 때에만 처벌을 내리게 되어 있었어. 평화를 지키는 데는 그걸로 충분했단다. 하지만 비극적인 사건이 발생했지. 10년 전이었어. 한 젊은 여자가 악몽에게 살해당한 거야. 그 여자는 창조자였지."

엘리엇의 심장이 덜컥 내려앉았다. 십 년 전? 창조자? 엄마도 십 년 전에 잠을 자다가 죽었다. 혹시……?

"그 창조자가 누구였는지 아세요?"

엘리엇이 물었다.

"아니. 아무도 모른단다. 흔적을 찾을 수 없었거든. 산책하던 부부가 시체를 발견하고 신고하러 갔지. 경찰과 함께 도착했을 때 시체는 이미 사라진 뒤였어."

"그런데 어떻게 창조자라고 확신해요? 몇 분 뒤에 다시 살아난 오니리아 주민일 수도 있잖아요."

"아니, 창조자가 틀림없었어. 머리카락을 찾았거든. DNA 분석을 했던 전문가들이 분명 인간의 시체라고 결론을 내렸지."

"마법사였을 가능성은요?"

엘리엇은 목이 멘 소리로 물었다.

"마법사들은 오니리아에서 죽지 않아. 죽어도 곧바로 다시 살아나기 때문에 시체란 걸 찾아볼 수 없지. 그건 분명 창조자였어. 하지만 그녀에 대해서 아무것도 모른단다. 그녀가 누구인지, 어떻게 죽었는지, 시체는 왜 사라졌는지 아는 사람이 아무도 없어."

엘리엇은 소름이 끼쳤다. 우연이라고 하기에는……. 하지만 할머니가 틀렸을 리 없다. 엄마가 오니리아에서 죽었다면 모래시계가 할머니 서랍장이 아니라 엄마 목에서 발견되었어야 했다.

"괜찮니, 엘리엇?"

폼므렐이 물었다.

"얼굴이 창백하구나."

"네, 저는……."

"걱정 마라, 엘리엇."

조브가 끼어들었다.

"우리가 널 보호해 줄 테니. 너한테는 그런 일이 일어나지 않을 거야."

"고맙습니다."

엘리엇은 황당한 생각을 쫓아 버리려 애쓰며 얼버무렸다.

"어쨌든 그 사건은 모두에게 크게 각인되었어. 경찰 조사는 결론이 나지 않았고 용의자는 풀려났지. 하지만 그녀를 죽인 게 악몽이라는 소문이 파다했어. 소문은 커졌고 정부에서도 소문을 부정하지 않았지. 그러자 꿈들이 악몽들을 불신하기 시작했어."

"기억나요."

유령 한 명이 말했다.

"제가 거품신문을 사러 가면 모두가 걸음아 날 살려라 도망쳤어요. 모범적인 시민이었던 저에게 정말 수치스러운 일이었죠. 자존심 상했어요."

폼므렐은 유령에게 위로의 미소를 보냈다.

모두가 입을 다물고 조브의 말에 귀를 기울였다. 표정에 드러난 감정을 읽을 수 있었다.

"손가락질 당하는 걸 참지 못한 악몽들도 있었지."

조브가 말을 이었다.

"젊은 무리들이 여기저기서 소란을 피우면서 반항하기 시작했어. 디틸드 여왕은 당황했단다. 백성을 보호하고 싶어 했지. 바로 그 때문에 여왕은 엄청난 실수를 저지르고 만 거야."

"무슨 실수요?"

엘리엇이 물었다.

"시구림에게 오니리아의 안전을 책임지라고 한 거지. 그것이 악순환의 시작이었어. 시구림은 대규모 조사를 실시했어. 오니리아 주민의 DNA를 채취하기 시작했지. 주민들은 머리카락, 손톱, 혈액 등을 제공해야 했어."

"DNA가 또 나오는군요."

엘리엇은 생각에 잠긴 듯 말했다.

"자신을 경찰 드라마 속 주인공이라고 생각하는 마법사가 얼마나 많은지 아마 상상조차 못 할 거야."

폼므렐이 말했다.

"그래서 전문 조사관, 생물학자, 법의학자들이 넘쳐나지."

"너도 알겠지만 DNA는 생물체의 모든 세포 속에 들어 있단다."

조브가 다시 설명을 이어 갔다.

"인간의 DNA에는 몸의 발달과 기능에 필요한 정보가 모두 들어 있지만 오니리아 주민의 DNA는 조금 다르단다. 만들어진 날짜와 장소, 마법사의 신분, 갖고 있는 능력, 신체적 특징 등 신분과 관련된 정보를 담고 있거든. 그러니까 시구림은 주민 한 사람 한 사람에 대한 정보를 모두 갖고 있는 셈이지. 조사가 이루어질 때 오니리아 주민 대부분은 자발적으로 명령에 따랐어. 자신들을 위해 실시되는 조사라고 생각했기 때문이지."

"바보들!"

카치아가 화를 냈다.

"자유를 그렇게 쉽게 포기하다니! 구역질이 날 것 같아요."

"넌 DNA를 주지 않았어?"

엘리엇이 물었다.

"응. 하지만 놈들이 가지고 있어. DNA를 사방에 묻히고 다니니까 채취하기 쉽거든. 어느 날 어떤 멍청한 놈이 길 한복판에서 나한테 욕을 하는 거야. 근육은 빵빵한데 머리는 새대가리 같은 놈이. 싸우던 중에 그놈이 내 눈썹 있는 데를 베어 버리는 바람에……. 피가 흥건했어. 내 얼굴에 정통으로 날아온 그놈 주먹에도 묻었지. 그런데 놈이 갑자기 싸움을 멈추는 거야. 그리고 피 묻은 손을 무슨 종이 같은 걸로 닦았는데, 종이가 보라색이고 여왕의 옥새가 찍혀 있었어. 그러고 나서 놈은 웃으면서 자리를 떠났지. 내 DNA를 가지고."

"그건 정말 정직하지 못한 방법이잖아."

엘리엇이 말했다.

"그렇고말고. 하지만 나한테 그런 짓을 하고 무사하지 못할걸. 그날 이후, 나는 다짐했어. 시구림에게 그에 맞는 대가를 치르게 할 거라고 말이야. 언젠가 창조된 걸 후회할 날이 올 거야."

"시구림에 대해 반감을 갖는 것도 이해가 가."

조브가 말했다.

"많은 악행의 원흉이니까. 게다가 그게 다가 아니었어. DNA 조사가 이루어진 뒤에 모든 악몽은 에피알티스로 이주해야 했어. 시구림은 정보급습치안국을 창설해서 이주 명령을 어기는 악몽을 쫓았고,

에피알티스의 경비 수준은 점점 더 강화되어서 이제는 감옥과 다름없어. 정보급습치안국에서 고용한 악몽들이 에피알티스를 운영하고 있지. 마지막으로 모든 악몽에게 추적 칩이 삽입되었어. 정보급습치안국이 항상 악몽의 위치를 파악하기 위해서지."

"하지만 정보급습치안국은 어떻게 악몽을 구분하나요? DNA에 쓰여 있나요?"

엘리엇이 물었다.

"좋은 질문이로구나."

조브가 대답했다.

"그것은 수많은 문제의 원인이기도 하단다. DNA에는 악몽이라고 쓰여 있지 않아. 꿈과 악몽의 구분은 주관적이야. 마법사가 무서움 때문에 만들어 낸 존재는 악몽으로 간주된단다. 전통적으로 뱀파이어, 마녀, 유령이 악몽이지. 하지만 항상 그런 것은 아니야. 정보급습치안국은 실수의 가능성을 없애려 했어. 그래서 무서워 보이는 존재는 모두 에피알티스로 보냈지. 지금도 여전히 그렇고."

"나도 늑대로 변했던 날 끌려갈 뻔했어."

파르조가 나섰다.

"수사대원들은 정말 바보 같다니까. 이제는 나도 조심하고 있어. 수사대원과 마주치면 착하고 작은 동물로 변신하지."

파르조는 순한 새끼 양으로 변해서 먹이를 달라는 듯 매애애애 하고 울기 시작했다. 파란 여자는 그 모습을 보고 안타까웠는지 동료들이 놀리는데도 아랑곳하지 않고 서둘러서 파르조에게 먹이를 주었다.

"지젤은 오랜 친구야."

조브가 말을 이었다.

"지젤은 마녀이기 때문에 가장 처음으로 잡혔지. 지금까지 에피알티스에서 꺼내 주지 못했어. 하지만 지젤을 만들어 낸 마법사가 자주 지젤을 바깥으로 불러낸단다. 조금 전에 지젤을 봤다는 친구가 있어서 곧바로 부하들을 보내 정보급습치안국보다 먼저 지젤을 찾아낼 수 있었던 거야. 그 다음은 직접 봤으니 알겠지? 폼므렐이 추적 칩을 제거했으니 이제 지젤은 우리와 함께 지낼 수 있어. 우리가 구해 낸 슈루프와 다른 악몽들과 마찬가지로 말이다."

"그래서 정보급습치안국에 쫓기시는 거예요? 악몽들을 풀어 줘서요? 겨우 그것 때문에요?"

엘리엇이 물었다.

"그렇단다."

조브가 대답했다.

"하지만 네가 겨우 그것이라고 말하는 게 우리 악몽 친구들에게는 많은 것을 의미하지. 그들에게는 그것이 희망이야."

"그런데 여기 정확한 위치가 어떻게 되죠?"

카치아가 물었다.

"정보급습치안국이 이 노아의 방주를 찾지 못할 거라고 확신하는 이유는 뭐예요?"

"아, 그러고 보니 이곳을 구경시켜 주지도 못했구나. 따라오렴."

조브는 지휘봉을 잡고 자기보다 훨씬 큰 스툴에서 뛰어내렸다. 그는 금속 벽에 나 있는 수많은 벽 중 하나로 다가갔다. 그 뒤를 엘리엇, 카치아, 파르조가 따랐다. 조브가 버튼을 누르자 문이 열리고 엘리엇이 기대하지 못했던 장면이 펼쳐졌다. 거대한 방에 공상 과학 영화에서 막 튀어나온 듯한 인물들이 커다란 스크린 주위에서 바쁘게 움직이고 있었다. 거대한 유리창으로는 칠흑처럼 어두운 하늘이 보였고 하늘에는 무수한 별이 반짝거리고 있었다.

"내 우주선의 조종실에 온 것을 환영한다."

조브가 말했다.

"이곳에 아내와 함께 4년 전부터 살고 있단다."

"우주선이요?"

엘리엇이 감탄했다.

"멋진데!"

파르조도 소리를 질렀다.

"우주선은 처음 타 봐요. 죽이는걸?"

카치아도 거들었다.

"혹시 지금 우리가 날고 있는 곳이……?"

"맞아. 은하계 사이의 네트워크란다."

조브가 자랑스럽게 말했다.

"그걸 찾아냈군요!"

카치아는 감탄하며 말했다.

“그냥 전설이라고만 생각했어요.”

“그 덕분에 정보급습치안국이 4년 넘게 날 잡지 못한 것이지.”

조브가 설명했다.

“은하계 사이의 네트워크가 뭐예요?”

엘리엇이 물었다.

“오니리아의 어느 곳으로나 갈 수 있는 문이 있는 무한대의 공간이야.”

파르조가 설명해 주었다.

“몇 년 전부터 네트워크를 찾아서 오니리아 전역을 누볐어요.”

카치아가 말했다.

“있을 만한 곳을 샅샅이 뒤졌지만 네트워크로 갈 수 있는 문은 결국 찾지 못했죠.”

“네트워크로 연결된 문들은 좀 특별하기 때문이지.”

조브가 설명했다.

“아주 잘 숨겨져 있기도 하지만 무엇보다 다른 문과는 달리 손으로 열 수 없단다.”

“그래요?”

파르조가 놀라며 물었다.

“그럼 어떻게 열어요?”

“사실 그 문들은…… 혀로 핥아야 한단다.”

"혀로 핥는다고요?"

카치아, 파르조, 엘리엇이 동시에 합창했다.

"처음에 어떻게 그걸 알게 되었어요?"

엘리엇이 물었다.

조브는 얼굴이 약간 붉어지더니 눈을 내리깔며 중얼거렸다.

"우연히 발견했지. 에도니스에 있는 우리 집에서 알게 되었단다. 어느 날 나의 사랑하는 아내 폼므렐이 핫초코를 만들고 있었지. 그런데 내가 서툴게도 핫초코를 식탁 위에 쏟은 거야. 맛있는 핫초코를 그냥 버릴 순 없었지. 폼므렐은 자리에 없었어. 그래서 식탁을 혀로 핥았지. 폼므렐이 있었다면 절대 용납하지 않았을 거야. 그런데 우리 집 식탁이 은하수 사이의 네트워크에 있는 행성 중 하나로 갈 수 있는 문이더라고."

"파르조가 네트워크를 한 번도 찾은 적이 없다는 게 정말 놀랍군!"

카치아가 비웃듯 농담을 건넸다.

"음식과는 전혀 닮은 점이 없는 것까지 핥느라 정신이 없는데 말이야."

카치아의 농담에 모두 한바탕 웃었다. 파르조만 뿔이 난 듯 팔짱을 끼고 저만치 가 버렸다. 하지만 호기심 많은 원숭이는 멀리 가지 못하고 다시 일행에게 돌아왔는데, 그때 외계인 한 명이 다가왔다. 얼굴은 짙은 파란색이었고, 모양도 가로로 더 길었다. 양끝에는 눈이 하나씩 달려 있었고 정수리에 붙어 있는 입에는 이가 없었다.

"우주선 함장인 즈르르크를 소개하마."

조브가 말했다.

"네트워크를 속속들이 알고 있지. 우리가 가고 싶은 곳이 어딘지 기가 막히게 잘 안단다. 즈르르크가 없다면 우린 네트워크에서 길을 잃을 거야."

"안녕하세요?"

엘리엇, 카치아, 파르조가 함께 인사를 했다.

"즈르르크 함장, 얘는 엘리엇이네. 인간 세계에서 온 창조자지. 그리고 엘리엇의 친구인 카치아와 파르조."

함장은 삐리릭, 삐걱삐걱, 브르르 하는 소리를 내기 시작했다. 엘리엇 일행은 뭐라고 대꾸해야 할지 몰랐다.

"이런, 자막을 넣는다는 게 깜빡했군."

조브가 말했다.

조브는 망토 주머니를 뒤지더니 동그랗게 생긴 작은 물건을 꺼냈다. 디지털 카메라처럼 생긴 물건이었다. 카메라는 공중에서 이리저리 움직이더니 함장 바로 앞에서 멈췄다. 곧이어 함장의 얼굴이 방 안에 있는 여러 개의 대형 화면에 나타났다. 함장은 이상한 소리를 다시 내기 시작했다. 하지만 이번에는 각 화면에 커다란 흰 글씨로 자막이 나왔다.

"우주선에 오신 것을 환영합니다."

엘리엇이 자막을 읽었다.

"조브의 친구는 제 친구입니다."

정말 희한했다.

"그럼 우리가 하는 말도 알아들어요?"

엘리엇이 물었다.

"그렇단다."

조브가 대답했다.

"귓속에 동시통역이 되는 장치가 있거든."

"그럼…… 통역사는 어디 있어요?"

엘리엇은 고개를 이리저리 돌리며 물었다.

"좋은 질문이야."

조브가 말했다.

"아주 훌륭한 질문. 어디 있는지 나도 모르겠다. 하지만 그게 중요한 건 아니잖니?"

엘리엇은 입을 다물지 못했다. 오니리아에서는 이해하려 들지 말아야 할 일들이 참 많았다. 새엄마라면 아마 미치고 팔짝 뛸 것이다. 합리적으로 설명이 안 되는 건 헛소리라고 생각하는 사람이니까.

일행이 다시 식당으로 돌아왔을 때 마녀 지젤은 다른 사람들과 식탁에 앉아 있었다. 선글라스로 눈을 보호하고 있었다. 의자 옆에 솥을 놓고 솥 안에 고양이를 놓아두었다. 엘리엇은 자리에 앉자마자 지젤 옆에 앉은 것을 후회했다. 썩은 치즈 냄새 같은 악취가 풍겼기 때문이다. 엘리엇은 토할 것 같아서 폼므렐이 권하는 핫초코도 마다했다.

"지젤, 몸은 좀 어때요?"

조브가 물었다.

"괜찮아요. 쥐구멍 같은 에피알티스에서 꺼내 줘서 얼마나 고마운지 몰라요."

"에피알티스가 그리 유쾌한 곳은 아니지요."

"맞아요. 이젠 진짜 지옥처럼 변하고 있어요."

"1년 전에 조브가 날 구해 줬을 때보다 더 심해졌어요?"

유령이 물었다.

"훨씬 안 좋게 변했지요. 비스트와 그 무리가 에피알티스를 장악하고 폭동이라는 명목으로 악몽들을 공포에 몰아넣고 있어요. 정보급습치안국은 전혀 통제하지 못하고 있고요."

식탁에 둘러앉은 사람들이 일제히 웅성거렸다.

"비스트……."

조브가 중얼거렸다.

"비스트의 악명이 높아지고 있어. 여섯 달 전만 해도 아무도 몰랐는데. 지금은 꿈의 왕국에서 가장 두려운 악몽이 되었으니……."

"비스트가 만들어진 지 여섯 달밖에 안 됐다고요?"

엘리엇이 물었다.

"DNA를 분석하지 않으면 정확히 말할 수 없단다. 하지만 그보다 더 오래 되지는 않았을 거야. 어쨌든 그 전에는 아무도 비스트에 대해서 들어 본 적이 없어."

엘리엇은 찬물 세례를 받은 것 같았다. 비스트가 얼마 전에 만들어졌다면 엄마가 비스트를 만난 적이 없다는 게 확실하다. 비스트를 닮은 용을 그린 것뿐이었을까? 그렇다면 그 용은 뭘까? 아무것도 아닐지도. 할머니 말이 맞을지도 모른다. 엄마는 오니리아에 온 적이 없는 거다. 십 년 전에 살해당한 창조자는 엄마가 아니었을 것이다.

"그게 다가 아닙니다."

지젤이 다시 말을 꺼냈다.

"마법사 때문에 정기적으로 에피알티스 바깥으로 나갈 수 있는 악몽들은 정보급습치안국에 붙잡히기 전에 곳곳에서 소란을 피우도록 강요받았어요. 비스트가 대신 자유와 권력, 복수를 약속했지요. 에피알티스에 8년 넘게 갇혀 있는 악몽들이 많습니다. 에피알티스 같은 곳에서 8년이라는 기간은 아주 긴 세월이지요. 그래서 비스트의 말에 넘어간 악몽들도 있습니다. 정보급습치안국과 디틸드 여왕에게 복수할 수 있다면 무엇이든지 할 태세예요."

"슬픈 일이군."

조브가 한숨을 내쉬었다.

"비스트가 대중을 매료시키는 방법을 알아냈어요."

지젤이 말했다.

"그게 무엇이지요?"

조브가 물었다.

"어떻게 하는지는 모르겠지만 매일 새로운 능력을 얻더군요. 하나

같이 무서운 능력을요. 어느 날에는 키가 엄청나게 커졌다가 아주 작아지는 능력을 얻고, 그다음 날에는 바람을 내보내는 검은 머리가 한 동네 전체를 날려 버릴 정도로 강한 토네이도를 일으키는 능력을 얻었어요. 최근에는 눈만 감았다가 뜨면 원하는 장소로 이동할 수 있게 되었다는 소문도 있고요. 하지만 무엇이 진실이고 무엇이 거짓인지 알 수 없어요. 소문은 부풀려지니까요."

"새로운 능력을 얻는 방법을 찾았군!"

카치아가 외쳤다.

"그건 불가능한 줄 알았는데요."

엘리엇이 말했다.

"그렇지."

지젤이 대꾸했다.

"그래서 더 놀라운 것이란다. 게다가 그다음 날 어떤 능력을 갖게 될지 미리 알릴 정도야."

"뭐라고요?"

모두가 소리쳤다.

"에피알티스에서는 비스트가 신과 같다고 생각하는 악몽들도 있어요."

지젤이 말했다.

"그런 소문이 퍼지면 머지않아 악몽들이 비스트에게 왕관을 씌우려 할 거야. 매일 새로운 능력을 얻는 것은 오니리아에서 여태껏 한 번도 본 적 없는 일이지. 분명 납득할 만한 이유가 있을 거야."

조브는 근심 어린 목소리로 말했다.

"어쨌든 한 가지는 확실해요."

지젤이 말했다.

"비스트가 악몽들을 매료시키기도 하지만 모두가 그를 두려워하는 것도 사실이에요. 불안에 떠는 친구들이 많답니다."

"지젤, 당신은 어때요? 견딜 만해요?"

폼므렐이 걱정하며 물었다.

"나야 솥과 발명에 필요한 재료만 있으면 만사형통이죠."

"발명이요?"

엘리엇이 물었다.

"그렇단다. 나는 화학자거든. 말하자면 화학자의 마녀 버전이지. 두꺼비 다리나 박쥐 오줌 같은 것을 재료로 쓴단다. 아주 흥미로운 발명품들이 탄생하지. 예를 들어 내가 가장 최근에 발명한 건 발치약이야."

"그게 뭐예요?"

"발에 바르는 치약이지. 발 냄새를 없애 준단다. 알다시피 기존의 비누 제품만으로는 부족해. 여기서 한번 보여 줄게."

지젤은 한쪽 발의 신발과 양말을 벗었다. 검은 발은 무사마귀로 뒤덮여 있었다. 엘리엇은 구역질이 날 뻔했다. 더 심한 건 발에서 나는 악취였다. 썩은 과일, 하수도, 오래된 치즈, 더러운 기저귀를 섞어 놓은 듯했다. 엘리엇은 주위를 돌아보았다. 모두 먹던 것을 내려놓았고 얼굴은 초록색으로 질려 있었다. 파란 여자의 얼굴마저도 초록색으로 변했다. 아무렇지도 않은 건 유령들뿐이었다. 냄새를 맡지 못하는 모양이었다. 폼므렐은 견뎌 내려고 손으로 식탁을 꽉 쥐고 있었다.

지젤은 솥에서 긴 손잡이가 달린 커다란 솔을 꺼냈다. 그리고 그 위에 갈색 크림 같은 것을 바른 다음 발을 열심히 문질렀다. 몇 초가 지나자 악취가 사라지고 은은한 헤이즐넛 향기가 퍼졌다.

"와, 정말 대단한데요."

조브가 억지로 웃음을 지으려 애쓰며 말했다.

"고맙습니다. 이렇게 우리에게……. 기적의 발명품을 보여 줘서요."

발 냄새 테러에서 가까스로 정신을 차린 폼므렐이 말을 이었다.

지젤이 양말과 신발을 다시 신자 모두 휴 하고 안심했다. 발 냄새는 사라졌지만 마녀의 발만 바라봐도 토할 것 같았기 때문이다. 폼므렐은 이때다 싶어 핫초코 한 잔을 더 돌렸다.

"그럼 우리를 어떻게 오자고라에 보내 주실 건가요?"

카치아가 물었다.

모래들

엘리엇이 폼므렐의 프렌치토스트를 세 개째 맛보려 하는 순간, 갑자기 날카로운 비명이 들렸다. 엘리엇은 어리둥절해하며 주위를 돌아보았다. 호텔 방, 침대 옆 테이블 위에 놓인 영어 관광 팸플릿, 잠옷 바람으로 베개 싸움을 하는 쌍둥이…….

런던의 토요일 아침이었다.

오빠가 깬 것을 보자 쌍둥이는 오빠에게 달려들었다. 엘리엇은 베개 두 개를 집어 들고 풍차 돌리기를 하며 동생들이 다가오지 못하게 했다. 그리고 피 튀기는 베개 싸움이 이어졌다. 힘은 어느 정도 균형을 이루었다. 엘리엇은 쌍둥이보다 키가 크고 체격도 좋았다. 하지만 쌍둥이는 수적으로 우세했고 오빠의 주의를 돌리기 위한 아이디어가 넘쳤다. 세 사람은 싸움을 하면서 배가 끊어질 정도로 웃었다. 그때 헝클어진 머리를 한 크리스틴이 씩씩거리며 나타나서는 이렇게 이른 시간에 베개 싸움을 하는 건 예의가 아니라고 고함을 질렀다. 그러나 크리스틴에게 돌아온 대답이라고는 줄리에트가 얼굴 한복판에 던진 베개뿐이었다.

이크! 크리스틴은 정말 화가 나서 세 아이의 기분 좋은 아침에 종지부를 찍었다.

베이컨과 에그 스크램블을 잔뜩 먹고 2시간이 지난 뒤 네 사람은 보슬보슬 내리는 비를 맞으며 버킹엄 궁전 앞에서 근위병 교대식을 기다리고 있었다. 쌍둥이는 20초마다 한 번씩 여왕도 나오느냐고 물었고, 작은 검정색 우산을 쓴 크리스틴은 휴대 전화를 두드리며 잘 모르겠다고 무심하게 대답했다.

한참을 기다리고 난 뒤 교대할 근위병들이 도착했다. 유니폼을 입은 근위병들이 똑같은 유니폼을 입은 근위병들과 교대하는 장면이 더할 나위 없이 지겨웠던 엘리엇은 런던이야말로 세상에서 가장 재미없는 도시이고 런던에서 사는 건 절대 안 된다고 확신했다.

그렇게 하루 종일 엘리엇은 기분이 안 좋았다. 크리스틴은 런던의 전형적인 펍에 아이들을 데려갔다. 엘리엇은 '피시 앤 칩스'를 깨작거리며 영국 음식은 입에 넣을 게 아니라고, 그런 음식을 매일 먹으라고 하는 건 잔인한 일이라고 말했다.

사실은 새빨간 거짓말이었다. 피시 앤 칩스가 정말 맛있었기 때문이다. 하지만 런던을 좋아하는 크리스틴이 이곳으로 이사를 하려고 하기 때문에, 엘리엇에게는 런던과 런던의 사람들, 그리고 런던과 관련이 있는 모든 것이 런던을 싫어할 좋은 핑계거리가 되었다.

오후는 지옥 같았다. 엘리엇 일행은 넓고 빛도 잘 들며 조용한 아파트를 구경했다. 위치도 좋았지만 엘리엇의 눈에는 단점만 보였다. 크리스틴은 짜증을 내면서 엘리엇에게 계속 불평만 하면 지하실 방을 주겠다고 으름장을 놓았다. 엘리엇은 웃음이 났다. 절대 런던으로 이사 오지 않으리라는 걸 알고 있었기 때문이다. 조브 덕분에 머지않아 모래 상인을 만날 수 있을 것이다. 아빠를 구하기만 하면 모든 것이 옛날로 되돌아갈 수 있다.

조브의 계획은 간단했다. 사실은 아아노르와 생각이 똑같았다. 조브에게는 계획을 실행에 옮길 수단이 있다는 게 차이점이라면 차이점이었다. 오자고라로 보내질 화물의 수량이나 품질 등을 검사하는 개미가 바로 조브의 친구였다. 그 개미를 통해서 오늘 밤 대상이 에도니스를 떠나 오자고라로 들어간다는 소식을 접수했다. 조브의 부탁으로 개미는 대상의 우두머리와 얘기를 나누었고 엘리엇, 카치아, 파르조를 모래의 도시로 데려가도록 설득했다.

약속 장소는 에도니스의 한 조용한 골목이었다. 조브의 우주선이 쉽게 갈 수 있는 장소였다. 엘리엇은 약속 장소에 나가지 않는다. 대상이 출발하면 엘리엇은 가장 잘하는 기술을 사용해서 합류할 것이다. 잠들면서 파르조와 카치아를 생각하기만 하면 된다는 말씀!

조브 덕분에 모든 것이 얼마나 쉬워졌는지 생각하면 정말 놀라웠다. 갈 수 없었던 오자고라가 갑자기 흔한 관광지처럼 느껴졌다.

너무 심했나?

사실 오자고라는 오니리아와는 전혀 다르게 움직이는 곳이다. 조브는 엘리엇에게 미리 경고해 주었다. 오자고라에 가면 엘리엇은 창조자로서의 능력을 잃게 된다. 인간 세계의 평범한 엘리엇이 되는 것이다. 게다가 카치아와 파르조가 일단 오자고라에 들어가면 잠들면서 생각해도 만날 수 없게 된다. 따라서 대상이 목적지에 도착하기 전에 일행과 반드시 합류해야 한다. 그래서 엘리엇은 가족과 뮤지컬 공연을 관람하고 돌아오자마자 침대로 뛰어들었다. 마치 영국 여왕을 직접 만나기라도 할 것처럼 흥분한 채로.

엘리엇은 어둠 속에서 반짝이는 주황색 눈을 코앞에서 마주했다. 파르조는 또다시 부엉이로 변해 있었다.

"아, 안 돼! 설마 조브의 저장고에 다시 와 있는 건 아니겠지?"

엘리엇이 투덜거렸다.

"아니야."

신이 난 파르조가 답했다.

"대상과 함께 가고 있는 거야, 친구야."

바로 옆에서 성냥이 탁 하고 스치는 소리가 났다. 기름 등불이 켜지자 카치아의 얼굴이 보였다.

"오자고라로 가는 대상에 합류한 걸 환영해."

카치아가 예쁜 미소를 지으며 말했다.

"문제는 없었어?"

엘리엇이 물었다.

"전혀. 조브의 부하들이 일을 아주 잘해 줬어."

카치아가 대답했다.

"조금 전에 대상의 우두머리를 만났어."

파르조가 덧붙였다.

"하지만 말을 많이 하지는 않았어. 에도니스에서 멀리 떨어질 때까지 화물 속에 우릴 숨겨 주기로 했지. 정보급습치안국에서 에도니스 주변에 검문소를 설치한 모양이야. 들고 나는 모든 걸 감시한대."

"너는 지명 수배자니까 절대 모습을 드러내 놓고 다녀서는 안 돼."

카치아가 말을 이었다.

"검문소에서 멀어지면 여기서 나갈 거야."

"그럼 무사히 오자고라에 갈 수 있도록 행운을 빌자."

엘리엇이 말했다.

엘리엇은 무엇이 실려 있는지 구경을 시작했다. 일행이 숨어 있는 곳은 희한한 동물들을 넣은 우리가 실려 있는 곳이었다. 온갖 동물들이 다 모여 있었다. 황금 알을 낳는 거위, 다리가 다섯인 양, 거대한 개구리, 아주 작은 소, 그밖에도 뭐라고 부를지 알 수 없는 이상한 동물들이 많았다. 조금 더 가 보니 나무들이 화분에 심겨 있었다. 나무에는 상상도 하지 못할 것들이 자라고 있었다. 치즈, 사탕, 황금색과 은색 포장지에 예쁘게 포장된 선물, 악보, 책……. 엘리엇은 책이 열리는 나무가 아아노르 마음에 쏙 들 것이라는 생각을 하면서 미소를 지었다. 언젠가 아아노르를 구출해 내면 책 나무를 선물해야겠다고 다짐했다.

"엘리엇."

등 뒤에서 누군가가 엘리엇을 불렀다.

엘리엇은 재빨리 뒤를 돌아봤다. 카치아가 바로 뒤에 서 있었다. 카치아는 왠일인지 몸을 마구 꼬며 엘리엇의 눈을 똑바로 쳐다보지 못했다.

"고맙다고 말하려고."

카치아는 입안을 데게 하는 뜨거운 감자라도 내뱉듯이 빠른 속도로 인사말을 건넸다.

"뭐가 고마워?"

"같이 데려와 줘서. 꼭 그럴 필요는 없었는데. 조브가 보호해 주니까 이젠 우리가 필요 없잖아."

"난 언제나 친구들이 필요해."

카치아는 얼굴을 찡그리는 척하더니 엘리엇의 어깨를 톡톡 연달아 쳤다. 그러고 나서는 아무 말도 하지 않고 가 버렸다. 엘리엇은 어깨를 문지르며 카치아를 바라보았다. 재는 정말 감정을 표현하는 데 문제가 있는 아이야. 새엄마보다 더 심해. 하지만 고맙다고 말하려고 노력했잖아. 어쩌면 생각만큼 이상한 애는 아닐지도 몰라.

화물은 오른쪽에서 왼쪽으로, 다시 왼쪽에서 오른쪽으로 규칙적인 리듬에 맞춰 흔들렸다. 동물 우리들도 리듬에 따라 조금씩 미끄러졌다. 엘리엇은 밑에 깔릴 물건이 없는지 살피고 파르조 옆에 누웠다. 바깥 풍경을 볼 수 없으니 소리로 지나가는 장소를 추측해 보려고 애썼다.

북적북적한 해변에서 터져 나오는 즐거운 비명, 축구 경기장에서 목이 터져라 외치는 응원의 함성, 우르릉 쿵쾅 하는 천둥소리, 멀리서 터지는 폭죽 소리, 지저귀는 새소리, 쿵쿵 울리는 북소리…….

갑자기 움직임이 멈췄다. 동물 우리들도 돌덩어리처럼 움직이지 않았다. 엘리엇은 자리에서 일어났다. 카치아와 파르조도 이미 주위를 살피고 있었다. 바깥에서 사람들이 말하는 소리와 외치는 소리가 들려왔다. 카치아는 입으로 등불을 불어서 끄고 엘리엇의 멱살을 잡더니 서둘러 아기처럼 쌔근쌔근 자고 있던 머리 셋 달린 커다란 개가 있는 우리 뒤로 엘리엇을 끌었다.

"검문소야."

카치아가 소곤거렸다.

"소리 내면 안 돼."

엘리엇은 숨을 죽였다. 심장이 어찌나 쿵쾅거리던지 몇 미터 앞에서도 들릴 것만 같았다. 바깥 목소리를 알아들을 수 있을 정도까지 가까워졌다.

"화물을 모두 살펴봐야 합니다."

콧소리 섞인 목소리가 외쳤다.

"모래 상인을 위한 특별 배송입니다."

낮은 목소리가 들렸다.

"당신들에게는 조사할 권한이 없어요."

"통행증 있습니까?"

콧소리가 다시 말했다.

"여기 있습니다."

낮은 목소리가 대답했다.

"왕궁 창고의 인장도 찍혀 있습니다."

짧은 침묵이 흘렀다. 엘리엇은 여왕의 스파이 새인 보그다랑이 대상에 몰래 껴 가려는 엘리엇의 계획을 아직 일러바치지 않았기만을 간절히 바랐다.

"좋습니다."

콧소리가 마침내 말했다.

"모든 서류가 갖춰져 있군요. 지나가도 좋습니다."

대상이 다시 움직이기 시작했다. 검문소를 통과한 것이다.

카치아와 엘리엇은 시끌벅적한 검문소 소리가 더 이상 들리지 않고 해변의 바람 소리가 들려오자 숨어 있던 곳에서 나왔다. 파르조는 다섯 개의 다리를 가진 양 옆에서 몸을 동그랗게 말고 숨어 있었다.

"양털이 아주 부드러워. 베개 같아."

대상의 규칙적인 움직임에 안심한 세 친구는 이내 편안함에 몸을 맡겼다.

일행은 자기들을 부르는 남자의 낮고도 부드러운 목소리에 잠에서 깼다.

"어이, 불법 통행자들! 일어나라고. 에도니스에서 충분히 멀리 떨어졌으니 신선한 공기 좀 마셔."

남자는 위에 난 구멍으로 밧줄 사다리를 내려 보냈다. 엘리엇이 앞장섰다. 사다리 끝에 이르니 찬란한 빛 때문에 눈이 부셨다.

엘리엇은 바깥으로 나가기 위해 뚜껑문의 단단한 테두리 부분을 눌렀다. 그런데 순간, 손에 힘이 쭉 빠지며 그대로 미끄러지고 말았다. 엘리엇은 앞으로 비틀거리더니 볼품없이 떨어져 데이지 꽃 위로 머리부터 박았다. 남자는 껄껄대며 웃더니 엘리엇이 몸을 일으키도록 도와주었다.

"낙타멜레온을 타고 여행하는 건 처음인가 보지?"

남자가 물었다.

"뭘 탔다고요?"

엘리엇은 팔꿈치와 무릎을 비비며 되물었다.

"뒤를 돌아보렴."

몸을 돌리자 꽃이 만발한 예쁜 언덕들이 보였다. 방금 나왔던 화물창의 흔적은 온데간데없었다.

"이게 어찌된 일……."

엘리엇은 말을 더듬었다.

"손을 내밀어 보렴."

엘리엇은 남자에게 다가가서 오른손을 내밀었다. 남자는 가만히 손을 잡더니 엘리엇이 방금 전에 나왔던 문으로 손을 가져갔다. 손 밑에서 따뜻하고 부드러운 게 느껴지자 엘리엇은 흠칫 놀랐다. 당황해서 몇 발자국 뒤로 물러났다. 남자는 등에 걸쳤던 갈색 양모 망토를 벗더니 발밑에 던졌다. 그런데 망토는 바닥에 떨어지지 않았다. 땅에서 2미터 높이로 이상한 모양을 한 채 떠 있는 것이었다. 할머니가 매년 여름 온 가족이 휴가를 떠나기 전에 거실 소파에 덮어 놓던 흰 천이 떠올랐다. 엘리엇은 망토에 다가가서 무엇이 있는지 열심히 관찰했다.

그때 눈이 보였다. 순진하게 엘리엇을 바라보고 있는 두 개의 눈. 그것은 동물이었다. 눈에 보이지 않는 동물!

동물이 조금씩 움직이자 언덕의 풍경도 덩달아 흔들렸다. 그러자 더 많은 게 엘리엇의 눈에 들어왔다. 땅바닥에 밟히는 네 개의 발굽과 공중에서 흔들거리는 꼬리였다. 차츰 익숙해지자 동물의 윤곽이 보였다. 등에 혹이 두 개 있고 입술이 두꺼운 것이 마치 낙타와 비슷했다. 동물은 앉아서 한가로이 데이지 꽃을 뜯어 먹고 있었다.

"낙타멜레온이란다."

남자가 설명했다.

"낙타처럼 생겼지만 주변의 환경에 따라 피부색이 바뀌기 때문에 카멜레온과 비슷하기도 하지. 익숙하지 않으면 눈에 잘 보이지 않는단다."

"놀라워요!"

엘리엇은 감탄했다.

"하지만 제가 숨었던 곳은 동물과 식물들이 엄청 많은 넓은 공간이었어요."

"낙타멜레온이 지고 있는 주머니 중 하나에 들어가 있었던 거지. 낙타멜레온의 가죽으로 만든 주머니는 보이지 않을 뿐 아니라 바깥보다 안이 훨씬 넓단다. 그래서 아주 많은 물건을 실을 수 있어. 그래도 낙타멜레온은 무게를 거의 느끼지 못해. 낙타멜레온의 가죽 주머니가 우리 특산품이란다."

엘리엇은 그제야 남자를 주의 깊게 살펴보았다. 남자는 키가 훤칠하고 어깨가 떡 벌어졌는데, 여행을 많이 다니는 사람에게서 흔히 볼 수 있듯이 피부는 거무스레하고 고생한 흔적이 역력했다. 반면 눈빛은 무척 초롱초롱했다. 남자의 얼굴에서는 결단력과 친절함이 동시에 묻어 나왔다. 모래처럼 누런 튜닉을 입고 있었고 넓은 허리띠에는 단검 몇 개가 꽂혀 있었다. 오른쪽 손가락에 끼고 있는 기묘한 흰 돌 반지에서는 부드러운 빛이 뿜어져 나왔다.

"대상의 우두머리신가요?"

엘리엇이 물었다.

"그렇단다. 내 이름은 셰르팍이야."

남자는 엘리엇에게 손을 내밀며 말했다.

"네가 사람들이 말하는 바로 그 창조자겠지?"

"네, 맞아요."

엘리엇은 셰르팍과 악수를 나누며 대답했다.

"오자고라에 데려가 주셔서 감사합니다."

"모래 상인이라면 친구 조브의 부탁을 거절할 리 없지. 그러니까 나도 당연히 부탁을 들어주어야 하고."

"그럼 카치아와 파르조는요? 제 말은…… 오니리아 주민은 오자고라에 가면 안 된다고 하던데요. 불변의 법 때문에요."

"그렇지 않다. 모래를 찾는 사람이면 안 되지만 나쁜 의도만 없다면 누구나 오자고라에 갈 수 있어. 나는 조브를 믿는다. 친구들이 나에게 너와 동행해 달라고 부탁한 건 문제를 일으키지 않으리라는 게 확실하기 때문이지."

엘리엇은 처음 만난 사람까지도 기꺼이 도움을 줄 정도로 조브가 사람들에게 신임을 얻는 존재라는 데 놀라면서도 감명을 받았다.

"여기요!"

낙타멜레온 쪽에서 목소리가 들려왔다.

"미안하지만 우리 좀 여기서 꺼내 줘요!"

셰르팍은 서둘러 낙타멜레온의 등을 덮고 있는 자신의 망토를 벗기고 주머니 위로 몸을 숙여 불평을 터뜨리는 파르조를 꺼내 주었다.

"밧줄 사다리를 올라오고 있는데 갑자기 입구가 막히는 바람에 떨어지면서 엉덩방아 찧었잖아요."

"미안하구나."

셰르팍이 사과했다.

"엘리엇에게 낙타멜레온에 대해서 설명하다가 너희를 그만 깜빡했어."

"나를 깜빡하는 건 좋아하지 않아요."

파르조는 엉덩이를 벅벅 문지르며 말했다.

"파르조, 당장 그 입 다물지 못해? 아니면 여행이 끝날 때까지 가방 속에 가둬 둔다."

고개를 쑥 내민 카치아가 윽박을 질렀다.

"휴! 파란만장한 여행이 되겠구나."

셰르팍이 한숨을 내쉬는 사이 카치아가 땅으로 뛰어내렸다.

"자, 따라오너라. 다른 사람들도 만나 봐야지."

셰르팍은 낙타멜레온의 옆구리를 크게 치고 세 친구를 맞은편에 있는 노랗고 빨간 튤립 언덕으로 데려갔다.

작은 호수 옆에 열 명 정도 되는 여자와 남자가 서 있었고 똑같은 수의 낙타멜레온이 있었다. 조금 익숙해진 엘리엇은 더 쉽게 낙타멜레온의 모습을 구분할 수 있었다. 대상 일행은 새로 온 친구들을 반갑게 맞아 주었다. 그러고 나서 재빨리 다시 길을 나섰다.

셰르팍과 카치아가 앞장서서 걸었고 그 뒤를 엘리엇이 따랐다. 상인과 모험가의 힘찬 걸음을 따라잡으려면 열심히 걸어야 했다. 파르조는 대상 행렬의 끝에 선 낙타멜레온 위에 앉아서 가까이 있는 상인들의 귀가 따갑도록 바보 같은 노래를 불러 대고 있었다.

셰르팍은 일정한 간격으로 걸음을 늦추고 눈을 감은 채 오른손을 앞으로 내밀었다. 그런 다음 경로를 조금씩 바꾸었다.

"방향을 어떻게 알 수 있나요?"

셰르팍이 다시 방향을 바꾸라는 명령을 내리자 카치아가 물었다.

"오자고라의 위치가 계속 바뀌는 건 알고 있지?"

"네, 알고 있어요."

엘리엇이 대답했다.

"오자고라에 가는 길을 찾으려면 내가 끼고 있는 이 반지의 모래돌의 도움을 받아야 한단다."

셰르팍이 오른손에 낀 반지를 보여 주며 말했다.

"모래돌이 뭐예요?"

카치아가 물었다.

"이 흰 돌을 부르는 이름이지. 모래 채석장에서 캐는 돌이란다. 오자고라에 있는 거대한 모래돌이 이 작은 모래돌을 끌어당겨 주거든. 우리가 통과해야 할 문의 위치를 가르쳐 주는 것도 이 모래돌이고."

"와, 신기해요!"

엘리엇이 감탄했다.

"초강력 자석 같아요."

"맞다."

셰르팍이 대꾸했다.

"그럼 모래돌을 도둑맞으면요?"

카치아가 물었다.

"모래를 찾는 사람들이 엄청난 돈을 주고 모래돌을 손에 넣으려 할 텐데요."

"그럴 수도 있지. 하지만 모래돌은 사용하는 사람의 의도를 간파한단다. 숭고한 목적을 가지고 오자고라를 찾는 사람만이 모래돌의 안내를 받을 수 있어. 모래를 찾는 사람이 돌을 사용하려고 해도 목적지 주변에서 뱅뱅 돌게 할 뿐 절대 오자고라로 데려다주지 않아."

"모래돌을 잃어버린 사람은 집으로 돌아갈 수 없잖아요."

엘리엇이 지적했다.

"그런 사태를 대비한 비상 절차가 마련되어 있어서 괜찮다. 하지만 지금까지 한 번도 비상 절차가 사용된 적은 없어. 오니리아 주민들 중 모래돌의 존재를 아는 사람은 극히 드물거든. 앞으로도 쭉 그래야 하고. 그러니까 이 비밀은 너희만 알고 있어야 한다."

"걱정 마세요."

카치아가 약속했다.

"절대 말하지 않을 거예요."

셰르팍은 언덕 밑에 이르러 거대한 협죽도 앞에 섰다. 언덕에는 수백 그루의 협죽도가 자라고 있었다. 셰르팍이 손으로 협죽도를 만지자 밤처럼 컴컴한 입구가 나타났다. 문이었다.

"들어가자."

셰르팍이 말했다.

"이 문을 통과해야 해."

대상 전체가 그를 따랐다. 문을 통과한 대상 일행은 아무것도 없는 긴 복도에 들어섰다. 벽에는 플라스틱으로 만든 주황색 커튼이 쳐져 있었다. 텅 빈 공간이었지만 숨이 막혔다.

"아직 멀었어요?"

엘리엇이 물었다.

"모르겠구나. 오자고라의 위치에 따라서 에도니스로부터 몇 시간밖에 안 걸릴 수도 있고 며칠씩 걸릴 수도 있으니까. 미리 알 수 있는 방법은 없어."

"앗! 며칠이나 걸리면 도중에 저는 잠이 깰 수도 있어요. 그럼 저는 오자고라에 갈 수 없게 돼요."

"걱정 마라."

셰르팍이 안심시켰다.

"내 부하들과 낙타멜레온들도 쉬어야 하니까. 만약 네가 잠에서 깨면 우리가 가던 길을 멈출 거야. 그다음 날 네가 우리와 합류하면 그때 다시 이동할 거다. 대신 시간이 많이 지체되면 안 되니까 일찍 잠을 청하도록 하렴."

"저를 이렇게까지 도와주시다니 어떻게 감사의 말씀을 드려야 할지 모르겠어요."

"고맙긴. 나는 내 일을 할 뿐인걸."

보름달

몇 시간 동안 계속 걷기만 하던 대상은 빽빽한 숲 한가운데에서 작은 빈터를 발견했다. 벌써 밤이었다. 검은 구름 옷을 입은 보름달이 밝게 빛나고 있었다. 날은 추웠다. 이름 모를 밤새가 가끔 울어 대는 소리 외에는 아무것도 들리지 않았다. 엘리엇은 등골이 오싹했다.

"저도 여기 알아요."

카치아가 말했다.

"좋은 곳이니, 나쁜 곳이니?"

세르팍이 물었다.

"나쁜 곳이에요. 에피알티스에서 아주 가까워요. 많은 마법사가 이 숲에서 악몽을 만들어 내요. 그래서 아주 위험한 숲이에요. 정보급습치안국 대원들도 수시로 이곳을 정찰하고요."

"그럼 왔던 길로 돌아가는 게 낫지 않을까요?"

엘리엇이 물었다.

"그건 불가능해."

셰르팍이 대답했다.

"모래돌이 가르쳐 준 길이니 반드시 이 길로 가야 해. 너희는 다시 숨어야겠다."

"싫어요."

카치아가 몸을 풀며 말했다.

"싸움이라도 일어나면 제가 필요할 거예요. 파르조도 호기심이 많아서 낙타멜레온의 주머니 속으로 들어가고 싶지 않을걸요. 물어보나 마나예요."

셰르팍은 당황한 모습이 역력했다.

"걱정 마세요."

카치아가 안심시켰다.

"제가 알아서 할게요."

"그러렴."

셰르팍도 결국 포기했다.

"하지만 엘리엇, 너는 숨어 있어야 해. 정보급습치안국 대원이 널 알아보는 일이 없도록 해야 하니까."

"하지만……."

"안 돼."

셰르팍은 단호했다.

"너는 내 책임이니까 내가 정하는 대로 해라. 주머니 속으로 들어가든가 아니면 여기서 그만 대상과 작별하든가."

내키지 않았지만 엘리엇은 결국 주머니 속으로 들어갔다. 셰르팍은 주머니의 뚜껑문을 닫으면서 엘리엇에게 동물들 사이에 숨으라고 말했다. 하지만 그 말은 엘리엇의 귀에 들리지 않았다. 호기심 넘치는 엘리엇이 아무것도 못 보는 상황을 받아들일 리 없었다. 엘리엇은 사다리에서 내려가지 않고 셰르팍이 눈치채지 못하게 주머니 뚜껑문을 살짝 들어올렸다. 덕분에 엘리엇은 훌륭한 전망대에서 바깥 구경을 할 수 있었다.

셰르팍은 부하들에게 몇 가지 지시 사항을 전달했다. 서로 가까이 뭉쳐서 조용히 전진할 것, 그리고 무엇보다 망토를 뒤집어서 입을 것. 부하들이 걸친 망토는 낙타멜레온의 가죽을 덧대어 만들었기 때문에 위기 상황에서 뒤집어 입으면 투명인간이 될 수 있었다. 셰르팍은 주머니에서 여분의 망토를 꺼내서 카치아에게 입혔다. 파르조는 그 사이에 나방으로 변해 있었다.

셰르팍의 휘파람 소리를 신호로 대상 일행은 움직이기 시작했다. 그리고 나무 사이로 난 비좁은 오솔길로 이동했다. 낙타멜레온이 움직이기 시작하자 엘리엇은 하마터면 사다리에서 떨어질 뻔했다. 하지만 곧 안정적인 자세를 취했다. 보름달이 밝아서 더 불을 켤 필요도 없었다. 대상의 모습은 보일락 말락 했다. 신발 소리, 땅에 깔려 있는 나뭇잎 밟는 소리, 이따금 울어 대는 낙타멜레온 소리만이 대상의 존재를 알렸다. 그렇게 한참 길을 가다가 드디어 숲의 중심부에 이르렀다.

갑자기 셰르팍이 걸음을 멈추었다.

"왜 그래요?"

카치아가 작은 소리로 물었다.

"조금 전부터 우리를 쫓아오는 수상한 소리가 들려."

셰르팍도 작은 소리로 대답했다.

"덤불에 뭔가 숨어 있어."

셰르팍이 이상한 휘파람 소리를 냈다. 그랬더니 부하들이 재빨리 방어 자세로 돌입했다. 셰르팍이 단검을 꺼내 들자 카치아도 자신의 무기를 꺼내 들었다. 두 개의 날이 달빛에 번쩍였다. 엘리엇은 숨을 멈췄다. 셰르팍이 가리킨 덤불에서 나뭇잎 흔들리는 소리가 들렸다. 셰르팍과 카치아는 살금살금 덤불로 향해 간 다음 걸음을 멈추었다.

파리가 지나가는 소리도 들릴 정도로 고요했다. 그때 갑자기 카치아가 덤불 뒤로 껑충 뛰었다. 뭔가가 급히 도주했다. 셰르팍은 번개처럼 빠른 속도로 움직여서 도망가는 것을 맨손으로 잡았다. 오자고라 사람들의 민첩함에 대한 올드 봉크의 말이 거짓이 아니었다. 엘리엇은 지금까지 그렇게 빠르게 움직이는 것을 본 적이 없었다. 셰르팍은 붙잡은 놈의 얼굴을 달빛에 비추었다. 네 개의 발, 크고 긴 귀, 동그란 눈, 뾰족한 부리, 깃털 달린 두 개의 날개, 털이 북슬북슬한 등……. 그것은 산토끼와 부엉이를 합쳐 놓은 듯한 신기한 동물이었다. 셰르팍의 단단한 손에 잡힌 동물은 날카로운 비명을 지르며 온몸을 비틀었다. 안심한 표정이 역력한 셰르팍이 동물을 바닥에 내려놓자마자 그것은 숲 속으로 도망쳤다.

바로 그 순간, 비명이 울려 퍼졌다. 엘리엇은 깜짝 놀라 넘어지지 않으려고 사다리를 꽉 움켜쥐었다. 날개가 파닥이는 소리가 들렸다. 엘리엇의 시야에 부엉이가 들어왔다. 하지만 보지 않아도 알 수 있었다. 파르조였다. 파르조는 밤에도 볼 수 있는 부엉이의 눈을 이용해서 길가를 살피고 있었다.

그때 갑자기 총성이 울렸다. 이어서 욕설이 들렸다. 엘리엇은 발끝으로 서서 무슨 일이 벌어지는지 보려고 목을 쑤욱 내밀었다. 수상한 놈이 덤불에서 튀어나와 빠른 걸음으로 다가왔다. 파르조의 얼굴에 총을 들이댄 채였다. 큰 장화, 위장 도구, 주머니가 많이 달린 조끼, 어깨에 걸친 배낭 등 남자는 완벽한 사냥꾼 복장을 하고 있었다.

"또 한 번 쏴 봐. 총을 입에 쑤셔 넣을 테니까."

파르조가 소리를 질렀다.

"내 맘이야!"

사냥꾼이 대꾸했다.

셰르팍은 망토를 벗어 모습을 드러내고 사냥꾼에게 다가갔다.

"내가 부엉이 주인입니다."

셰르팍은 차분히 말했다.

"이제 그만 풀어 주십시오."

사냥꾼은 셰르팍을 보자마자 화가 난 듯 다가왔다. 눈동자가 없었다. 마법사였다.

"그러니까 당신이었군!"

사냥꾼이 성을 냈다.

"내가 몇 시간 동안이나 노리고 있던 부엉토끼를 도망가게 만든 작자가! 용서할 수 없어!"

사냥꾼은 배낭을 열었다.

"여기 보여?"

사냥꾼은 여전히 흥분을 가라앉히지 못했다.

"아무것도 없어. 여태껏 한 마리도 잡지 못했다고! 난 실패자야, 실패자! 친구들이 날 뭘로 보겠어?"

"아닙니다."

셰르팍은 사냥꾼을 똑바로 쳐다보며 차분한 목소리로 말했다.

"아무런 문제없어요. 당신은 사냥을 아주 잘 했습니다. 부엉토끼를 수십 마리나 잡았지요. 보세요. 배낭이 가득 찼군요."

사냥꾼은 배낭을 내려다보았다. 사냥꾼은 자기도 모르게 통통하게 살이 오른 부엉토끼를 열 마리나 만들어 냈다.

"그렇군."

사냥꾼은 기뻐하며 말했다.

"친구들이 놀라겠는걸? 빨리 자랑하러 가야지."

사냥꾼은 몇 걸음 앞으로 걸어가더니 연기처럼 사라져 버렸다.

"우와! 정말 대단하세요."

파르조가 탄성을 질렀다.

"어떻게 한 거예요?"

카치아도 놀라서 물었다.

"위협하는 마법사를 쫓아 버리는 건 어렵지 않단다. 모든 일이 잘 되고 있다고 설득하기만 하면 악몽이 단숨에 좋은 꿈으로 변하거든."

"그럴 수 있어요?"

카치아가 물었다.

"모래가 없으면 마법사를 통제할 수 없다고 들었거든요."

"조금만 연습하면 된단다. 하지만 정당방위를 할 때만 사용할 수 있는 임기응변이야. 그래야 불변의 법 제5조를 위반하지 않을 수 있어."

"자신의 이익을 위해서 마법사의 행동에 영향을 미치려 해서는 안 된다."

파르조가 제5조를 외웠다.

"어쨌든 잘 쫓았어요."

카치아가 말했다.

"못 말리는 사냥꾼!"

"지금쯤 에도니스 근처에서 부엉토끼 잔치를 벌이고 있을걸? 친구들에게 얼마나 용감하게 사냥을 했는지 아주 자세하게 떠벌리면서 말이야."

파르조가 말했다.

대상 일행은 풉 하고 웃었다. 높은 곳에 있던 엘리엇도 웃지 않을 수 없었다. 셰르팍은 엘리엇을 날카로운 시선으로 바라봤지만 아무 말도 하지 않았다. 그는 분명 바깥으로 얼굴을 내민 엘리엇을 보았을 것이다.

대상은 다시 행렬을 시작했다. 안전 수칙은 똑같았지만 사냥꾼 사건 덕분에 분위기는 한층 부드러워졌다. 대상 행렬 뒤쪽에서 소곤거리는 소리도 들렸다. 셰르팍은 서로 거리가 떨어지지 않도록 하라고 계속해서 주의를 주었다. 그리고 계속 같은 방향을 가리키고 있는 모래돌을 가끔 들여다보았다.

모두가 음침한 숲의 분위기에 더 이상 눌리지 않고 오솔길을 따라 걸었다. 지루한 길이 이어지자 엘리엇이 색색의 작은 반딧불을 만들기 시작했다. 덕분에 어두운 숲 속이 예쁘게 장식되었다.

그때 갑자기 대상 뒷부분에서 날카로운 비명이 들렸다. 여러 명이 지르는 겁에 질린 탄성도 들렸다. 몇 초 뒤, 셰르팍 앞에 3미터는 족히 되어 보이는 거대한 괴물이 나타났다. 뒷다리로 선 괴물은 털이 북슬북슬하고 날카로운 발톱과 뾰족한 이빨을 드러냈다. 늑대인간이었다. 셰르팍은 빠른 반사 신경 덕분에 늑대인간의 공격을 가까스로 피했다. 평범한 사람이었다면 공격을 받고 죽었을지도 모른다.

늑대인간은 엘리엇이 타고 있던 낙타멜레온을 힘껏 들이받았다.

그 바람에 엘리엇은 밧줄 사다리에서 동물 우리로 떨어졌다. 충격이 커서 한참 동안 바닥에 그대로 쓰러져 있었다. 몸을 다시 일으키려 했지만 발목에 심한 통증이 느껴졌다. 엘리엇은 손전등을 만들어서 주머니 안을 살펴보았다. 모든 게 뒤죽박죽이었다. 몇 미터 앞에 밧줄 사다리의 끝이 바닥에 떨어져 있었다. 엘리엇은 이를 악물고 사다리까지 기어가서 겨우 뚜껑문까지 갈 수 있었다. 뚜껑문은 위가 아니라 옆에 있었다. 낙타멜레온이 옆으로 쓰러졌기 때문이다.

엘리엇은 바깥 풍경을 보고 그 자리에서 얼어붙었다. 여섯 마리의 늑대인간이 대상을 공격하고 있었다. 카치아는 그중 한 놈과 맞붙어 유연성을 무기로 싸우고 있었다. 지금까지는 늑대인간의 공격을 모두 피했지만 앞으로 얼마나 더 버틸 수 있을까?

셰르팍도 다른 늑대인간과 맞서 싸우고 있었다. 팔에 상처를 입었기 때문에 키가 2미터나 되는 여자 부하가 도와주지 않았다면 아마 오래전에 쓰러졌을 것이다. 부하는 커다란 도끼로 늑대인간의 머리를 찍어 눌렀지만 계란으로 바위치기 같았다. 늑대인간의 피부가 워낙 두꺼워서 도끼로 찍어도 상처 하나 나지 않았기 때문이다.

엘리엇은 대리석 동상처럼 굳어 버린 듯 꼼짝할 수 없었다. 있는 힘을 모두 끌어모아서 겨우 고개를 뒤로 돌릴 수 있었다. 셰르팍의 부하 여럿이 땅에 쓰러져 있었다. 곰으로 변신한 파르조는 발톱과 이빨로 공격하는 늑대인간 두 마리와 싸우고 있었다. 엘리엇은 심장이 터져 버릴 것만 같았다.

그때 엘리엇의 눈앞에서 날카로운 발톱이 허공을 갈랐다. 그러자 갑자기 얼었던 근육이 한순간에 풀린 엘리엇은 얼른 주머니의 뚜껑 문을 닫아 버렸다. 엘리엇은 몸을 동그랗게 만 채, 밧줄 사다리에 매달려 있었다. 발목이 욱신거렸다. 하지만 가장 고통스러운 것은 바깥에서 난도질당하고 있는 셰르팍 부하들의 비명 소리를 듣는 일이었다.

성난 늑대인간들을 상대로 오래 버티지 못할 것이다. 셰르팍 일행은 늑대인간과는 상대가 되지 않았다. 자신만이 그들을 구할 수 있다는 것을 엘리엇은 잘 알고 있었다.

엘리엇은 눈을 감고 손으로 귀를 막았다. 어렸을 때 악몽에 나오던 괴물들을 어떻게 물리쳤더라? 머릿속에 할머니의 목소리가 들렸다.

"약점을 찾아라, 엘리엇."

하지만 늑대인간에게는 약점이 보이지 않아! 그들은 강하고, 공격도 정확하고, 지칠 줄 모르는 힘을 가지고 있었다. 그 어떤 무기로도 놈들을 쓰러뜨릴 수 없었다. 더 이상 인간의 비명이라고 할 수 없는 소리가 바깥에서 들려오자 엘리엇은 무력감에 눈물이 왈칵했다. 용기를 가져! 넌 이것보다는 나은 녀석이잖아! 네 디테일미터는 어떻게 된 거야? 늑대인간들도 분명 약점이 있겠지. 하지만 그게 뭘까? 암컷 무리를 만들어서 멀리 꾀어내야 할까? 피 냄새가 너무 강해서 피에 굶주린 늑대인간의 관심을 그렇게 쉽게 돌릴 순 없을 거야. 그러면 어떻게 해? 어떻게 하지?

엘리엇은 눈을 떴다. 늑대인간들을 다시 봐야 했다. 엘리엇은 움츠렸던 몸을 펴서 뚜껑문을 살짝 열고 밖을 내다봤다. 격렬한 싸움이 계속되고 있었다. 카치아의 얼굴은 피범벅이었다. 땀에 젖은 셰르팍은 그 누구보다 빠르게 움직였지만 점점 반사 신경이 떨어지고 있는 게 분명했다. 결국 늑대인간의 거센 발 공격을 피하지 못하고 셰르팍은 바닥에 쓰러지고 말았다.

늑대인간이 쓰러진 셰르팍에게 달려들었지만 조금 전에 그를 도와주었던 키 큰 여자 부하가 다시 도끼로 늑대인간의 머리를 가격했다. 잠시 뒤로 물러났던 늑대인간은 화가 나서 으르렁대며 다시 달려들었다. 작은 눈은 아까보다 훨씬 더 잔인해졌다. 오른쪽 눈에서 피 한 줄기가 흘러내렸다.

엘리엇은 전기 충격을 받은 듯했다. 쿵쾅거리는 가슴을 안고 뚜껑문을 닫았다. 점막! 맞아! 늑대인간의 약점은 바로 저거야! 귀와 입도 마찬가지일 거야. 눈, 코, 입을 공격할 수 있는 무기가 필요해. 하지만 늑대인간은 빠르게 움직이기 때문에 아무리 성능 좋은 총을 써도 정확하게 맞추지는 못할 것이다. 총 말고 다른 무기가 필요하다. 모든 늑대인간을 동시에 공격할 수 있는 그 무엇. 늑대인간만큼 빠르게 움직일 수 있는 것. 정확한 공격이 가능한 것…….

엘리엇은 눈을 감았다. 그리고 찾았다. 엘리엇은 필요한 것을 머릿속으로 그리며 한참 동안 집중했다. 눈을 다시 떴을 때 엘리엇의 주위에는 붕붕거리며 명령을 기다리는 한 무리가 있었다. 전투 준비가 끝난 거대한 말벌 떼였다.

"바깥에 늑대인간들이 있다. 내가 뚜껑문을 열면 늑대인간을 공격해야 해. 눈, 코, 입을 겨냥해서 마구 침을 쏘도록 한다. 나와 내 친구들이 숲을 벗어날 때까지 놈들을 쫓아라. 그리고 인간과 낙타멜레온, 곰은 건드리지 말아야 해. 알았지?"

말벌들은 윙윙거리며 알았다는 뜻을 표시했다.

엘리엇은 뚜껑문을 열며 분노의 주먹을 치켜들었다.

"공격!"

엘리엇은 부하들을 전장에 내보내는 장군처럼 외쳤다.

말벌 수천 마리가 주머니에서 빠져나갔다. 그 수가 얼마나 많았는지 엘리엇은 한참 동안 노랗고 까만 안개 속에 갇힌 느낌이었다. 불안한 마음으로 눈을 감고 주위에서 들려오는 비명을 듣던 엘리엇은 계획이 성공하기를 기도했다. 말벌들 소리가 사라지자 엘리엇은 눈을 떴다. 엘리엇의 명령에 복종한 말벌들은 늑대인간들에게 달려들었다. 첫 공격에 늑대인간들은 고통의 비명을 질렀다. 늑대인간들은 몇 초 만에 싸울 수 있는 능력을 잃었고, 몇 분이 지나자 숲으로 흩어져 도망가 버렸다. 엘리엇의 전략이 성공한 것이다.

엘리엇은 멀리서 들려오는 비명이 잦아들 때까지 기다렸다가 주머니 밖으로 완전히 빠져나왔다. 발목은 여전히 욱신욱신 아팠지만 지팡이를 짚고 일어설 수 있었다. 통증은 눈앞에 펼쳐진 참혹한 광경에 비하면 아무것도 아니었다. 카치아의 얼굴에는 늑대인간이 할퀴고

간 발톱 자국이 선명했다. 셰르팍의 팔은 부러졌는지 움직이지 못하고 축 늘어져 있었다. 조금 떨어진 곳에서는 파르조와 옷이 찢겨 너덜너덜해진 부하 몇 명이 바닥에 누워 있는 사람 주위에 모여 있었다. 도끼를 든 여자 부하가 그곳으로 달려갔다. 여자 부하는 사람들을 헤치고 나아가서 바닥에 누워 고통에 몸부림치는 사람 앞에 무릎을 꿇었다. 바닥에 쓰러진 사람은 고통으로 비명을 질렀고, 여자는 통곡했다.

"동생아! 내 동생……."

엘리엇은 절뚝거리며 그들에게 다가갔고 그 뒤를 카치아와 셰르팍이 따랐다.

"대상 행렬 맨 마지막에 있던 사람이야."

파르조가 일행을 보고 말했다.

"늑대인간들의 공격이 시작됐을 때 우린 모두 놀라기만 했어. 반격할 틈도 없었지. 이 사람이 첫 희생자야."

엘리엇은 눈앞의 광경을 믿을 수 없었다.

"설마……."

"그래. 죽었다."

셰르팍이 심각하게 말했다.

"오니리아 사람들은 죽지 않는다면서요."

"오니리아 사람들은 그렇지. 하지만 오자고라 사람들은 다르단다. 마법사들이 만든 존재가 아니기 때문이지. 우리는 인간과 똑같이 태어나고 죽는단다."

눈물을 펑펑 흘리던 여자 부하는 자리에서 일어나 엘리엇에게 걸어왔다. 그녀는 엘리엇을 들어 올려 한참 품에 안고 있었다. 그런 다음 아무 말 없이 다시 내려놓았다. 엘리엇은 왜 이러는지 묻는 듯 셰르팍을 바라봤다.

"바셀이 네가 우리를 구해 줘서 고맙다는 인사를 하려는 것 같아. 네가 나서지 않았다면 우리 모두 그녀의 동생과 같은 운명을 맞이했을 거야. 네가 우리를 살렸다. 고맙구나."

엘리엇은 뭐라고 대답해야 할지 몰랐다. 무슨 말을 해야 하는지 알았더라도 목이 메어 한마디도 하지 못했을 것이다. 엘리엇은 그저 고개만 끄덕였다. 파르조는 셰르팍에게 자기 자리를 내어 주고 다시 원숭이로 변신해서 엘리엇에게 다가갔다.

"말벌이라니, 기발한 생각이었어, 친구. 머리 잘 썼는데? 아주 잘했어. 살아 있는 생물체를 만들 수 있다니 놀랐는걸."

엘리엇은 동생의 죽음 때문에 가슴이 무너진 바셀 앞이라 파르조의 칭찬이 귀에 들어오지 않았다.

"너희도 잘 싸웠어."

엘리엇은 카치아와 파르조에게 덤덤하게 말했다.

"무슨 소리야, 엘리엇. 우리가 한 건 아무것도 없는걸. 네가 주인공이지."

파르조가 답했다.

엘리엇은 카치아를 바라보고는 왜 저러냐는 듯 파르조에게 눈짓을 했다.

"걱정하지 마."

파르조가 어깨를 으쓱하며 말했다.

"늑대인간을 혼자 물리치지 못했다고 저런다니까."

카치아는 입술이 뿌루퉁해져 있었다. 파르조의 말이 맞았다. 하지만 지금 누가 더 잘 싸웠는지를 겨룰 때인가? 바셸의 동생이 목숨을 잃었는데……. 카치아는 정말 못 말리는 아이다.

파르조는 생쥐를 발견한 고양이처럼 조심스레 슬픔에 잠긴 대상 일행에게 다가가더니, 빨간 머리 청년의 발밑에서 무엇인가를 주웠다. 그러고는 살짝 살펴보더니 깜짝 놀라며 고개를 들었다.

"이것 좀 봐!"

달빛에 비춰진 양피지는 비스트가 아아노르를 납치한 뒤 엘리엇에게 던지고 갔던 양피지와 비슷했다. 셰르팍은 양피지를 얼른 펼쳐서 읽었다.

"이걸 어디서 찾았니?"

"여기 땅바닥에서요."

파르조는 빨간 머리 청년의 장화를 가리키며 말했다.

"뭐라고 쓰여 있어요?"

바셸이 물었다.

셰르팍은 양피지를 뒤집어서 모두가 볼 수 있게 했다.

"비스트가 안부를 전함."

"놈들에게 목적이 있었군요."

바셀이 심각하게 말했다.

"우연히 우리를 공격한 게 아니었어요."

"공격 대상이 누구였는지는 확실하지 않아도 우리를 해칠 생각이 었던 것은 틀림없어."

셰르팍이 말했다.

"오자고라에 닿으면 현자들의 모임에 보고하겠다. 자, 여기서 더 이상 머무를 순 없어."

대상은 바쁘게 움직였다. 늑대인간의 공격에 낙타멜레온 한 마리가 죽었다. 엘리엇이 타고 왔던 낙타멜레온은 일어서지 못하고 날카로운 신음만 내뱉고 있었다. 셰르팍은 상처를 살펴보더니 고통을 덜어 주기 위해 죽일 수밖에 없다고 말했다. 그는 낙타멜레온의 목을 쓰다듬어 주고서는 몇 걸음 뒤로 물러서서 카치아가 빌려준 총을 겨누었다. 엘리엇은 눈길을 피했다. 단 한 발의 치명적인 총소리가 났다. 마음이 아팠다. 불쌍한 짐승이 어쩌면 엘리엇의 목숨을 구해 준 것인지도 몰랐다.

파르조는 노새로 변해서 주머니 두 개를 운반하겠다고 고집을 부렸다. 다른 주머니 두 개는 다른 낙타멜레온이 나눠서 운반했다. 엘리엇이 들것을 만들어 주자 바셀은 그 위에 동생의 시신을 조심스럽게 올려놓았다. 빨간 머리 청년이 들것을 같이 들어 주었다.

셰르팍의 부탁으로 카치아는 대상의 맨 마지막 자리에 섰다. 다시 공격이 들어올지 모르니 가장 취약한 자리에 죽지 않는 오니리아 주민이 있는 게 나았다. 엘리엇은 맨 앞에 있는 낙타멜레온의 등에 앉았다. 발목을 다쳐서 빨리 걸을 수 없었기 때문이다. 셰르팍은 엘리엇의 모습을 가리기 위해 망토를 빌려 주었다. 엘리엇은 망토를 걸칠 필요가 없다고 생각했다. 늑대인간들은 엘리엇을 눈으로 발견하고 공격한 것이 아니었기 때문이다. 냄새만 맡아도 충분했던 것이다.

시간은 계속 흘러갔다. 대상이 쓰레기로 뒤덮인 지역에 들어섰을 때 사람이든 짐승이든 모두 피로에 지친 모습이 역력했다. 지역 전체가 쓰레기로 덮여 있었다. 심한 악취 때문에 엘리엇은 멀미가 났다. 결국 낙타멜레온에서 내려서 비닐봉투, 망가진 휘발유 통, 썩어 가는 음식물 쓰레기 위에 뱃속 내용물을 게워 낼 수밖에 없었다.

불결한 지역을 1시간 더 걸어간 뒤 셰르팍은 일행을 금속 쓰레기 더미로 쌓아올린 언덕으로 이끌었다. 언덕 정상에는 낡은 흰 자동차의 녹슨 차체가 놓여 있었다. 낙타멜레온이 자꾸 미끄러지는 바람에 엘리엇은 내려서 걸어가야 했다. 끈적끈적하거나 썩은 물에 닿기 싫어서 가능한 한 손을 사용하지 않고 올라가려 애썼다. 하지만 아픈 발목 때문에 힘든 나머지 결국 고장 난 시계, 옷걸이, 나사, 나사못, 컴퓨터 부품 같은 잡동사니 사이에 널브러지고 말았다. 머리가 통조림 깡통에 부딪히자 그 안에 있던 커다란 쥐 한 마리가 찍찍거리며 도망쳤다.

이건 정말 너무한다. 엘리엇은 갑자기 길고 힘든 여행으로 지친다는 생각이 들었다. 바닥에 누워 꼼짝할 수 없었다. 도대체 이게 무슨 짓인지, 언젠가 고생의 대가를 받을 수는 있을 것인지 의문이 들었다. 꿈의 왕국에 가득한 지상낙원 중 한 곳으로 도망가 버릴까 하는 유혹도 컸다. 눈만 감고 집중하면 죽음과 악취의 장소에서 벗어나 해먹에 누워서 발가락을 쫘악 펴고 손으로 직접 짠 신선한 과일 주스를 마실 수 있을 텐데…….

엘리엇의 흐려진 시야에 커다란 손이 들어왔다. 엘리엇이 올려다보니 셰르팍이 피곤한 얼굴로 미소를 짓고 있었다. 부하를 잃었다는 슬픔과 늑대인간에게 입은 심한 어깨 상처를 애써 감춘 미소였다. 엘리엇이 만난 남자 중 셰르팍이 가장 용감한 남자일 것이다. 그를 보고 있으려니 도망갈 수 없다는 생각이 들었다. 지금은 아니었다. 목적지가 이렇게 가까운데 여기서 포기할 수는 없었다. 엘리엇은 자신 안에서 찾을 수 없었던 에너지를 셰르팍의 다정한 눈빛에서 찾았다.

엘리엇은 셰르팍이 내민 손을 잡았다. 셰르팍은 쓸 수 있는 팔로 엘리엇이 일어나는 것을 도와주고 아무 설명 없이 녹슨 자동차로 엘리엇을 데려갔다. 그리고 자동차 앞문 손잡이를 당겼다. 그러자 밤처럼 컴컴한 입구가 나타났다. 문이었다. 드디어!

"이 문을 크게 만들도록 도와다오."

셰르팍은 차문의 왼쪽 설주를 힘껏 잡아당기며 말했다.

엘리엇은 무엇을 해야 하느냐는 눈빛을 보냈다.

"반대편 설주를 잡고 있는 힘껏 잡아당겨."

엘리엇은 셰르팍을 마주 보고 서서 아프지 않은 다리를 지지대로 삼아 차문의 틀을 온 힘을 다해 잡아당겼다. 그랬더니 자동차가 부풀어서 작은 집만큼 커졌다.

"그래. 이래야 낙타멜레온이 통과할 수 있지."

셰르팍은 엘리엇에게 한쪽 눈을 찡긋 감으며 말했다.

엘리엇이 앞장서서 문을 통과했다.

반대편에는 11월의 하늘처럼 어둡고 슬픈 자갈 사막이 펼쳐졌다. 사막 중앙에는 거대한 철책이 있었다. 정교하게 만들어진 철책은 아래 위가 전부 황금색이었다. 그런데 손잡이는 없고 중앙에 어떤 물건이 있었다. 엘리엇은 금세 그 물건을 알아보았다. 동그란 메달에 박혀 있는 모래시계였다. 엘리엇의 모래시계와 똑같이 생겼지만 크기는 훨씬 컸다.

"오자고라에 온 것을 환영한다, 엘리엇!"

뒤에서 셰르팍의 목소리가 들렸다.

뒤를 돌아본 엘리엇은 셰르팍의 눈에서 마침내 목적지에 이른 기쁨을 읽을 수 있었다. 일행은 차례로 문을 통과했다. 통과하는 사람마다 안도의 표정을 지어 보였다. 파르조와 카치아는 마지막으로 통과했다. 엘리엇은 친구들에게 활짝 웃어 보였다. 파르조와 카치아는 그제서야 눈이 동그래졌다. 엘리엇은 그 모습을 보고, 이제 파르조와 카치아가 오자고라에 도착했다는 걸 깨달았구나 싶었다.

엘리엇은 절뚝거리며 거대한 철책으로 다가가서 벅찬 가슴으로 그것을 살펴보았다.

바로 이 철책 뒤에 모래 상인이 살고 있다.

바로 이 철책 뒤에 모든 의문을 풀어 줄 답이 있다.

작가의 말

나의 남편 알렉상드르에게 감사의 말을 전합니다. 나의 첫 독자이자 나를 가장 지지해 준 남편은 처음부터 나를 믿어 주었고 따뜻한 마음과 능숙한 솜씨로 나의 의심과 불안을 잠재워 주었습니다.

나의 소중한 친구 마리옹에게도 고마움을 표합니다. 꿈을 좇아 그녀와 끝까지 함께하고 싶은 마음입니다. 그런 우리를 지지해 준 레지날드에게도 감사의 뜻을 전합니다.

이자벨과 세실은 글쓰기 작업 도중 내가 상상하지도 못했던 보물들을 발견해 주고 오니리아가 세상에 나올 기회를 주었습니다. 그들은 내 자식과 같은 이 책을 맡아 줄 최고의 사람들입니다.

고마운 딸, 이네스와 아델은 실제로 존재하지도 않는 엘리엇이라는 아이와 엄마를 공유해야 했습니다.

오니리아를 만들어 내는 동안 나와 함께해 준 모든 사람들, 가족과 친구들, 그리고 특히 나의 첫 비평가가 되어 줄 젊은 독자 여러분에게 감사를 전합니다. 또 나 자신에 대한 믿음의 마르지 않는 원천이 되어 준 열정적인 가족 팬클럽에게 특히 고마운 맘을 전하고 싶습니다. 끝으로 날카로운 안목으로 수정 작업에 도움을 준 디안과 니코에게도 감사의 말을 전합니다.

베네딕트 플뢰리 파리

옮긴이 권지현

번역가 권지현은 한국외국어대 통번역대학원 한불과를 나온 뒤, 파리통번역대학원(ESIT) 박사 과정을 졸업했다. 현재 이화여자대학교 통역번역대학원 겸임 교수로 재직 중이다. 옮긴 책으로는《르몽드 세계사 1》《2033 미래 세계사》《직업 옆에 직업 옆에 직업》《죽음의 식탁》《마지막 나무가 사라진 후에야》《세계는 누가 지배할 것인가》 외 여러 권이 있다.

❶ 꿈의 왕국

초판 1쇄 인쇄 2015년 11월 19일
초판 1쇄 발행 2015년 11월 26일

지은이 베네딕트 플뢰리 파리 | **옮긴이** 권지현
발행인 양원석 | **편집장** 전혜원 | **책임편집** 홍혜미
디자인 RHK 디자인연구소 김영중
마케팅 이영인, 양근모, 윤면규, 김민수, 장현기, 정미진, 이선미
해외 저작권 황지현 | **제작** 문태일
펴낸곳 (주)알에이치코리아
주소 08588 서울시 금천구 가산디지털2로 53, 20층(한라시그마밸리)
전화 02-6443-8923(내용), 02-6443-8838(구입), 02-6443-8963(팩스)
등록 2004년 1월 15일 제2-3726호

ISBN 978-89-255-5777-9 (03860)

※ 값은 뒤표지에 있습니다.
※ 맞춤법과 띄어쓰기는 국립국어원의 기준에 따랐습니다.
※ 잘못된 책은 구입하신 곳에서 바꾸어 드립니다.
⚠ 책 모서리가 날카로워 다칠 수 있으니 사람을 향해 던지거나 떨어뜨리지 마시오.